卿

男主角。三十三歲。五月十日生，金牛座。
從小家境不好，父親早亡，母親辛苦把他養大，供他讀書。
他成績優異，靠著獎學金和半工半讀完成學業。
出來工作後母親病故，他帶著母親的厚望和寄託努力工作，
成為優秀的經理人，年紀輕輕事業有成。
只是對自己要求太高，沉迷工作，生活嚴肅，耽誤了愛情和婚事。
到了適婚的年紀，他把婚姻排進人生計畫表，卻遇到了尹婷。
計畫趕不上變化，有些事情失控了。

求你正經點

目錄

第一章

愛妳，本來就不需要邏輯

第二天，仇正卿上班，受到了很多同事的關切，尤其是原來關注「婷婷玉立413」的那些人，個個都跟他說恭喜。他的微博下面也很熱鬧，熟的和不熟的、認識和不認識的都跑來道賀，他的粉絲數爆漲。

許多人應該是尹婷的粉絲，有人跑他那去說「微博一刪為藍顏啊，好羨慕。」

仇正卿回了個笑臉，老實不客氣地說「謝謝」。

這種感覺很新鮮，但非常美妙，仇正卿覺得很好。他泡了杯咖啡，開始了一天的工作。工作前拍了一張咖啡的照片發到微博上，圈了「婷婷玉立413」。

很快有個同事跑到下面道賀，還說老大你一早就來秀恩愛這樣合適嗎？

接著尹婷出現了。「婷婷玉立413」給那留言的同事回覆說：「這位兄臺，能不能讓個位置，我想搶我男朋友秀恩愛的第一條微博的沙發，拜託拜託。」後面跟了一串可憐的表情。

仇正卿看到那留言，一口咖啡差點噴出來，然後那同事居然馬上回覆：「行！君子有成人之美！」然後就把他的留言刪掉了。

尹婷也把自己的留言刪了，然後馬上又留了一條：「沙發！」後面是五個驚嘆號，還跟了一串跳舞得意的表情。

仇正卿連刷幾次，看到整個過程，不由捂著眼睛笑，真是沒眼看，他差點忘了他那甜美的小女朋友是有多搗蛋了。

尹婷第二條的留言是：「工作辛苦嘍，好好休息，要多喝水，午餐要吃好。」

接著剛才那個讓出沙發的同事又出現了，他的留言是一大串哈哈哈哈哈哈哈哈。尹婷回覆說：多謝多謝！

過了一會兒，其他同事也來了，問尹婷說：「美女，妳就是靠搶沙發追到我們仇總的嗎？」

尹婷回覆了一個剪刀手和齜牙笑的表情符號。

還有人問：仇總談戀愛是不是也很嚴肅啊？

尹婷回答：不告訴你。

仇正卿覺得要是他再不出面，就要亂套了。他給那幾個同事全部回覆了一樣的內容：「很閒的話，請到我這裡報到。」

微博下面終於安靜了。

尹婷留了個吐舌頭的笑臉後也跑掉了，其他不相關的人留下的調侃話，仇正卿也不理，關掉微博工作去。

中午的時候，他接到了尹婷的電話，她問他休息了嗎，中午吃什麼。他如實彙報，尹婷表示一般般的滿意。仇正卿笑了，反問她吃什麼，尹婷說她回家吃的。她爸現在身體不好，每天回家睡個午覺，她陪著一起回來。兩個人通完電話，尹婷說她先去吃飯，掛了。

這邊，家裡的傭人已經擺好飯菜，尹國豪坐在餐桌前，看著女兒打完電話笑得甜絲絲地過來。尹婷先是對傭人說：「陳姨，我明天還回來學做菜，一會兒我把明天的菜單給妳，妳先幫我買好菜。」

尹國豪看看女兒，不動聲色。尹婷幫他盛飯，一邊說：「爸，我交男朋友了。這次是真的，我們在交往了。你見過的，就是秦叔公司的那個仇正卿。秦叔不是總誇他能幹嗎？就是他。上次中秋節我們在墓園那裡你見過他的，記得嗎？」

「嗯。」尹國豪不冷不熱地應了句，開始吃飯。

「他沒什麼親人了，家裡只有他一個。我想好好學做飯，以後能做很好吃的飯菜。你跟哥不可以笑話我哦，也不可以打擊我的學習熱情。」

「妳不是會做嗎？」尹國豪問：「再說了，他是找女朋友，還是找煮飯婆？」

「我那點手藝不算會，難一點的就不行了。」尹婷平常在家做著玩都有傭人幫忙，其實不算會做，她當然不敢說她把人家廚房弄壞的事，「我自己想做的，跟煮飯婆沒關係。」

尹國豪不說話。

尹婷又問：「爸，你看你什麼時候見見他啊？」

尹國豪吃口菜，回道：「你們才談戀愛多久，等穩定了再說吧。剛開始戀愛，什麼都覺得是好的，等熱度過了，妳看清楚了，再來跟我說。」

尹婷嘟嘟嘴，幫尹國豪夾菜，「你不要總吃肉，吃點青菜。那你說，要多久才算穩定啊？」

「到時候妳就知道了。」

到時候？尹婷覺得她現在就覺得挺好的。不過爸爸這麼說了，她也沒辦法，而且他們確實剛開始談戀愛，不著急。

下午五點的時候，尹婷打電話給仇正卿，問他工作進度怎麼樣了？幾點能下班？仇正卿掃了眼桌上的文件和他列的工作事項表，答：「大概得加會兒班，七點吧。」又交代她：「妳先吃點下午茶墊墊肚子。」

「好。」尹婷掛了。

快六點的時候，尹婷又來電話問他：「時間怎麼樣？七點能完成嗎？」

「嗯，差不多吧。」仇正卿皺眉頭，剛才又有一份文件遞上來，他得先處理那份。

「這樣好不好？」尹婷建議：「我不去你那裡了，我去買了飯到你家等你，可以先隨便料理一下大大。你做完了工作就直接回家，才不會那麼累。」

「好。」仇正卿答應了。

七點二十四分，仇正卿打電話給尹婷，說他現在離開公司回家。尹婷說好，在家裡等他。

在家裡等他！仇正卿心裡一暖，這種感覺真是奇妙啊！

三十分鐘後，仇正卿站在自己家的門口。這次他身上有家門鑰匙，但他還是按了門鈴。

很快房門打開，一張甜甜的笑臉在門後出現，「你回來了！」一隻胖貓也跑了過來，在他腳下打轉。

這種感覺真的很好！

仇正卿張開雙臂，把尹婷緊緊抱住。

「我們以後要是沒有時間約會，我晚上就買好飯先到你家來怎麼樣？」尹婷問他。

仇正卿稍稍放開她，看著她的眼睛。

「我喜歡幫你開門。」她說。

仇正卿說不出話來，只得又將她緊緊抱住。

他家的門後面，有人等著為他開門。

多麼幸福！

仇正卿吃了一頓非常可口的晚餐，有肉有菜，甚至還有熱呼呼的煲湯，比他平常自己買的便當豐盛太多了。

尹婷陪著他一起吃，仇正卿有點小埋怨，說她怎麼不自己先吃，都餓著了。尹婷嘻嘻笑，說她五點多的時候吃了頓點心，墊了墊肚子。

仇正卿道：「我下班通常都比較晚的，妳以後記得自己先吃點東西，留菜給我就好。」

尹婷放下筷子，認真看他。

「怎麼？」仇正卿莫名。

尹婷微笑著，柔聲細氣地說：「你以前是一個人，愛怎麼吃就怎麼吃，愛幾點吃就幾點吃，沒人管你，但是你現在是有女朋友的人，以後你還可能是有老婆的人，再以後還可能是有孩子的人，難道你要永遠讓你的老婆孩子自己先吃飯，等你回來再看著你吃剩菜剩飯？」

仇正卿一愣。

尹婷繼續說：「偶爾一次兩次三次都沒關係，可是如果永遠都這樣，留菜給你就好，那幹麼要跟你一起吃飯呢？我喜歡幫你開門，可我也喜歡你能早點回家吃飯。每家公司都有規定上下班時間，訂定這個規則除了是讓員工們保證一定的工作時間，也是為了保證工作只要這麼多時間。超出這個時間，就該休息玩耍、吃飯睡覺，你說對不對？」

仇正卿張了張嘴，答：「對。」感覺自己被訓了。

尹婷滿意點頭，「那就好。那你以後不要跟我說什麼下班都比較晚，留菜給我就好這樣的話了。」她頓了頓，又問：「你會按時回來吃飯的，對吧？」沒等仇正卿回答，她又說：「六點下班，預計有些事延誤，不能那麼準時，那就六點半出公司好了。車程二十多分鐘，算上上下車庫，等電梯的時間，半個小時，再多給十分鐘，七點十分之前到家，總是可以的吧？這是平常正常的到家時間，其他遇到塞車啊，應酬啊，還有臨時加班什麼的，那些另計。這個合理吧？」

仇正卿愣住，他居然被規定到家的時間？

「能做到嗎？」尹婷一副幼稚園老師教育小朋友的語氣。

仇正卿支吾著：「呃，我努力。」

尹婷點頭，「請加油。」

仇正卿不敢吱聲，低頭把最後那碗湯喝了。尹婷買的這家便當味道挺好的。然後他聽到尹婷說：「哇，戀愛第二天，我就給我男朋友定規矩了，感覺自己還挺酷的！」

仇正卿一口湯差點噴出來，還定規矩？他已經很久沒被人定規矩了。他的表現比老闆期待得要好，股東們喜歡他，下屬們尊重他，真的很久沒被這麼訓過了。好吧，他女朋友有規矩，他就好好聽。

喝完湯，他抬頭，尹婷正撐著下巴看他。

仇正卿忙道：「我知道了，早點下班。」

「七點十分。」

「好，七點十分。」

尹婷笑了。

仇正卿又說：「還有一件事。妳如果常過來買飯等我，我應該給妳點錢。」

「家用嗎？」尹婷眼睛一亮，「好啊！」那副財迷相讓仇正卿失笑，不知道的人還以為她有多缺錢呢！

「好久沒人給過我錢了。」尹婷嘻嘻笑，「這種感覺好新鮮啊！給現金嗎？我要現金，把現金遞過來的感覺比較有真實感。」

仇正卿大笑，還真實感？他把錢包拿出來，遞給尹婷，「託付給妳了。」

「好。」尹婷鄭重其事地接過，開始數錢。

「書房左邊書櫃最下面的抽屜裡，也放著些錢。妳要是添置了什麼不夠錢，從那裡拿。」

「好。」尹婷眉開眼笑。

她笑得這麼可愛，讓仇正卿忍不住捏捏她的臉，「不要碰廚房，不要讓喵大大搞破壞，我這房子只要沒有三天兩頭換家具重裝修，我就養得起妳。」

「家具和裝修的錢我來付。」尹婷很豪爽地說，然後被仇正卿瞪了。

尹婷趕緊改口：「我是說，等幾年後這些家具裝修老化過時需要換新的時候，我來付。」

仇正卿沒好氣地看著她嘻皮笑臉。他收拾碗筷，洗碗。尹婷站在他身後看著，看啊看，忽然上前抱住他的腰。仇正卿心裡被溫暖緊緊包圍，就如同他被尹婷緊緊抱著一樣。

「明天還買這家的飯菜好了，我覺得很好吃。」仇正卿說。

「好。」尹婷把頭靠在他背後，「那家店不遠，是家小餐館，我去看了，很乾淨。我明天看看有什麼新的菜式，我們換著吃。」然後等她練了好廚藝，她就親自做給他吃。要是能每天做飯給他吃，那多幸福啊！

「我明天早點回來。」

「七點十分。」尹婷提醒。

「好，七點十分。」仇正卿一邊洗碗，一邊想著看來得在手機設定六點半的鬧鐘了。

這天晚上，仇正卿沒有再工作。他跟尹婷吃完飯就在沙發上看電視，其實也沒看電視，就是靠在一起，開著電視，然後聊天，親吻。他忽然有很強烈的欲望要把尹婷娶回家，因為他覺得這樣的日子很好。有人幫他開門，有人等他吃飯，客廳裡有笑聲，空氣裡有甜美的氣息。

他低頭親了親躺在他腿上的尹婷。有點太快了，他知道。閃婚是衝動，不負責任。尹婷不會答應，就算她也一樣衝動，她家人也不會答應，況且他還沒有見過她父親。

「我什麼時候去妳家拜訪？」

「過一段時間吧。」尹婷沒敢說她已經跟爸爸提過，但是被婉拒的事，怕給他壓力。

「好。」仇正卿再親親她的臉蛋，告誡自己要理智一點。

第二天，週五。仇正卿上樓開會，會後，秦文易跟他單獨聊了幾句，問他是不是在跟尹婷談戀愛。

「是。」仇正卿認真答：「我跟小婷在交往。」

秦文易點點頭，「小婷這孩子很貼心，不過你們居然在一起，真讓人意外。」

意外嗎？仇正卿抿抿嘴。確實會讓人意外吧？他們各方面條件都差得挺遠。

「認真的？」秦文易又問他。

仇正卿點頭，「很認真。」

秦文易被他的嚴肅逗笑，拍拍他的肩，「我後天跟她爸喝茶，要是她爸問起，我會幫你說說好話的。」

仇正卿一愣，忙道：「多謝秦總。」

「小婷很像她媽媽。」秦文易說：「無論外貌還是個性。不過她媽媽從商，當時在商界裡頗有名氣，跟老尹算是我們這商界的風雲人物。只是走得太早，所以老尹不想讓小婷走老路。」

「我聽小婷說過。」仇正卿說。

「那件事之後，老尹脾性大變，把生意全清掉了，錢留給孩子，然後自己守著印刷廠。倒是他的影響力還在，好些老朋友時不時去找他讓他幫忙支個招什麼的，這幾年就真的是淡下來，也就我們幾個老朋友跟他還有聯繫。」

仇正卿點點頭，暗忖秦文易是不是暗示他這個未來岳丈不太好打交道？

但秦文易沒多說什麼，只跟他敘了敘他們當年一起創業的事，然後就讓仇正卿走了。仇正卿心裡有些悶悶，感覺到有壓力。他回辦公室，刷開尹婷的微博，她新發的一條內容，是公布昨天她微博寫的問題的答案。

那問題是：河裡為什麼一定會有魚？

答案是：因為魚離開了水，肉體就死了，而河沒有了魚，精神就死了，所以它們必須在一起。

可它們完全不懼怕死亡，只知道它們要在一起。於是，它們就開心地在一起了。後面跟著一串剪刀手和笑臉。

仇正卿笑了，任何傷感的話，到了尹婷那裡，一定會解釋得正面又積極。重點是，它們開心地在一起了，沒有懼怕，便享受了快樂。

仇正卿安下心來，覺得尹婷這話鼓勵了自己。不必去多想未來不知道的事，好好享受現在的幸福才是最重要的。他集中精神工作，不知不覺時間過去，然後忽然聽到了手機鬧鐘響。

對了，六點半！

仇正卿這才驚覺尹婷今天下午都沒有打電話提醒他下班。他看了看手上的文件，趕緊處理。等弄完已經六點四十三分，他打電話給尹婷。

尹婷很快接了：「你下班了嗎？」

「嗯。」仇正卿暗自慶幸他中午的時候突然想起要設定鬧鐘。

「我現在就在你家了，在跟大大玩貓棒。」

「好，等我。」

七點零九分，仇正卿按響了門鈴，尹婷打開大門，對他露了個大笑臉，「你回來了！」

這個笑、這句話，讓仇正卿滿足得不得了。

晚上，他們兩人在沙發上看電視時，尹婷跟他說：「今天你分數及格了。」

「還有分數？」

「對啊，有獎有罰，你才會積極，這是管理辦法。仇總大人，你不會不知道吧？」

管理辦法他知道，但他未來老婆用在他身上，他剛剛才知道。好險，感謝鬧鐘！

「獎品是什麼？」

尹婷在他唇上重重一吻。

「罰呢？」

「明天不見面嘍！」

「這麼狠？」仇正卿抗議。

「哪有狠？」尹婷跟他講道理：「很多情侶幾天才見一次面，有些一週才見一次，有些一個月也見不了兩次，還有些異地戀，一年也見不了幾次。尤其像你這樣工作忙的，要不是我比較閒，配合你的時間，你哪有機會天天見到？如果你不能調整好你的時間，那我們一天不見也是正常的，所以你沒有提前請假就遲到，那就扣一天，遲到兩次扣兩天。表現嚴重不好的話，那處罰另議。」

仇正卿啞口無言，確實是有道理，但是……他要怎麼反駁才好？

「當然了，你對懲罰條件有反應是好的，覺得太狠也是好的，表示你在乎嘛！你在乎這樣管制起來才有效，就跟遲到要扣薪水一樣，嚴重違反規定就開除一樣，對吧？」

仇正卿無言以對，尹婷的媽媽是商界女強人這件事他現在相信了，因為尹婷也很有天賦。只是她把這些技能沒用在經商上，用來管他了。

「如果以後你不在乎了，覺得不見就不見，有什麼了不起，或者不見你覺得挺好，不用煩，所以沒壓力，不用遵守我們的約定，那到時你我就是可以另謀高就的時候了。」

「我壓力很大，怕得要死，完全不想被開除。」仇總大人立刻表忠心。

「怕就好。」尹婷甜甜笑著。

求正經先生現在確定了，天使也是有魔鬼手腕的。

尹婷和仇正卿談戀愛後一起共度的第一個週末，並沒能全天膩在一起約會。因為週六那天秦雨飛女王大人召見尹婷，而週日仇正卿和尹婷約好去毛慧珠那裡。

秦雨飛現在是孕婦，又要籌備婚禮，尹婷覺得正是需要自己去幫忙的時候。當初是秦雨飛點醒她，她跟仇正卿才有今天。或者說，才這麼快跟仇正卿有今天，所以尹婷很高興地答應去見她。

但仇正卿不滿，覺得秦雨飛是在搗亂。原因很簡單，因為秦雨飛現在以養胎之名在家休息，而尹婷工作日也是可以到處亂跑的，秦雨飛不挑工作日見尹婷，非挑他休假的週末，分明是跟他搶人。

尹婷很想得開，跟他說：「願意跟你搗亂的朋友是朋友，不把你當朋友的都懶得理你。」是，是，他的小女朋友真是會安慰人！

於是，週六他們兩人是這麼安排的，先一起吃早飯，然後仇正卿把尹婷送去秦雨飛那裡，他自己回家做事，再去健身房，力保他的「老體格」健碩青春。等到下午再回來接尹婷，一起去超市購物。陪他買完東西，一起回家收拾，接著尹婷回家陪爸爸吃晚餐。

這個尹婷也是有理由的，平常工作日早中餐她陪爸爸吃，晚餐出來陪仇正卿吃。週末她出來一整天，晚餐最好回去陪爸爸，不然爸爸會覺得怎麼談個戀愛就不要家人了，這樣留下不好的印象，等到見家長時，印象分數會太低。

仇正卿完全不敢反駁，事關未來岳丈大人，他確實不敢耍個性。他又想到秦文易說會跟尹國豪喝茶，不知道會不會聊到他，他本能地有些忐忑。再有，他發現尹婷真的想得很多，各種方法手段一套接一套，不止管他，還在對付她爸。

他這麼說，尹婷仰著鼻子，神氣活現，「那當然了。我媽走的時候跟我說了，要我好好過，要幸福開心一輩子。我為這個做了很多準備，很努力的。」

仇正卿想到尹婷收集的那些戀愛資料，寫得許許多多的美食品鑒、店鋪推薦、旅行日誌，拍下很多照片，還有她滿腦子的心靈雞湯亂燉。他是認識她之後才知道，原來幸福快樂也分很多種，有些人從工作裡得到幸福快樂，比如他。有些從賺錢裡得到幸福快樂，比如他。而尹婷是那種要去尋找和分享，需要花很多時間精力去經營的幸福快樂。而他懂了她之後，他的幸福快樂有一半就變成她了。

而她呢，她的幸福快樂是不是有一半也是他？他問了。

尹婷皺眉頭，「才一半？那看來還得再努力一下才行。」

「什麼？」仇正卿又不懂了，在說什麼？

「用你能聽懂的話說，才一半的股權，沒有絕對控股優勢啊！」怎麼她才占了他的幸福快樂一半，真是太有挑戰性了。

仇正卿一臉黑線，末了道：「有經營權就好了。」

尹婷抿嘴，用很可愛的表情看他，嘴角彎啊彎，最後大笑起來。

她踮起腳尖啄啄仇正卿的唇，「你的正經嚴肅版情話還挺動聽的。」

可是，他明明是在說認真的。一半股權加上經營權就夠用了，重點是看合約怎麼簽的。好吧，她覺得是情話就是吧，能讓她覺得動聽他也挺滿意的。

尹婷非常開心，她家求正經現在越來越會談戀愛了，都是她調教有方，她很有成就感。

她帶著這開心，到了秦雨飛那裡也沒合住嘴。

「妳要在孕婦面前比幸福恩愛絕對會輸的。」秦雨飛沒好氣。

「誰要跟妳比啊！」其實尹婷也不服氣，她現在跟誰比恩愛都不會輸。

「你們現在怎麼樣了？」秦雨飛問她。她對別的朋友都不擔心，只擔心這個傻氣的小婷。

「沒怎麼樣呀，剛開始嘛。他前兩天才回來，不過我們已經談好了，我每天儘量陪他吃晚餐，他儘量按時下班。我給他規定好時間了，他不能回來要提前說。還有他給我家用了，因為我負責買飯菜。」尹婷說起這個非常開心。

「你們結婚十年了嗎？」秦雨飛有些傻眼，還家用？還規定下班時間？

尹婷皺鼻子，「哼，我爭取結婚十年後還能保持現在的感覺！」

秦雨飛咬咬唇，歪腦袋想了想，「我有點無法想像我十年後跟顧英傑會是什麼樣。」

「我能想像！」尹婷舉手。

「嗯，我猜妳腦中的畫面一定非常美好。」這個秦雨飛絲毫不懷疑，尹婷腦子裡什麼事情都是美好的。

「那當然！你們牽著兩個孩子，我們牽著兩個孩子，兩家人一起開心地玩耍！」

「……」秦雨飛有點反應不過來，「我兩個孩子也就算了，反正現在肚子已經有一個。妳這剛談戀愛的，湊什麼熱鬧？」

「我也要生兩個。」尹婷認真宣告：「求正經沒家人，有兩個孩子家裡才會熱鬧一些。」

「……」秦雨飛扶額，原來尹婷已經想到結婚這麼遠了，「所以妳確定以後一定會嫁給他了？確定就是他了嗎？」

「不需要確定啊！」尹婷道：「我們相愛了，自然就會發展下去。剩下的，就是大家好好經營感情和生活。要確定的是，妳愛不愛這個人，這個之前不是已經定好了嗎？訂單已下，要生產出貨了。」

「……」訂單已下生產出貨什麼的，是仇正卿的用詞吧？她家小婷被洗腦了！秦雨飛嘆氣，看來仇正卿調教有方啊！

尹婷不管秦雨飛的表情，繼續道：「我跟妳說，我試過了，我前天跟他說的，六點半要出公司，七點十分之前必須回家，然後昨天我沒有提醒他，沒打電話給他，他居然按時回來了。」

「這有什麼？」

「對別人來說沒什麼，對求正經來說，卻是需要努力調整的習慣。」

「只有一天也看不出什麼來，等兩三個月後，妳再看他。」

「嗯，確實是這樣。兩三個月還有些短，我的目標是兩三年。用兩三年讓他習慣，放鬆下來，平衡好工作和生活，這樣才是健康的。」

「難！」秦雨飛道：「有些人不拚命工作會想死，仇正卿就是這種的，而且他還要求別人跟他一樣。」

「所以才需要有人照顧他。」尹婷抱了個抱枕，跟秦雨飛說心裡話：「雨飛，仇正卿跟我表白的時候，擬了個大綱，是他對我們之間的計畫。妳問我是不是確定是他，我能理解，因為我們剛在一起，妳擔心我一頭熱先栽進去，可我有信心，那是因為求正經也是這樣對我的。他不是追女生做女朋友，他是追他喜歡的女生做老婆。他的計畫裡有未來，包括婚前協議，包括幾個孩子，包括做家務。他想要一個家，雨飛，不止是戀愛，是一個家庭。我覺得我給得起，我也想給他一個家。他說給我家用，我就要了，我不缺那點錢，但那是他該負的責任，我做我能為他做的，他該做他能為我做的。就是這樣，很踏實。雨飛，他有一句話特別讓我感動。」她說到這停了下來。

秦雨飛不說話，尹婷推了她一下，「快問是什麼？」

「妳好煩！」秦雨飛沒好氣，「是什麼？」

「他說能喜歡多久這件事，如果我也喜歡他，那麼兩個人一起努力，那就能挺久的。」

秦雨飛眨眨眼睛，想了想，問：「感動的點在哪裡？」

然後她被尹婷拍了，秦雨飛哇哇叫抗議：「真的沒體會到那個點！」

「我體會到就行了。」尹婷仰著小臉，「感動的點是用心。我能感覺到，他寫這些的時候，很用心。他認真思考過才做決定的，不是那種哇靠這個妞很漂亮，哎喲，這小女生挺可愛的呀，追追追……不是那樣的。」

「妳說的那是流氓好嗎？」

「可是妳得承認，現在這世道挺多這樣的流氓，男的女的都有。」

「嗯。」秦雨飛認真點頭，「當初妳喜歡男生好像也差不多是這樣。哎呀，他很帥，眼神很溫柔，很體貼，我想追追看。」秦雨飛學尹婷語氣，然後語調一沉，下結論：「女流氓！」

尹婷愣了愣，回想一下，「是喔？」她忽然跳起來，搖秦雨飛的肩膀，「可我現在改過自新了！我現在學會要像求正經那樣認真對待了，妳不許告訴求正經我以前是那樣的，一個字都不許說！」

「等一下，等一下，我是孕婦！」秦雨飛被搖得受不了。

「哦。」尹婷趕緊停手，摸摸秦雨飛那個還沒大起來的肚子，問她：「妳還好吧？」

「去！」秦雨飛拍她的手，「我別的不擔心，就是怕妳傻乎乎被他拐了，妳看妳以前談個戀愛那傻勁兒！」

「我不傻，我只是這方面缺少一點靈感。不對，也不是缺少靈感，就是我的靈感沒有用武之地。現在在求正經那裡，我的套路可都靈了。他很容易懂，我能看懂他。」尹婷把腦袋靠在秦雨飛肩上，「別擔心，雨飛，不用擔心，我從來沒這麼有信心過。」

在尹婷和秦雨飛進行閨房談話的這段時間，秦文易和尹國豪正在喝下午茶，他們也剛好聊到尹婷和仇正卿。

「這個年輕人很好啊！」秦文易大力說著仇正卿的好話，「我當初花了很多心思挖他過來，他很謹慎，是個很理性的人，也不是看重眼前利益的。有才華，能幹，有你當年的風範。」

尹國豪笑笑，夾了口點心吃，沒說話。

秦文易又說：「我還曾經想過撮合他跟雨飛，不過他們倆不來電，誰知道最後是被你家小婷拐走了。」

尹國豪喝口粥，慢條斯理道：「才開始呢，誰知道以後會怎樣？」

秦文易道：「兒孫自有兒孫福。你看雨飛跟阿傑，我們也沒想到，可他們現在都要結婚了。」

尹國豪沒說話，過了一會兒，突然說：「說起來，我倒更喜歡阿傑那樣的。」

「幹麼，搶我女婿？」秦文易瞪眼。

尹國豪哈哈大笑，倒茶給他。

同一時間，在墓園。

仇正卿剛拜完自己的父母，尹婷不在，他在家裡有些煩躁，沒心思看文件，乾脆就來這裡了。

他拿了一束花走到尹婷母親的墓前，把花恭敬擺好，然後站直了，有些緊張。

墓碑上照片裡的人看起來很年輕，確實跟尹婷有幾分像。

仇正卿想起秦文易說的，尹婷像她媽媽，相貌像，個性也像。

仇正卿清了清喉嚨，想著該說什麼好。不知道是不是因為父母離開得早，他面對長輩總有些口拙。他站了好一會兒，才對墓碑道：「阿姨，我叫仇正卿，是小婷的男朋友。」他停了停，又說：「謝謝您，我很愛小婷。」

這天晚上，尹婷回家跟尹國豪一起吃飯，尹國豪問她：「捨得回來，不約會嗎？」

「要啊！」尹婷嘻嘻笑，「約完男朋友，約爸爸！」

尹國豪笑了笑，「馬屁精！」

尹婷很高興，感覺爸爸今天的心情不錯，「跟秦叔喝茶聊得好嗎？是不是雨飛的婚禮要請你過去呀？」

「對。」

「雨飛請我做伴娘。」尹婷嘻嘻笑，很高興，「我跟她說好了，捧花一定要丟給我。」暗示一下，爸爸會懂吧？

尹國豪似漫不經心地道：「那好啊，為了搶到花，妳得開始練輕功了。不過妳可別學雨飛那樣挺個肚子回來跟我說要結婚，我只會打斷那兔崽子的腿，然後外孫留著自己養。」

尹婷臉漲得通紅，「哪有，怎麼會？才不會那樣！」她跟仇正卿只有親親，還沒這樣那樣呢！啊，要是他想這樣那樣，那她……尹婷臉很紅，低頭埋飯碗裡。

尹國豪暗哼一聲，真是沒眼看，女兒大了！

晚上，尹國豪臨睡前去女兒房間跟她說「晚安」，看到她正在桌前埋頭苦幹。桌上攤著一堆紙，放了一堆照片，也不知道在幹麼。尹國豪問她，尹婷答：「做禮物給男朋友。」

「哦。」尹國豪沒說什麼，眼角掃了一下尹婷床頭的那個電子相框，他知道那肯定是仇正卿送的，上面一看就是男人寫的字，加上尹婷像寶貝一樣時不時捧著看，傻笑，還要擦一擦。

尹國豪想起秦文易對他評價的仇正卿，那男人他也見過一次，在墓園，成熟嚴肅，一看就是個久經職場歷練的。女兒之前追求的對象跟這個人完全不是一個類型，所以現在女兒在跟他戀愛，他很意外。不過看到那相框後，他又明白了。

男人在追求女人的時候，智商瞬間都會提升好幾個百分點。他當年也是這樣，女兒是個愛浪漫的，當年她母親也這樣。

尹國豪沒多說什麼，只囑咐尹婷早睡，道了晚安就出去了。

第二天，尹婷和仇正卿見面，仇正卿問她他爸有沒有說到他什麼？

「週五的時候，秦總說會跟妳爸一起喝茶，不知道他們有沒有聊到我。」

「哦。」尹婷想到她爸的話，又想到剛剛他們兩個在車上吻得難捨難分，她能感覺到仇正卿有點小激動，還摸她來著。她沒阻止，而他當然也把持住了。兩個人平復了一會兒，才開車上路。這樣下去，他們不會真的發生那件事吧？她頓時有些不好意思說。

「哦是什麼意思？」仇正卿一邊開車一邊看她，「幹麼臉紅？」然後他也想到了剛才的吻，自己是有些情不自禁地毛手毛腳。他咳了咳，一本正經地告誡她：「下次，妳可以推開我，或者拍我一下。」

她幹麼要拍他？她又不討厭他這樣！尹婷抿抿嘴，決定還是轉達她爸的話：「我爸說，如果我學雨飛大了肚子回去說要結婚，他就打斷你的腿。」

仇正卿手上的方向盤差點打歪，好半天才鎮定下來，問她：「妳說了什麼，怎麼讓妳爸有這樣的印象？」

「我才沒有！」尹婷漲紅臉拍他一下，「還不是你們男人有共同的劣根性，所以我爸才會提前警告我！」

這話仇正卿無法反駁，男人是會衝動的呀，特別兩情相悅時，有那樣的關係也是正常。打住，他想到哪裡去了？好吧，他承認他對尹婷是有慾念，不過對自己女朋友有慾念是正常的，何況他有克制，又沒做什麼壞事，未來的岳丈大人在這上面扣不了他的分數。

不過，真的不能做壞事嗎？

正在胡思亂想，車子開過一家醫院，尹婷看到了，突然想起來，「對了，元旦後我們找個時間帶喵大大去醫院做手術，牠也到時候了。」

仇正卿嚇一大跳，「牠怎麼了？」他家大大明明健健康康，結實雄壯，養得渾身是肉，胖乎乎圓嘟嘟，吃好喝好睡好玩好，怎麼要做手術？

「絕育啊！」尹婷眨巴著眼睛，「也叫去勢，你們男人懂的。」

「……」太懂了。

「七八個月之後就可以做了，大大年齡早就夠了。要是牠發情，會到處撒尿，會要衝出門，會在家裡搞破壞，對牠的身體也不好，所以之前我問過醫生，現在牠有家了，又養了一段時間，身體調理好了，差不多該做了。上次我帶牠去打疫苗的時候，醫生就說可以了。」

尹婷認真解釋，聽在仇正卿耳裡卻是另有一番滋味。剛剛轉達了未來老丈人的警告，接著就告訴他他家的貓要送去做太監，這話題接得……真的不考慮一下男人的感受嗎？

「我再考慮一下。」大大是他的貓，他作為主人，有權為牠爭取一下。同為男性，只有他能幫大大了。

「哦。」尹婷側頭看他，「貓跟人不一樣哦，我回去把收集到的資料發給你看。我還有養貓的知識書，也拿給你看。」

「好吧。」仇正卿覺得，大大當太監的命運大概是逃不掉了，他有點同情牠，應該再對牠好一點的，那牠想進書房玩就讓牠進好了，牠想上床睡就讓牠上床好了，今晚不阻止牠了。

「你幹麼這種表情？」尹婷看著他，忽然反應過來，哈哈大笑，「我爸不會這麼對你的！」

謝謝啊，天使小姐，妳真會安慰人！

這天仇正卿和尹婷主要是把跟毛慧珠的合約給簽了。其實細節之前仇正卿就跟毛慧珠已經談好，就差尹婷來簽個字。這公司尹婷占百分之四十的股份，各項利益分配、權責劃分等，合約條款列得很詳細。仇正卿在這方面是嚴格的，並不因為毛慧珠是朋友而有所懈怠。而款項方面，尹婷也已讓會計那邊準備好。

今天他們去了辦公室，辦公室已經裝修完畢，尹婷來過幾次，仇正卿倒是第一次來。辦公室有模有樣，看著頗氣派，簡潔大方，非常時尚。毛慧珠說大多是尹婷的點子，她的審美極佳。

尹婷聽了誇獎，高興地笑，等毛慧珠走得遠了，便對仇正卿比劃剪刀手，道：「所以你看現在廚房和客廳多漂亮。」

仇正卿無奈地道：「請不要提醒我廚房需要重新裝修的原因。」

尹婷又說：「我也想換一換書房和臥室的窗簾。」

仇正卿問：「床要不要也換一換？」

尹婷臉一紅，拍他一下，「你說有顏色的話喔！」

仇正卿一怔，確實脫口而出調戲她了，而且她提醒他之後，他居然有了遐想，想像著小婷躲在他的大床上……要是未來的岳丈知道他不強調這事他還沒想這麼多，被他強調後他就總會想到這事，不知道岳丈大人的表情會怎樣？

仇正卿板著臉裝傻，「換家具為什麼是有顏色的話？」

「你好煩！」尹婷大笑，又拍他一下，附他耳邊故意逗他：「你家床會不會吱吱響的？」

仇正卿差點被自己的腳絆到，「尹婷小姐！」

尹婷抿著嘴偷笑。

「總調戲男朋友是不對的。」

尹婷完全沒有在反省。

「你們兩個！」領頭走進總經理辦公室的毛慧珠回頭，提醒打情罵俏的他們：「顧忌一下單身人士的感受好嗎？」

尹婷蹦跳著往前走，「都是他不好，罵他！」

仇正卿瞪眼，他才是最無辜的那個。什麼有顏色，什麼床吱吱響，都是她挑起的。

尹婷回頭對他笑，笑得仇正卿完全沒了脾氣。

之後毛慧珠與仇正卿聊業務的事，尹婷去茶水間幫他們泡茶，毛慧珠趁機跟仇正卿說：「恭喜你嘍，小婷真的不錯，你選她是明智的。」

「謝謝。」仇正卿也覺得在這件事上他很明智。

毛慧珠又說：「我那天想像了一下如果我們兩個人在一起，大概會一邊做飯一邊聊工作。吃飯的時候討論財務報表，睡覺的時候商量行銷方案和客戶資源。或者你加班我也加班，飯都不用煮，大家深夜回家一起睡個覺。」

仇正卿笑，一開始他覺得這樣沒什麼不好，但現在他不這樣想了。

「你真走運，正卿，我說真的。」毛慧珠道：「我真羨慕你。」

「妳也會遇到一個合適的。」

「我嗎？」毛慧珠聳聳肩，「我跟你不一樣，我是女人啊，我這年紀，可選擇的餘地小。當然也不是說沒有，只是……」她頓了頓，似在思考，「我現在覺得單身也沒什麼不好。」

「我以為我們是一類人，我們的想法大概會差不多。前三十三年覺得單身沒什麼不好，現在開始察覺有個伴才好。」仇正卿道：「前三十三年覺得自己想要什麼再清楚不過，現在才覺得，原來缺了很重要的東西。缺的時候並不知道，得到了才悟然大悟，原來如此。」

毛慧珠笑問：「你是說我還沒得到，所以並不知道嗎？」

「我在說我自己。」

「那就是在說我了。我看你的時候，就像在照鏡子一樣。」毛慧珠說：「不過我大概還是不會跟你一樣，運氣是不同的。」

是嗎？仇正卿忽然想起吳飛，尹婷說他對毛慧珠有意思，也不知是不是真的。就算是真的，也不知道他們會怎樣。仇正卿忽然發現自己跟以前不太一樣了，他從前不關心工作之外的事情，現在他居然像個老頭子似的，操心起別人的感情事來。

其實他覺得他真操不起別人的心，他自己的煩心事就不少。

就比如這天晚上這樣，時間很晚了，而他還沒有睡著。在未來岳丈和未來老婆的連番提醒下，他的心不怎麼「平靜」，然後他發現他真的在想他的床會不會吱吱響。

他躺在床上用力晃幾下，覺得床很結實，沒響，但是這動作讓他想到尹婷，於是他的身體也變得很「結實」。仇正卿躺了半天也沒平復，他咬牙切齒，最後下床去浴室。大冬天洗涼水澡真的不健康，做別的也很不健康。

仇正卿週一上班的時候心情不太好，無法掩飾。也不是他故意裝酷，確實心情不佳，但其實什麼壞事都沒有發生，早上尹婷還傳簡訊給他說早安。天氣也不錯，天空很藍，太陽暖洋洋的，就連一早的例會上大家的報告都做得不錯。

但仇正卿依然情緒不高，算得上是黑著臉。面無表情，說話硬邦邦，弄得與會的所有人都戰戰兢兢。

會後，陳經理被大家推舉，去跟仇正卿聊一聊，表達一下同事們的關心。陳經理覺得自己不是最佳人選，仇正卿的祕書更合適。祕書說了：「我是女的，仇總這麼正經的人，萬一誤會我對他有意思，要對他進行性騷擾怎麼辦？我才不去。」

陳經理又覺得仇正卿的助理更合適。助理說了：「不行，如果我去，讓仇總不高興了，以後的工作怎麼做？陳經理你去，你職位高，仇總會給你幾分面子，再有，如果仇總更不高興了，以後工作上有什麼情況，還能留著我給你通風報信。」

聽起來有幾分道理，但為什麼一定要聊呢？陳經理被大家一瞪，因為關心！

好吧，其實是因為八卦。陳經理自己也很想八卦一下，因為仇總談戀愛後整個人都不一樣了，變得有人情味了，變得愛笑了，變得柔和起來，下班時間也提早了！

對，嚴肅正經的總裁變柔和不算最可怕的，他不加班這件事才是震憾人心。陳經理和其他人一樣，都很好奇。「婷婷玉立413」真是有手腕啊，把仇總追到不說，還讓他變了個人。只是今天柔和版總裁似乎又變回去了，是不是有什麼情況？

好想知道！眾同事站在陳經理後面，八卦魂熊熊燃燒著，陳經理自己也一樣，於是他去了，去向仇總報告上週說要處理的一件公務，「順便」向仇總表達一下大家的關心。

陳經理跟仇正卿說完公事，試探著問：「仇總今天似乎不太開心，是家裡有什麼情況嗎？我們可以幫忙的，呵呵。」

仇正卿抬眼，目光慢慢從文件轉到陳經理臉上。怎麼回事，現在他跟同事們的感情已經進化到可以聊心事談八卦的關係了？

「沒什麼不開心，我很好。」

「哦哦，那是對今天會議上的報告有什麼不滿意的地方？」

「沒有，這個月大家的表現都不錯。」

什麼都沒有嗎？那幹麼板著臉？陳經理不太敢直接問是不是跟女朋友吵架了，於是拐彎抹角再問：「婷婷玉立最近沒來了啊！」總之該問的都問了，他出去也算是跟大家有個交代。

仇正卿皺眉頭，「陳經理，小婷是我的女朋友。」

「是啊，是啊！」陳經理猛點頭，他知道啊，他又沒有要搶他女朋友。然後他看仇正卿的臉色，忽然懂了，「哦哦，是這樣，仇總辛苦了。」他用過來人的口吻說：「男人是這樣的，總得辛苦一點，也只能忍了。我懂，我懂！」

他懂什麼了？仇正卿一臉茫然，他不懂啊，但想想陳經理的話，他解釋一句：「我跟小婷沒有吵架。」

「是，是！」這就更符合推測了，肯定是那樣，他真的懂。陳經理功成身退，跟仇正卿又扯了幾句，告辭出去了。

下午，仇正卿去茶水間，剛走到門口，聽到一個男同事正安慰另一個剛被他退回要求重做明年第二季度企畫的男同事：「好了，你也別煩，馬上就是元旦假期了，趕緊想想怎麼調整，放假前把案子通過了。仇總那邊你也理解一下，欲求不滿當然會心情不好。你再改改，過兩天他心情好了，說不定就沒問題了。」

仇正卿一臉黑線，誰欲求不滿？欲求不滿是他理解的那個意思嗎？

這時候那兩人拿著茶杯出來了，被退案子的那人正要抱怨，一轉頭看到仇正卿，頓時把話嚥回去了。

仇正卿認真嚴肅地說：「第一，案子的問題我說過了，目標過大不切實際，你們部門的人該去多跑跑賣場。跟經銷商的年會雖然還沒有開，但今年的報表應該心裡有數，第一季度的預期高是因為元旦春節的購買力擺在那裡，加上年底新品促銷的廣告力度也在。第二季度憑什麼這麼高？產品那邊的計畫你們分析過了嗎？跟產品那邊開過幾次會？討論過多少細節？沒好的新產品，沒通路配合，行銷預算我不會批。你們的企畫書沒有說服我，就是這樣。無論我心情如何，這些都是專業判斷，不會改變。」

那兩人被說得啞口無言，也不敢走，只諾諾點頭稱是。

「企畫提前做是為了提早做準備，提早做準備是有根據的準備，不是隨便猜一個數字寫幾個方案就叫準備。還有，我沒有欲求不滿。」仇正卿黑著臉進了茶水間，那兩個同事夾著尾巴趕緊走了。

等仇正卿回辦公室時，路過的辦公區氣氛格外冷肅。他一進辦公室，外面的眾人才鬆了口氣。還說不是欲求不滿，分明就是欲求不滿！

六點半，仇正卿的手機鬧鐘響了，他這才想起該下班了，但今天他預定的工作還沒有完成，就在五點多時，他又剛訓完一個下屬。因為要放假了，大家的心都有些散漫。可放假歸放假，該做的工作也該做好。

仇正卿想了想，他把下屬訓了一頓，自己也應該以身作則，而且事情沒做完他確實不想走，晚上回去跟尹婷吃完飯肯定沒什麼時間做事。大後天就放假了，他只剩下兩天，時間真的不夠用。

仇正卿想了想，尹婷說過可以請假的，於是他撥了尹婷的電話。

「下班了嗎？」尹婷的聲音帶著笑，非常有活力。

「還沒有。」仇正卿覺得請假這件事真有些不好辦，他很少請假的，基本上沒請過，「我今天工作太多了，確實走不了，得晚一點回去。」

「哦。」尹婷的聲音一下子沒精神了。

仇正卿撓撓眉角，「馬上就元旦了，很多工作要做，不然放假也不安穩。現在又是年底，很快到春節，我們這個行業這時候是最忙的。對不起啊，今天我得晚點回去了。」他跟秦文易都沒這麼低聲下氣過。

「沒關係。」尹婷說：「那你好好忙。先訂個便當吃，別想著等做完事再吃，那時候也不知道幾點了。」

「好。」仇正卿很聽話。

「那不聊了，你忙吧。我不等你了，你安心做事吧。」尹婷看著面前餐桌上的菜，剛送來不久，她才剛擺到盤子上。

仇正卿有些猶豫，「要不，妳就在我那裡看看電視，陪大大玩一下，我一會兒就回去了。」

「還是不要了，如果忙到回不來，就安心工作吧。我在這你還要惦記著怕我等著急，沒必要，而且你加班回來也累了，還要開車送我回去，我也不想這樣。你就安心做事吧，不過先叫個便當吃，顧好胃。我爸就是胃不好，總胃疼，你可不要這樣。」

「不會的，我一會兒就訂便當。」仇正卿覺得很抱歉，「那妳自己要注意安全。」

「好，掛了。」尹婷笑著說拜拜。掛了電話，臉垮下來，嘟起嘴。不回來的話，那她就自己吃了。趁著菜還是熱的，不用回鍋熱第二遍。她盛了一碗飯給自己，坐下沒吃幾口，不想吃了。這樣吃飯真沒意思啊，她還是回家跟爸爸一起吃吧。

尹婷把菜放進冰箱，把碗洗乾淨，檢查了喵大大的糧和水，清理乾淨牠的廁所，關好門窗，回家去了。

尹家，尹國豪剛吃完飯，正在看電視，就看到女兒回來了。

「吃飯了嗎？」他很意外，不是說要約到晚上挺晚，然後仇正卿送她回來嗎？現在才過七點。

「還沒吃呢，他今天加班回不來，我就想著乾脆回來吃。哥呢？去店裡了嗎？」

「對。」尹國豪趕緊叫傭人給尹婷加個菜，自己陪著女兒坐到桌邊。結果尹婷坐不住，跑到廚房去要求自己動手，讓傭人在旁邊指點。尹國豪跟去廚房，嘮叨說：「要回來吃也不提前說一聲，我就等等妳。」

尹婷嘻嘻笑，「那一會兒爸陪我再吃一頓。」

「哼，妳當爸這麼能吃啊？」尹國豪一邊跟女兒鬥嘴一邊看她炒菜。現在拿鍋鏟也是有模有樣了，剛在心裡誇完，結果尹婷手一抖，尹國豪不用嘗就知道鹽肯定放多了。

「會太鹹嗎？」尹婷不確定。

「有點多。」傭人說。

尹婷嚐了一口，還真是鹹了，「那加水。」她很果斷地倒了水進去。

傭人在一旁笑，「這哪行？不好吃了。」

「水煮菜。」尹婷幫菜起新名字。

尹國豪又覺得沒眼看了。就這點水平，還非要下廚房！

尹婷一邊吃著自己做的水煮菜，一邊問尹國豪：「爸，你有相熟的駕訓班教練嗎？再幫我介紹一個。」

「怎麼？」尹國豪頭疼，「又想學車了？妳不是說放棄了嗎？不為自己，也為了教練的心臟以及路人們的安全。」

「再試試嘛！」尹婷嚼著並不好吃的水煮菜，鼓勵自己這表示自己的廚藝還有很大的進步空間，「我覺得經過前幾次的累積，也許這次我就能學會了。」

尹國豪搖頭，「沒了，我就認識這麼幾個駕訓班的教練，已經被妳禍害完了。現在人家一聽是妳要去學，大概都會裝病吧。」

「哪有這麼誇張？」尹婷不服氣，不過她知道過去幾次學車是挺慘烈的，嚇得她哥也不願教她了。她對車子機械這些的真的比較笨。不對，應該說她在這方面沒什麼靈感。可她現在確實又想學了，仇正卿上班這麼累，總不能讓他每天送她。跑來跑去多辛苦，她要是會開車了，省了他很多事呢。

「妳還是算了吧，就算勉強拿到駕照，我也不放心妳開車。妳學了也沒什麼用，難不成還想開車接仇正卿下班？」

這樣也不錯啊，感覺自己挺酷的，還可以開車甩尾停到仇正卿面前，演一演那什麼「沒時間解釋了，快上車」的橋段。尹婷想想那畫面，笑了起來。

尹國豪很想戳女兒的腦袋，還傻笑？

這晚快十點時，仇正卿打電話給尹婷，說他到家了。

「這麼晚？快去親親大大，然後洗澡睡覺。」尹婷下指示。

「嗯。」仇正卿答應了，問她：「妳在做什麼？」

尹婷一邊忙著手上的事，一邊說：「在做我喜歡的事啊！」

「妳喜歡的事是什麼？」

「有很多呢，我的興趣非常廣泛。」尹婷問他：「對了，你工作忙完了嗎？」

「我不是說過了，工作做不完嗎？明天繼續上班，妳說忙完沒？」

「那我明天也不過去了，你抓緊時間做事，我明天約朋友見面好了，不然她們會怪我，然後元旦我們可以有更多時間在一起。」尹婷說她的計畫。

仇正卿皺眉頭，「明天不來？不是說好了提前請假就不處罰的嗎？」

「不是處罰。不過你也沒提前請假，你六點半過了才打電話，我飯已經買好了。對了，飯菜放在冰箱裡，你明天下班回來自己熱了吃。」

「可我想見妳。」

「明天沒機會。」尹婷跟自己說不要心軟，「不過你提醒我了呢，請假的話，也是有次數限制的。三次好了，超過三次的要罰。」

「那類似明天這樣的狀況，應該記下來當作抵消。」

「哈，還討價還價！」尹婷哈哈笑。

「就這麼說定了。明天是妳要跟朋友聚會，算妳請假一次，加到我的請假允許次數裡。」

尹婷大笑，她是真覺得他太忙，不好勉強約會，結果他竟然抓住機會給自己增加籌碼，「行，我很大方的！」尹婷看了看手上的紙，很滿意，又催促他：「你快去洗澡睡覺了。」

仇正卿答應了，掛了電話，走進書房。今天他去提款機領了錢，打算放到抽屜裡備著，方便尹婷拿。打開書房的抽屜，卻發現裡面多出一個粉色的透明卡通圖案資料夾，一看就是尹婷的風格。裡面有紙有畫，他有些驚訝，猜不到她會把什麼東西放在這裡。

仇正卿把資料夾打開，取出裡面的紙看，一共有三張。

第一張是留給他的字條：「求正經先生，有鑒於你送我的禮物我很喜歡，所以我打算回送你一份有同等分量的厚禮。請妥善保管，我手上沒有備份，只有你手上這一份。我打算一年之後把它們裝訂成冊留作紀念。能留下多少紀念，全看你的保管用心程度了。」

這麼鄭重？還要裝訂成冊？可明明只有兩張啊！

仇正卿看下去。

第二張，有尹婷畫的花紋，花紋中間寫著兩個字：情書。

看起來像是封面。

封面的下面有一行小字寫著：只記錄美好的事情。

第三張，貼了一張永凱大廈的照片，下面寫著字。

我問了雨飛和顧英傑，他們都不記得那天具體是幾號，我也不記得了，只記得應該是五月，我第一次見到你。

那個大廈，那個辦公室，我去過很多次，但在此之前，不記得是否見過你。我想應該見過，畢竟你在那裡辦公，可我不認得你，你也不認得我。大概我們就是那種擦肩而過，卻沒有留下任何印象的相遇男女。

直到那一天。

那天我的目標是顧英傑，奉雨飛之命，把他支走，而你，跟他坐在一起。

那天發生的美好的事，就是你認識了我，我認識了你。儘管我們彼此的第一印象大概是你覺得我是翹班出來玩耍的不負責任的女生，而我覺得你是可怕的工作狂。

儘管如此，依舊美好！

後面是尹婷畫的剪刀手。

仇正卿坐了下來，就地坐在了木地板上。他把那張紙又看了兩遍，這應該算是他們兩人的戀愛日誌？他想起那一天，他第一次見到尹婷。她在會議室外假裝與顧英傑偶遇，顧英傑問她是不是要找雨飛，她說是，但秦雨飛不在。他以為她是秦雨飛的客戶，怕秦雨飛錯過什麼公事，就問她找秦雨飛做什麼。

這是他們的第一次對話。

五月……他們居然認識大半年了。

喵大大跑過來，對仇正卿丟在地上的資料夾很感興趣，又看到抽屜沒關，爬上去想鑽。仇正卿把抽屜關上，抱過喵大大，摸摸牠的腦袋，拿出手機翻行事曆，然後打電話給尹婷。

電話響了幾聲尹婷才接，仇正卿開口，發現自己有些哽咽，「那天應該是二十二號。」

「什麼？」尹婷沒回過神來。

仇正卿清了清喉嚨，又說：「我們第一次見面，應該是二十二號。」
「你居然記得？」尹婷驚喜。
「嗯。我看了行事曆，上面記著二十二號跟華德有會議。」
「哦。」尹婷晃腦袋，人家記住的不是第一次見面，是開會，「求正經先生，你真是浪漫與矛盾綜合體。」
「這是什麼新名詞？」
「上次你送我相框，我感動得要死，結果你說是看PPT看的。我問了雨飛和顧英傑，他們都不記得那天是幾號了，可是你一下子就說了出來，我好感動，然後你接著告訴我行事曆上記錄那天有會議。」
「嗯。」仇正卿不知該說什麼，他覺得這不是很正常的事嗎？他行事曆上確實記錄著那天有會議，而那天確實就是尹婷和他第一次見面的時間。
尹婷等了半天，仇正卿也只有一個「嗯」的反應。「好吧。」她知道他倆又沒想到同一個點上。沒關係，她從感性的點出發，而他大步邁在理性的路上，然後他們在交叉口會合。嗯，很不錯，她要把這句話記下來以後用。
「怎麼不說話了？」仇正卿問。
「沒，我剛來了靈感，正在做筆記。」
「這麼不專心，我是不是應該抗議一下？」仇正卿隨口說說。
「雖然我覺得沒這個必要，不過我很想聽聽看你會怎麼抗議。」尹婷又調皮了，嘻嘻笑，「請抗議！」
「……」仇正卿一時語塞，然後想到了尹婷的那招，「等我想到詞了再告訴妳。」

尹婷哈哈大笑，「正經先生耍賴皮！」

「一定是被妳教壞了。」

「不要推卸責任。」

「沒有推卸，妳就是我的責任。」

「這句話真不浪漫啊！」尹婷嘆氣，「真想當沒聽到過……」

「這句話的問題在哪？」

「責任。我們才開始談戀愛，你就覺得是在盡責任了？感情呢？」

「……」仇正卿愣了愣，「有責任和有感情的衝突點在哪？邏輯呢？」

「抗議是不需要邏輯的呀！」

「什麼？」怎麼又繞到抗議上了？

「我剛才為你正確示範了一下情侶間的抗議方式，不用謝。」尹婷的聲音裡帶著笑意。

「妳確定妳不是被我抓到語病，無法自圓其說，所以臨時找了個示範的藉口？」

「哦，那你就當我示範了一下情侶間的耍賴皮……啊，不對，耍賴皮你會，不用教！」

「……」

「好了，剛才示範的是情侶間的抬槓，你學會了嗎？」

仇正卿扶額，「妳的聰明才智得到了充分體現。」

尹婷哈哈大笑，很歡快地說：「太好了，今天的日誌有事情可以記了。就寫我們進行了一次無聊又有趣的情侶對話，相處成熟度加分。」

「無聊又有趣的情侶對話，這是美好的事？」仇正卿再瞄了一眼尹婷做的封面，上面寫著只記錄美好的事情。

「是啊，很有意思。不記這個，難道要記你加班不回家吃飯，拖到六點半才打電話，我飯菜都擺好了的事嗎？」

仇正卿一噎，聽到尹婷笑，「剛才示範的是情侶間的委婉抱怨。」

「嗯，收到了，知道了，下次我會記得提前打電話。」

「還有呢？」尹婷的聲音又嬌又軟，仇正卿聽得心裡發軟，反應不過來，「還有什麼？」

「最重要的是，以後爭取不加班了，就算一定要加班，能回家做的事就回家做，不在外頭逗留太晚，讓女朋友擔心。」尹婷一口氣說完，「正在示範的是如何表決心，表達對的重點。」

「……」仇正卿被打敗了。她腦子裡到底是怎麼裝下這麼多稀奇古怪的東西，示範還一套套的？一下塞太多東西他會消化不了，而且他怎麼覺得明明示範的是如何準確迅速地翻舊帳？

尹婷這時候又說了：「你放心吧，這些我不會記在日誌裡的，我只記開心美好的事情，因為這些事比較容易忘記。」

是嗎？開心的事容易忘？

「我都把它記下來，當我們開心的時候翻一翻，會讓自己更開心。當我們不開心，遇到困難的時候翻一翻，會想起來，原來當初我們為對方做過這些事，原來我們當初這麼可愛，那我們就會變得開心起來。」尹婷拿出她放在抽屜裡的幾張紙，念道：「八月三十一日，我的腳踏車壞掉了，你開車路過，救下了我，還請我吃飯，借錢給我，很有紳士風度，但是你跟珠珠姊約會的狀況讓我覺得你很需要幫忙。那時候我們還沒相愛，但我們已經惦記著要幫助對方。那一天天氣非常好，我記得有很漂亮的雲朵，我一直追，沒追上，卻在半路被你撿到。」

仇正卿靜靜地聽著，不自覺微笑著，覺得眼眶有些熱。

「九月三日，我又去了你的公司，還你錢，還送了你一條紅線。那時候我想，你真的很需要愛神的點撥和戀愛的靈感，不然怎麼可能追到老婆呢？你女朋友會甩了你的。可是，現在，我成了你的女朋友。我覺得你的靈感還挺多的，雖然來源有點囧，我也不想甩了你。在寫下這些文字的時候，我正在為我們能長長久久在一起而努力著。」

仇正卿抬手捂了捂眼睛，如果男人因為聽女朋友念日誌掉眼淚，會不會很丟人？

「中秋節，我們在墓園相遇。原來我媽媽與你的父母竟然是鄰居，真是有緣啊，那時候還不知道後來我們希望他們不只是鄰居。」

「妳還送給我一顆很大的柚子，很甜。」仇正卿說：「我第一次吃到甜的柚子，從來不知道柚子會這麼好吃。後來我在超市買了一顆柚子，超級酸，酸得我很想打電話叫妳過來吃。」

尹婷哈哈大笑，「真的嗎？」

「真的。實在太酸，我定好任務，每天吃兩片才勉強把它吃完。」

尹婷又大笑，笑得眼淚快出來了，「你怎麼這麼笨？」

「這不是笨，這是不浪費……總不能丟掉吧？」

「不是啊，如果太酸，你可以把柚子肉剝下來，切碎加點糖，這樣不就酸酸甜甜了嗎？」

「……」仇正卿愣住，對哦，還可以這樣。

「笨死了！」尹婷大笑。

「我不是笨……」

「你是沒靈感，我知道，我知道！」尹婷笑著搶了他的後半句，然後突然叫道：「啊，我又想到新問題了！提問，為什麼柚子是酸的？」

「因為需要妳加點糖。」仇正卿嘆氣接話。

尹婷哈哈笑，「你變聰明了呢！沒錯，柚子為什麼太酸？因為需要你加點糖。戀愛為什麼沒意思了？需要你加點糖。生活為什麼很悶？需要你加點糖。它不夠好不是因為它不夠好，只是因為它給你留下表現的機會。你錯過了，沒去做，就不能怪它不好。」尹婷興高采烈，「我要記下來，這個雞湯問題我喜歡。求正經，你真是靈感源泉！」

仇正卿被她鬧得笑了，「那要不要記一下今天我讓妳有了靈感？」

「要的，要的，要記的，這條雞湯也要記上。」尹婷很高興，「原以為今天沒有值得記的東西，結果一下子能記好幾條，我還要把你買柚子的事也補上去。」

「妳寫幾張了？」

尹婷數了數，「六張。」

「那怎麼只在我這裡放了一張？」

「打算一天放一張啊，今天第一次放，我這邊的六張是存稿。我想著去你家一次就放一張，每次留下些美好記憶在你那裡。怎麼樣？我的點子棒不棒？」

「很棒。」快把他這個老男人弄哭了。

「對了，你怎麼會開那個抽屜？」

「我怕家用不夠，今天去領了錢。」

「太好了，這個也要記下來。你加班這麼辛苦，還惦記著家用，這是細心體貼的表現。」

「這都是小事情。」而她總是在小事情裡找到感動的點。去領錢放抽屜，真的是很小很小，再小不過的事，可她發現了他的細心體貼，她真的是天使。

「小事情才要記，因為容易忽略，也容易忘掉。我跟你說，我要一天在你那裡放一張，就是怕自己不夠堅持，一偷懶就不記了。可是如果我每天去你那裡得放一張，我就有動力做下去。我會想，你看到了會開心。還有，如果我堅持記下去，而我這邊存的稿子越來越多，就表示我們很久沒見面了，該注意了。如果我手上的存稿沒了，就表示雖然我們天天見面，卻已經無聊乏味到沒有觸動對方的東西可記了，該注意了。這起到了鬧鐘警告的作用。」

「這麼高深的招數，只有妳想得出來。」

「想出來容易，堅持才難呢。如果我堅持不下去，你要鼓勵我。這件事呢，能讓我們有共同的話題。我們工作生活圈子都不在一起，總得做些什麼讓我們能共同經營，對吧？我現在才剛開始，還要繼續努力。我準備把記住的全寫下來，然後我們一週年的時候，你把你保存著的都交回給我，我裝訂成冊。你看，左邊我都留好打孔的位置了。」

「每年一本嗎？」

「好啊！」

「那我得專門騰出一個櫃子讓妳放這些日誌冊了。」仇正卿說。

尹婷笑了，那意味著，他們要在一起很多很多年，「我們會一起變成老公公老太太吧？」

「會的。」仇正卿語氣堅定。

「雖然我也這麼想，可有時候我也會想，不知道會不會有什麼事情阻礙我們。你說為什麼這麼多人愛得很深，最後卻分手了？」

「他們沒有寫日誌。」仇正卿答。

尹婷哈哈大笑。

「我認真的。」仇正卿又說，他不是開玩笑。如果彼此能有記住生活裡美好小事的決心和毅力，那怎麼會分手？他想不出來，他覺得不可能。

尹婷道：「我跟你說哦，我寫的時候有想過，如果我們第一次吵架冷戰了，要不要記下來。因為吵架是不好的事，可我又覺得這應該挺有紀念價值的。」

「我們不吵架不就好了。」

「肯定會吵的，但是我想不到會是什麼理由，也許是你常加班。」

「妳又在示範委婉的抱怨技能了嗎？」

尹婷大笑，「我決定還是要記下來，免得以後我們忘了……把它歸在交往遇到的困難阻礙這一項裡好了。」

「困難阻礙也是美好的事嗎？」不是說只記錄美好的事情嗎？

「它們當然不是，但是克服困難突破阻礙是美好的，所以要記下來。」尹婷笑著說。

仇正卿頓時又說不出話來了，他覺得如果她能記下很多美好，是因為她太努力去發現，她才是最美好的那一個。仇正卿忽然有些惶然，他只是個再普通不過的凡人，他真的可以擁有天使嗎？

他想不出來他們以後會為什麼吵架，也想不出來還會有什麼阻礙，他現在只能感覺到幸福和滿足，但是尹婷說的對，一定會有，那才是正常的生活。

「我愛妳。」仇正卿忽然說。他決定每天都要告訴她這件事。未來不可知，但他希望她知道，他愛她，愛她天使一般的心。

第二章

把我們的眷戀裝訂成冊

那天晚上，仇正卿把尹婷給他的戀愛日誌放回資料夾，空了個抽屜出來，仔仔細細地收藏好。

他決定元旦的時候跟尹婷去逛街，挑些合適的材料，然後讓尹婷教他，他們一起做手工，把封面釘一釘，把她那一頁頁日誌打孔裝訂好。以後她放過來一頁，他就動手裝進冊子裡一頁。

他沒有時間和心思玩這些浪漫又費精力的事，也不會畫畫裝飾把日誌弄得這麼漂亮，但他可以做的是，珍惜她做的這一切。

美好的事情容易忘記，確實是這樣。

仇正卿回憶過往，印象深刻的只有他吃過的苦、受到過的諷刺，還有取得的成功。他記得上大學的第一年冬天非常冷，他沒有暖和的棉衣。宿舍早早熄燈，教學大樓也鎖了，他只能跑到宿舍前的路燈下背單字。太冷了，於是他跑步，跑一圈背一會兒，冷得受不了再跑一圈。那年他成功拿到了獎學金，他記得他收到通知時的欣喜若狂和得意。他還記得同系的同學給他的白眼，鄙夷他的寒酸和土氣。

其他的小事，細節他就不太記得了。他只記得，吃苦，成功，要成功，得吃苦。

「成功是沒有盡頭的，就像快樂一樣。」

他突然想起了小婷的這句話。她說的對，成功是沒有盡頭的。

他越來越快樂，他有事業，還有她。

第二天是三十號，週二，再過一天就是元旦假期。這一天平淡無奇地過去，仇正卿跟以往一樣，開會、工作，工作、開會。今天跟尹婷沒有約會，他索性放開了加班。多做一些，可以把元旦假期空出來，專心陪尹婷。他想好了，三天時間，一天逛街，一天去墓園，一天就在家裡待著，哪裡都不去。

快下班的時候，尹婷打電話給尹正卿，告訴他她今天的聚會地點和朋友人數名字，她說她正準

備出發，問他是不是要加班。仇正卿說是要加班，囑咐她路上小心，下計程車的時候注意包包和財物，別忘了拿。

晚上快八點的時候，仇正卿剛吃完他訂的便當，就收到尹婷的簡訊，她問他有沒有吃晚飯，要他加班別太晚。仇正卿回了簡訊，問她聚會怎麼樣？什麼時候走？需不需要他去接她？

尹婷很快回覆，說大家快吃完飯了，一會兒去唱歌。她十點半之前回家，有個一起聚會的女性朋友會開車送她，讓他別擔心，不用來接。

十點半，仇正卿到家沒一會兒，鏟完喵大大的糞便，一邊拿貓棒晃啊晃陪喵大大玩，一會兒發簡訊給尹婷，問她回家了沒有。

尹婷很快打電話過來：「報告大人，剛到家，很安全。」

仇正卿被她的語氣逗笑了。兩人聊了幾句，仇正卿表示明晚一定早早回家，尹婷說她會提前在他家等他。仇正卿很高興，這一晚睡得香甜。第二天到了公司，收郵件時看到居然有尹婷發來的郵件。打開一看，是她昨天記的日誌，她拍了照片，發給他看。

那上面畫了個手機，一男一女兩個小人笑咪咪牽著手。彩色筆畫的框框裡寫著：「今天我們沒有見面，你加班，我跟朋友聚會，但是我打了兩通電話給你，發了兩條簡訊，你發了兩條簡訊給我。我擔心你加班太晚，不好好吃飯，你擔心我太晚回家，沒人接送不安全。我們彼此關心著對方，很美好。」

郵件下面又接著一句：「另外，我這裡的存稿有七張了。」

仇正卿笑了，他被她洗腦了。以前他一定會覺得這些事情無聊又浪費時間，現在卻覺得很可愛，他喜歡她的這些小可愛。仇正卿打電話給她，第一句話是：「妳昨晚很晚睡啊？」看到發郵件的時間是十二點零三分。

「也沒有太晚。」尹婷吐吐舌頭。

「存稿七張了，實在是不應該，今晚送一張過來。」

尹婷哈哈笑，「有的，有的，我都放進包包了。」

仇正卿也笑了，跟她說：「明天我們去逛街吧。妳不是說要做成冊子？別等一年後了，妳負責寫，我負責裝訂，但我不會，妳教我做。明天我們去買妳需要的小配件，我們一起做封面和打孔。」他頓了頓，問她：「還是妳已經都準備好了？」不會連這點表現機會都不給他吧？

「沒呢，我手上材料不全，正想著慢慢挑。」尹婷很驚喜，「你真的要跟我一起做嗎？」

「是啊。我們一起把封面做好，是不是還要裝環扣什麼的？」仇正卿想像了一下那個封面的樣子，「有沒有賣現成的？反正妳放到我這裡一張，我就打孔裝進去一張。一年後，我們坐在一起翻。一年一本，擺滿櫃子。」

尹婷興奮地蹦跳，「現成的沒意思，我們自己做！你願意幫忙太好了，我就說嘛，這件事能讓我們有共同話題！我收集了好多做本子的資料，明天一起去挑布料、硬皮紙和膠水……」

「還要布料？」仇正卿驚訝。

「嗯，要不，做皮質的封面也可以。」

「還要皮？」仇正卿一臉黑線。完了，他是不是自告奮勇得有些衝動了。

「幹麼？當然要做得美美的，這可是我們的第一本情書。我放你那裡的封面只是個小樣品，最後當然要做個正式的漂亮封面，你剛才可是說了要幫忙一起做的。」

「嗯。」在旁邊喊加油，辛苦了，給她遞杯水也算幫忙，仇正卿道：「那今晚見面再說，我要趕緊去工作了。元旦三天我都空下來，我們可以一起做很多事，我都計畫好了。」

尹婷安靜幾秒，然後小聲道：「我怎麼覺得你這句話有點色色的？」

仇正卿一臉黑線，「哪裡色？」然後他反應過來，沒好氣，「尹婷小姐，妳腦袋裡裝著什麼？我這句話明明很正常，妳居然會想歪，到底誰色？」

尹婷臉紅，咬著唇笑，「反正就是你色色的。」

仇正卿嘀咕：「看來得做些什麼才好對得起『色色的』這個評價了。」

尹婷臉更紅，「自言自語不要太大聲，這樣對女生不禮貌。」

「不是有人告訴過我，就是要大聲點讓對方聽到才有趣嗎？」仇正卿理直氣壯。這些都是女朋友教的，他學會了！

「哼，女生可以這樣，男生不行！」尹婷嬌嗔。

「哦，我是男人，不是小男生了。」仇正卿又理直氣壯了。

電話那頭又靜了兩秒，接著尹婷小小聲說：「這話又色色的了。」

「尹婷小姐！」仇正卿滿腦袋黑線，「妳故意的是不是？」

尹婷大笑，「不跟你聊了，你快去工作，晚上見。」

「嗯，晚上見。」

掛上電話，仇正卿不淡定了。媽的，怎麼覺得「晚上見」這三個字也色色的了？這個搗蛋鬼，又來調戲他！真以為他不會色色的嗎？好吧，他挺色的，他想到晚上見居然又有遐想了。晚上！等晚上見了，他一定要討回來！把這幾天沒見著面的吻都討回來！

仇正卿滿懷期待，為了晚上的見面雀躍著。頭一次，他因為放長假而滿心興奮。

這天他的效率很高，同事們的進度也很好，他覺得按時下班沒問題，自我感覺非常好，今天不用被扣分數，十分滿意。下午四點多的時候，尹婷打電話來，仇正卿一看到她的名字就笑了。

電話接通，他笑著說：「別擔心，我今天一定能準時下班。」

沒想到，尹婷期期艾艾，最後很抱歉地說她爸爸剛才突然跟她說想回老家一趟，趁著元旦假期回去走走，見見那些親戚和老朋友，她得陪她爸爸去。

仇正卿笑不出來了，「春節再回去不行嗎？回老家一般不是春節嗎？」

「也不一定，他很少回去，剛才突然這麼說，還讓祕書幫著把我和他的車票都買好了。我們現在要回去收拾行李，晚上七點多的火車，明天早上七點多到那邊。」

仇正卿很不高興，「怎麼這麼突然？不能跟他商量一下嗎？他不是才出院沒多久，這樣長途奔波適合嗎？又沒什麼大事，只是回去看看，春節回去不行嗎？」

「你別生氣，我爸是有些任性，他想回去，我得陪著他，不然不能放心。」

「那什麼時候回來？」

「他說住幾天吧。」

幾天？意味著元旦假期就這樣泡湯了？

仇正卿說不出話來，一肚子火。他忍了半天，最後說：「不能別人陪他去嗎？」

「我是他女兒。」尹婷輕輕的一句話，把仇正卿所有的話都堵了回來。是啊，她是他女兒，這就是最有力的理由。她在印刷廠上班是為了陪伴爸爸，現在爸爸要坐火車回老家，她當然也要陪著，她是孝順的孩子。

仇正卿不知道還能說什麼好。她當然沒錯，但他很失望，非常失望，「那妳去吧。」他的語氣不太好，說完又覺得這是句廢話，她當然是要去，根本用不著他批准。

「別這樣。」尹婷哄他：「你要往好處想。」

「好處是什麼？」他完全想不到。

「好處就是，短暫的別離能增強感情熱度。」

「是嗎？」他現在心都冷半截了。

「還有哦，我在我爸這都練好了，到時候等你老了，我也會寵著你。」

「我不會這麼任性。」仇正卿沒好氣。明明知道女兒剛交男朋友，好不容易有個假期，如果是他，他才不會拉著女兒來場說走就走的回老家。

「沒關係啊，老了還不任性，那多沒趣。」

「我一點都不覺得有趣。」仇正卿在生氣。她對不能約會一點都沒表現出失望，似乎還很高興，他有種被冷落的怨氣。

「你看，你現在就任性了喔！」尹婷哄她。

「我沒有，如果我耍脾氣，會把電話掛了。」他的語氣很不好。

尹婷頓時安靜下來，過了一會兒，小聲道：「我們不要為這個吵架吧，這是小事。我爸年紀大了，時間不如我們多，他想做的事，我該陪著他的。我比別人幸運的地方就在於，我有時間陪他。」

「妳是在說我嗎？」仇正卿被刺了一下。他拚命讀書，拚命擠進大公司，拚命想發展出自己的事業，結果母親病逝，他錯過了陪她最後一程的機會。他心裡一直有痛，就算拚了命彌補，給他們換最好的墓地，買下對她承諾過的大房子，傷痕依舊在。現在在他情緒不佳時，尹婷這麼一說，他瞬間敏感起來，「我確實不如妳，我沒陪上我媽。」

尹婷愣住了，過了一會兒反應過來，心裡很不好受，「我不是在說你，你不要這樣對號入座。總之，我陪我爸回老家一趟，過幾天回來，我再打電話給你吧。」

尹婷沒等他說話就掛了。昨天他們還說想像不到會為什麼吵架，今天就遇上了。小事能讓他們感動，也能讓他們吵架。尹婷嘆氣，她一點都不喜歡吵架。她想，依仇正卿的脾氣，老了肯定會跟她爸一樣是怪老頭。

「怎麼了？」尹國豪走出來，看到女兒苦著臉，「跟男朋友說完了，他發脾氣？」

「沒事。」尹婷搖頭，對爸爸笑，「他脾氣挺好的，很好相處，改天我帶他來見你。」趁機跟爸爸撒嬌，幫仇正卿爭取見家長的機會。

尹國豪笑了笑，不置可否，轉身上了在一旁等候的車子。脾氣好？他可是聽說仇正卿雷厲風行，鐵腕硬氣，曾經毫不客氣地訓斥沒有作為的董事遠親，硬是用業績要求和強硬的態度逼得那人終於意識到在永凱，在他仇正卿手下，不可能混飯乾領薪水，最後那人主動辭職了。

這樣的男人脾氣會好？當他尹國豪是小孩子嗎？

仇正卿決定今晚要加班。

反正尹婷也不管他了，他做什麼都行，這不是挺好嗎？他知道自己這種想法是在賭氣，但他控制不住。原本滿滿的期待，被一盆冷水澆了下來，他實在無法保持心情愉悅。

下班時間一到，公司裡所有人動作都飛快，不到十分鐘走得乾乾淨淨。仇正卿孤獨地坐在辦公室裡，看著外頭轉眼間變得空空蕩蕩安安靜靜，心情更不好了。本來他也應該是他們中的一員，等待下班，歡喜地衝向電梯。

可現在……仇正卿往後靠在椅背上，完全沒心思看電腦，也不想回家。

仇正卿呆坐了好一會兒，勉強集中精神又批改了兩份文件，然後實在沒心思再看下去。他關了電腦，決定回家。這時候手機響了，是尹婷發來的簡訊，她寫著：「我跟爸爸已經上火車了，你吃飯了嗎？」

「還沒。」仇正卿回。

「快去吃飯吧。」尹婷的回覆很簡單。

仇正卿沒什麼精神，也沒回覆「好」。他拿了公事包，回家去了。

回到家煮了包泡麵，抱著喵大大對著電視發呆。喵大大想跑，又被他抓回來，再跑，又被抓。喵大大煩了，用小爪子打他。仇正卿也輕輕拍牠的小爪子，牠再回拍仇正卿。

一人一貓，你拍我一下，我拍你一下，竟然玩了有十多回合。最後，仇正卿終於笑了，對喵大大說：「你真無聊！」

喵大大不理他，跑掉了。過了一會兒，牠又回來，跳到仇正卿腿上，找了個舒服的姿勢，團起來趴下睡了。

「哼！」仇正卿戳牠的腦袋，「抱你一下你不願意，又巴過來做什麼？」

喵大大打了個哈欠，沒回答。

仇正卿的心情好了些，想了想，發簡訊給尹婷，問她睡了嗎？坐車辛不辛苦？

過了一會兒，尹婷回覆：「還沒睡，我們搭的是臥鋪，不辛苦。就是我坐火車會頭暈，只能躺著，但是睡不著。」

這麼可憐？仇正卿有些心疼，撥電話給她，尹婷接了。

「頭暈就不發簡訊給妳了，免得妳看手機更暈。」

然後，他聽到她的笑聲。

「努力睡吧，睡著了就不暈了，明天醒過來就到了。」他又說。

「嗯。」尹婷應了，小聲道：「我們多聊一會兒吧。」她的聲音軟軟的，帶著討好的意味。

仇正卿不自覺也放軟了聲音：「聊什麼？」

「喵大大好不好？今天乖不乖？」

「還是那樣，只要進了書房，趁人不注意就要對皮椅下手，我把門關上了。」

「牠的指甲長了嗎？該剪了吧？」
「好啊，等妳回來幫牠剪。」
「好。」尹婷很高興，覺得仇正卿已經不賭氣了。
「牠今天還用小爪子打我。」仇正卿告狀。
「為什麼？」
「不讓我抱。」
「那你幹麼非要抱牠？」
「我的貓，當然想抱就抱。」仇正卿答得理直氣壯。
尹婷在那邊沒說話，事實上，她又有些臉紅了，怎麼這話聽起來又有些色色的？
她不說話，仇正卿也敏感起來，「妳不會又想歪了吧？」
「哪有？」尹婷不承認。
「妳不好說是因為妳爸在旁邊嗎？」
尹婷臉更紅，要是她爸不在旁邊，她肯定會告訴他戳穿女生是非常不禮貌的行為。現在她只能一本正經地換個話題：「牠打你，然後呢？」
「然後我就打回去。」
尹婷一愣，居然打貓？「打哪裡？」
「打牠小爪子啊，就是拍一下。」
「哦哦。」尹婷想到那畫面了，笑出聲，又問：「然後呢？」
「然後牠又打我，我又打牠。」
尹婷哈哈大笑，聽到她笑，仇正卿也笑了，心情終於大好，柔聲問她：「想睡了嗎？」

「還沒。」

「早點回來好不好？」

「好。」尹婷沒猶豫，仇正卿心裡舒服多了。

「你老家在哪？是不是也要坐火車？」尹婷問。

仇正卿說了地名，然後說：「以前只有火車到，要坐二十六個小時，現在可以坐飛機到城裡，然後轉車，兩個小時。」

「我想聽。」

「聽什麼？坐火車嗎？」仇正卿失笑，「那有什麼好說的？」不過他還是說給她聽：「我讀書的時候沒錢，坐火車去學校。後來四年沒回去過，假期都用來打工了，因為要賺生活費。那時候第一次坐那麼遠的火車，覺得很興奮，又很緊張，不知道學校會是什麼樣。為了省錢，買了站票。」

「你站了二十多個小時？」

「是啊。」仇正卿想起當年，「那時候年輕，熬得住。很多人都是站票，非常擠，站都沒什麼地方站，我那時一直都沒有睡。」

「站著當然沒法睡。」

「也不是，我就是腦子太興奮。啊，我記得那時候我旁邊站了個女生，太累了，站著睡著了。一直靠在我旁邊，腦袋壓在我肩膀上。」

「你沒有叫醒她嗎？」

「沒有。坐火車很辛苦，她也站了很久。如果不是累得撐不住，不會睡著的。我還能忍受，就讓她靠著了。她睡了挺久的，後來醒過來很不好意思，請我喝了一瓶礦泉水。」

「然後呢？」

「沒然後了。火車到站，各自下車走了，我沒有再遇見她。不過遇見了應該也認不出來吧，完全沒印象她長什麼樣了。」

尹婷那邊安靜了好幾秒。

仇正卿問她：「幹麼不說話？」

「我覺得我應該吃醋一下，但是又覺得你做得真好。」

仇正卿一本正經道：「也許是因為她是女生。萬一是個大叔，我也許就叫醒他了。」

尹婷哈哈大笑，「這樣我必須表示一下我吃醋了。」

仇正卿也笑，然後道：「去睡了好嗎？掛電話，然後閉上眼睛，睡著就不辛苦了。」

「好。」尹婷答應了，兩個人掛了電話。

仇正卿看著手機嘆口氣，摸了摸喵大大的腦袋，問牠：「元旦怎麼過？有三天呢！」

喵大大換了個姿勢，肚皮朝上，示意他開摸。仇正卿不理牠，把牠抱到沙發上，自己起身去洗澡，準備睡覺。洗澡的時候就聽到喵大大在外頭扒門，仇正卿不理牠。養了貓後，連洗澡都得鎖門了。打開門，看到喵大大一如既往橫在浴室門口，仇正卿熟練地從牠身上邁過去，喵大大伸長胳膊撩他的腿。

仇正卿自言自語：「我知道，我知道，你是代替小婷來黏人的，不過我更喜歡小婷黏我，知道嗎？」喵大大緊跟他身後，在他拿衣服穿的時候又去撲衣服。

仇正卿看著喵大大搗蛋的樣子，又想起了尹婷。他嘆氣，假期三天，真不好熬啊！

穿好衣服，他去拿手機，看到尹婷竟然發了簡訊，他趕緊點開看。尹婷寫著：「我爸在旁邊，我不好意思在電話裡說。我想你了，晚安。」

仇正卿微笑，回覆道：「我也想妳，晚安。」

稍晚的時候，仇正卿躺在床上努力入睡。快睡著的時候，忽然驚醒，想起今天自己還沒有說「我愛妳」三個字。他爬起來去找手機，卻發現時間已經是十二點二十三分。十二月三十一日這天已經錯過了。

仇正卿嘆氣，倒回床上。只是「我愛妳」三個字，竟然沒能堅持連續每天說，連三天都沒有。

他發簡訊給尹婷，寫「我愛妳」三個字。把一月一日的份先用了，這樣安心。

結果很快收到了回覆，尹婷寫著：「我也愛你。」後面跟著一個開心的表情符號。

仇正卿又回覆：「還睡不著嗎？我打電話給妳好不好？」

「不要了，會吵到爸爸，他睡了。」尹婷回道。

又是爸爸！仇正卿不想承認他有些吃醋，只能說：「那晚安吧。」

「晚安。」她也回。

這次仇正卿認真去睡了。

一覺醒來，看到一大早尹婷發了簡訊給他，說她已經到了。仇正卿忙打電話過去，尹婷過了好一會兒才接，她說她跟爸爸在飯店吃了早餐，剛跟親戚聯絡好了，下午去串門子，她打算先補一覺。

「妳一晚沒睡嗎？」

「睡不著，就是半夢半醒的狀態。」

仇正卿很心疼，「快去睡吧，我不跟妳聊了，等妳方便的時候再打電話給我，我都有空的。」

尹婷嘻嘻笑，「你是不是心疼我？」

他的女朋友真是不矜持！仇正卿也笑了，「是啊，所以妳趕緊去睡覺，早點回來。」

「好。」仇正卿聽到尹婷笑著答，然後又聽到一聲很響亮的啵一聲。

「你要不要親回來？」尹婷問他。

「不要。」他有些不好意思，所以聲音分外嚴肅。尹婷嘟嘴，剛想嫌棄他不夠熱情，結果他又說：「我要親真的，妳快回來。」

尹婷笑了。

仇正卿不喜歡放假，這次也是一樣。

第一天，他打電話問候姑姑，然後去了墓園。看望了自己父母，還有尹婷的母親。接著買了兩箱水果，去了一趟育幼院，看望了孩子們，尤其是小天使石亮。

小石頭看到仇正卿非常開心。仇正卿買水果時單獨留了顆最大最好看的紅蘋果，單獨見小石頭的時候悄悄給了她。他不否認自己對小石頭偏心，因為她太像尹婷，而且蘋果有一箱，他覺得他不算破壞了尹婷的規矩。大家都有蘋果，別的小朋友不應該嫉妒小石頭，而且他把著風，讓小石頭先吃完，別人不知道。

「快吃吧，叔叔擦乾淨了。」仇正卿把蘋果遞給小石頭時，看見她兩眼放光，他很高興。小石頭高興起來的表情，真有些像尹婷。

小石頭接過了，嚥了嚥口水，小小聲問仇正卿：「求正經叔叔，我不餓，我能把蘋果送給奶奶吃嗎？」

「妳奶奶？」仇正卿有些驚訝，小石頭有親人？

「不是我奶奶，是在院門口賣蛋餅的奶奶。」小石頭說：「從前是爺爺奶奶一起賣的，可是前一段時間他們沒擺攤，前幾天又回來了，不過只有奶奶賣，她手上的戒指還沒了。我猜爺爺一定是病了，奶奶沒錢給爺爺看病，就把戒指賣了。」小石頭很不好意思地繼續說：「我沒有錢，不敢問。我想把蘋果給奶奶吃，讓她開心一點。」

仇正卿愣住，忙說：「好。」

「那我去了。」小石頭很高興，邁著小短腿跑出了院門。仇正卿跟在她身後，看到她跑到育幼院旁邊的一個蛋餅攤位，露出甜甜的笑，不知道跟那位老奶奶說什麼，小手拿著蘋果，遞了過去。

老太太眼淚一下子掉下來，顫著手接過蘋果。仇正卿走過去，正好聽到她跟小石頭說謝謝。

仇正卿看著小石頭臉上的甜笑，想到了尹婷。無論貧窮還是富有，天使的心是一樣的。

老太太看到有人來，趕緊擦了擦臉，問仇正卿：「來個蛋餅嗎？保證又脆又香，很好吃。」

「很好吃。」小石頭用力點頭，想起自己沒吃過，於是再補一句：「看起來就很好吃。」

仇正卿笑了，要了兩個。

老太太很高興，忙做餅去了。仇正卿跟小石頭說：「叔叔請妳吃一個。」

小石頭點頭，沒跟他客氣，大眼睛巴巴地盯著平底鍋上煎著的餅看。仇正卿跟老太太聊天，問她怎麼一個人擺攤，沒個幫手，小石頭在旁邊說原來有位老爺爺。老太太告訴他們，老頭病了，剛出院，躺在床上休養，沒法出門。

仇正卿聽了，與小石頭對視一眼。小丫頭觀察力和推斷力很不錯，竟然猜對了，而且沒得意，只露出憂愁的表情來。

仇正卿蹲下來，對小石頭說：「妳去問問老師，叔叔能不能請小朋友們吃蛋餅？」

小石頭愣了愣，眼睛一亮，一臉狂喜地往育幼院裡跑。過了一會兒，有位老師出來跟仇正卿了解情況。仇正卿跟她說了說，那位老師想半天，終於答應了。

小石頭拉著小韓和幾位小朋友火速奔了過來，聽到老師答應都很高興。仇正卿去跟老太太說，他預訂五百個蛋餅，請育幼院的小朋友吃。他先把錢留下，讓老太太在小朋友來吃蛋餅時做給他們。他們說話間，已經有小朋友過來排隊。

老太太愣住，仇正卿按蛋餅攤上的售價，付了五百個蛋餅的錢。

「我、我沒有這麼多材……。」老太太有些緊張。

「那就明天接著做，明天做不完就後天接著做。不必多準備材料，就按妳每天做的量準備就行。賣光了，就收攤回家。」仇正卿道，他帶的現金不夠，只能訂下五百個。

老太太猶豫了一會兒，但缺錢的境況還是讓她一咬牙，收下了，「好，五百個。」她從餐車下面掏出一個破破的小筆記本，那是記帳用的，「我記著數，絕不少給他們。」

「好。」仇正卿微笑。他看到小石頭笑得尤其開心，他覺得非常高興。這天，仇正卿走的時候，留了自己的電話給小石頭，讓她若有什麼情況需要幫助，就打給他，「婷婷姊有時候不在，妳也可以找叔叔。」他這樣說。他沒帶名片，要小石頭去借紙筆。小石頭說不用，她記得住。

「是嗎？」仇正卿故意很快地說了個數，結果一長串數字小石頭竟然背下來了。兩個人又聊了一會兒，仇正卿突然問她他的電話號碼是多少，小石頭流利地又答了出來。

仇正卿對小石頭刮目相看，她跟他說她讀書不行，他還以為她是反應比較慢的那種孩子，現在看來，她不是反應慢，只是對讀書沒太大的興趣。「小石頭啊，」仇正卿跟她說：「妳要好好念書，小韓哥這麼愛學習，妳課業成績不好，他會不喜歡妳的。」

「是嗎？」小石頭睜大眼睛。

仇正卿嚴肅地點頭。

小石頭沉思狀，這問題嚴重了。她馬上就要小學一年級了，看來得努力才行。

晚上，仇正卿跟尹婷通電話的時候，跟她說了今天自己做的事。

尹婷聽到賣蛋餅老太太那一段很感動，「求正經，我真的很愛很愛你！」

「哼哼！」仇正卿擺架子，「那妳快點回來。」

「好。」尹婷笑了，又說：「我跟小石頭一樣，不是社會精英，你會不會嫌棄我啊？」

「妳快點回來就不嫌棄。」

尹婷哈哈笑，「好。」

她答應了，可是元旦假期過去，她還沒有回來。

仇正卿很想她，真的很想。

第一天恢復上班，他還有些沒進入狀況，總覺得尹婷還沒回來，怎麼就上班了？

但他知道自己的責任，還是很認真工作。這不，已經簽好了一堆文件交給祕書了，他對自己的工作表現很滿意，可沒過一會兒，祕書一臉尷尬地進來，「仇總。」

「怎麼？」仇正卿一貫的嚴肅語氣。

「呃……這個文件簽錯了。」祕書遞來一份卷宗。

仇正卿皺眉頭，簽錯了？哪裡不對？

他接過來一看，頓時糗得想找個地洞鑽。那簽名的位置本該是他的名字，可是，那上面赫然是他龍飛鳳舞的筆跡：小婷。

仇正卿強自鎮定，正經地對祕書說：「重打一份過來。」

「已經重做了。」祕書的聲音裡透著笑意，遞上準備好的卷宗。

仇正卿掃了一眼，確認沒問題，然後寫下了「仇正卿」三個字。下筆有點重，心很虛，簽完了再看一眼，這才把文件遞給祕書。從頭到尾，他的臉都板得很正，嚴肅得不得了，祕書是大氣也不敢喘地杵在一旁等著。

祕書邁出門的那一刻，仇正卿扶額，忍不住揉了揉臉皮，而祕書在外頭無聲狂笑，惹得眾人側目。很快，公司裡傳遍了八卦，一向工作嚴謹從不出錯的仇副總裁，犯了個很可愛的大錯。

戀愛中的男人，真是可愛啊！

除了仇正卿之外，公司其他同事都知道了仇總很可愛，甚至樓上樓下其他部門也傳遍了。下午快下班的時候，尹婷打電話給仇正卿。

「聽說你今天做了一件很可愛的事。」

仇正卿一臉黑線，直覺知道她說的是什麼事。只是她是千里眼還是順風耳，居然會知道？「妳什麼時候回來？」他嚴肅地問。

「你居然會簽上我的名字，太可愛了！」尹婷不理他的裝模作樣，直接戳穿他的糗事。

仇正卿真想辯稱他是故意的，但那太扯了，於是他繼續裝酷，撐著熱透的臉皮，若無其事問她：「妳是在我公司裡安插了眼線，還是收買了我的祕書？」

尹婷嘻嘻笑，「是雨飛告訴我的。」

那個孕婦明明沒來上班，居然還能八卦？

「她說是她爸爸的祕書告訴她的。」

秦文易的祕書明明在樓上！

他的副總威嚴啊，仇正卿已經聽到它碎了一地的聲音。

仇正卿的臉皮實在是掛不住了，他撐著額頭，「我是不是當時就該把祕書滅口？」

尹婷哈哈大笑，「求正經，你真的變可愛了。」

「不要灌迷湯，妳什麼時候回來？」仇正卿內心咆哮，親愛的，妳確定「可愛」這個詞是用來誇獎他這樣的成熟正經的男人嗎？

「那份文件你保存好了沒？拍照給我看一下。那是你想我的證明，我一定會好好珍惜，把它裱起來掛在床頭。」

「公司機密不外傳。」還掛床頭，他的臉往哪擱？

「就看簽名的部分。」

「已經丟進碎紙機了。」其實他順手丟進抽屜裡，完全沒眼看它。

「碎紙殘骸拍個照，我今天的情書日誌就靠它了。」

「妳什麼時候回來？」仇總大人聲音很酷。

可惜尹婷一點都不緊張，她嘻嘻笑，「明天。」

「真的？」好事臨頭，仇正卿有點不敢信，不會又有什麼阻撓吧？「能見面嗎？」不會她爸又要這樣她爸又要那樣吧？

「可以見面啊！」尹婷道：「明天晚上我有個朋友辦聚會，她跟她先生下星期要去希臘旅行結婚，這邊就不擺宴了，所以就辦個聚會當作跟朋友們交代一下，我們一起去吧。」

仇正卿一愣，第一反應是不悅，「妳是因為朋友的聚會才回來的嗎？」

「也不是。原本我爸說後天就回來，但是朋友辦喜事，我跟他說了，他就答應提前一天，還讓我幫他也送一份禮。」

仇正卿心裡酸得可以，「那不就是為了朋友才回來的嗎？」

「就是提前了一天。」

仇正卿抿了抿嘴，很想問她那為什麼不能為了我提前？但這樣太沒有風度，又顯得他小家子氣，他忍著。

「所以你陪我一起去好不好？」

仇正卿猶豫了一會兒，他並不喜歡太熱鬧的場合，而且尹婷的那些朋友他也不認識。上次去參加秦雨飛和顧英傑的宴會，他就覺得沒什麼意思。

「去吧。」尹婷哄他：「我介紹我的朋友們給你認識，也想跟大家介紹介紹我的男朋友。」

仇正卿想了想，問她：「妳幾點的車子？」

「七點多到。」

「晚上七點嗎？」

「是的。」

仇正卿皺眉頭，這豈不是一下車就得準備趕去朋友的聚會？他很不高興。她光會說要別人注意身體，自己為了參加朋友聚會卻這麼拚命。

「好吧，我去。」仇正卿答應了。不為別的，就為了能見到她。不然她去參加朋友聚會，這一晚又浪費掉，他們恐怕得後天才能見上面。再加上她剛下火車就赴約，他擔心她精神不好，又擔心晚上沒人送她回家。總之，他要去，看到她他才會安心。

「太好了。」尹婷很高興，「那能不能拜託你幫我買禮物。因為我朋友的男朋友剛求婚，他們計畫得很倉促，所以這次聚會也比較趕，昨天才約人，我來不及準備禮物。」

仇正卿心裡嘆氣，「好，妳要買什麼？」

尹婷告訴他想買的東西，品牌和款式顏色，她一件，她爸一件，仇正卿記下來了。

「還要買一張卡片，寫上祝新婚快樂，白頭偕老，然後寫上你和我的名字。你先寫你的名字就好，回頭我簽上我的。」

「好。」

尹婷頓了頓，笑道：「要不，你等我回去再一起簽，我怕你又簽錯名。」

「哼哼，很好笑！」仇正卿嘴硬。

「是啊！」尹婷笑給他聽。

仇正卿揉額角，有種被欺負卻又無可奈何的感覺。有點心酸，又有點甜蜜。

晚上下班，仇正卿特意錯開了下班的高峰時間，他訂了便當，加了會兒班，在辦公室吃了他的晚餐，這才離開。他要去商場買女朋友指定的禮物。

電梯門打開，秦文易和三個樓上辦公的高層竟然也在電梯裡。

仇正卿邁步進去，大家互相打招呼。

電梯門關上，電梯往下走。這時候秦文易忽然問：「正卿啊，小婷還沒回來吧？」

仇正卿剛跟一高層聊了幾句業務，聞言差點被自己的口水噎著。

他咳了咳，忙道：「沒呢，她說明天。」

「哦，那也快了，明天就能見面了。」秦文易說著。其他幾個高層都笑了。

仇正卿臉皮發熱，佯裝忙碌地盯著電梯樓層電子面板看。副總威嚴什麼的，大概從今以後就只能是傳說了。

秦文易又拍了拍他的肩膀，說道：「好好談戀愛，男人是該有個家。有個好家，才會有好事業，才是成功的男人。」

仇正卿尷尬地應了。他忽然想到了尹國豪，尹婷的爸爸。他事業如日中天時放棄了全部，是因為家已不是他原本的那個圓滿的家嗎？

電梯到了，秦文易出去前又跟仇正卿說：「有空帶小婷來，一起吃個飯吧。」

「好。」仇正卿應了。那幾位高層又笑，笑得仇正卿極為彆扭。

仇正卿坐上自己的車子時，忽然又覺得這種感覺挺好的，雖然有些不好意思，但大家調侃是因為認定他和尹婷是一對的。全世界都知道尹婷是他女朋友，或者以後會說你老婆怎樣怎樣。想想就覺得挺幸福的。

所以，去參加尹婷的朋友聚會也沒什麼不好，以後全世界都知道尹婷的男朋友是他。悶就悶，無趣就無趣，反正忍一忍，身分就到手了。這麼一想，他對明天的聚會也期待起來。

去商場把東西買完，他打電話給尹婷報告了一聲。尹婷說：「很好，可以委以重任。」

仇正卿笑了，覺得真的很有戀愛的感覺。做人家的男朋友，要做的事不只是約會而已。

第二天，仇正卿鄭重其事地打扮了一番，希望能給尹婷的朋友留下好印象。下班簡單吃了點東西，他開車到尹婷家的社區門口等她，要一起赴宴。尹婷還沒下來，這時他手機響了，一看，是個陌生的號碼。仇正卿接起來，沒想到打電話的居然是小石頭。

「求正經叔叔，我是小石頭。」

仇正卿嚇了一跳，「小石頭，妳怎麼了，遇到麻煩了嗎？」他是給她留了電話以防萬一，這麼快就有萬一了？

小石頭笑了，「沒麻煩，我在老師辦公室。老師允許我打電話，我是要跟叔叔說謝謝。」

「謝什麼？」仇正卿不懂。

「那個賣蛋餅的奶奶遇到好人了。」小石頭喜孜孜地說：「你來這裡的第二天，婷婷姊姊有打電話過來問情況，然後她說她會在網路上請大家來買奶奶的蛋餅，但是我不明白怎麼辦的，反正這兩天很多人來買。奶奶能早早收攤，回家照顧爺爺。今天我放學的時候，奶奶在院門口等我，她說謝謝我。因為有位麵館的老闆特意來找她，跟她說，可以在他的麵館門口開個窗口，讓她定點賣蛋餅，還不收她錢，這樣颳風下雨就不怕了。麵館裡吃麵的人也能買蛋餅，奶奶的蛋餅不愁賣不掉了。叔叔，你說，麵館老闆是不是大好人？」

「是啊。」仇正卿微笑，「是大好人。」他居然沒想到這一點，尹婷比他周到多了，想到要宣傳要發動其他人一起來幫忙，而老太太又有幸遇到了這位麵館老闆。

「叔叔，我很高興，但是我沒有電話，只能等到能借到電話才打給你。我還想告訴婷婷姊姊，還想告訴很多人。」

仇正卿聽到小石頭的話，心裡軟軟的，「婷婷姊姊回來了，一會兒叔叔就能看到她，叔叔會告訴她的。」

「謝謝叔叔。」小石頭說著，「我長大了，也想變成大好人。」

「妳現在就是啊，小石頭，妳現在就是。」

小石頭嘻嘻笑，笑聲中透著羞澀，「我得掛了。」

「好，叔叔有空就跟婷婷姊姊去看妳。」

「好。」小石頭很高興。

仇正卿跟小石頭告別，掛了電話。他用手機上網，去了尹婷的微博。這幾天尹婷不在，沒怎麼更新，他就沒怎麼看，結果把這一條微博錯過了。尹婷寫了老太太蛋餅攤的地址，說了老太太的境況，讓大家方便的時候，順路去吃個蛋餅。

微博下面有很多人回應，還有人直播他去吃蛋餅的情況，說老太太不要捐款，只賣蛋餅。有很多人轉發，希望能幫助這位堅強又善良的老人。

仇正卿看了會兒微博，就聽到尹婷叫他。他抬頭，看到尹婷正朝他奔來，臉上帶著甜美的美容。仇正卿看著她，心裡暖洋洋的。

有些人會發光，會把溫暖傳給身邊的人。身邊人的溫暖，再傳給別人。

尹婷笑著跳上了他的車，很大聲地喊：「求你正經點！想不想我？」

仇正卿的回答是，把她拉了過去，吻住了她的唇。

溫柔的吻持續了好幾秒，然後他退開，看到尹婷的臉蛋很紅，眼睛明亮。

他嘆氣，把她拉過來再吻住。這次他把她拉得更近了些，分開了她的唇，熱烈又深入地吻。這個吻比剛才那個久，吻完了，尹婷的臉更紅，眼睛更亮。

仇正卿盯著她看半天，眼神熱烈得像要著火。就在尹婷也忍不住想撲過去親他一下時，仇正卿忽然一本正經地說：「要不，妳到後面去坐，這樣我才能集中精神開車。」

尹婷哈哈大笑，嬌嗔地拍他一下。

仇正卿嘆氣。

尹婷更是笑，終於還是撲過去捧著他的臉在他唇上親了親，「快開車，我們已經去晚了。」

「妳說點什麼讓我冷靜一下。」仇正卿要求。

「那份簽錯名的文件你帶上了嗎？」尹婷問：「我好想親自看它一眼。」

「好吧，我冷靜了。」

尹婷又大笑起來，「你說，我現在才去巴結你的祕書，還來得及嗎？以後你有什麼風吹草動，讓她先向我報告。」

「哈哈哈！」仇正卿故意乾笑幾聲，「我現在非常冷靜了。」他啟動車子，向目的地駛去。

路上，仇正卿跟尹婷說了小石頭的事。得知賣蛋餅的老太太居然已經有人幫忙，尹婷非常驚喜，「我還想著，等我回來了再想想辦法，找個能長期幫忙又讓老人能接受的方式。沒想到，麵館老闆先辦了，真是好人啊，好感動！」

仇正卿笑。

結果尹婷又補了一句：「不過比不上你簽錯名字讓我感動。」

仇正卿不笑了，輕咳了兩聲。

尹婷嘻嘻笑，「對了，今晚的聚會我哥也會去，他先過去幫忙了。」

「嗯。」仇正卿點頭，「所以妳有什麼要囑咐我的？」這算是正式見大舅子嗎？

「沒。」尹婷很有精神地說：「我是怕到時朋友們鬧起來，把我拉去玩，留下你一人太悶，所以讓我哥有點眼力，看到這情況就負責陪伴照顧你。」

「……」好吧，被囑咐的是大舅子。可是，他又不是小孩子，哪裡需要人家陪伴照顧？

「對了，May也會去。」

「哦。」那個不重要，這女人對他來說，完全是路人甲乙丙丁的級別。

「你怎麼不問我有什麼要囑咐你的？」

「這個要囑咐？」仇正卿一臉黑線，「我跟她一點關係都沒有。」

「誰說的？你們是前任追求者和被追求者的關係。」

「……」仇正卿嘆氣，「好吧，那妳要囑咐什麼？」

「沒什麼，就是我要正式跟她介紹我的男朋友，希望你有個心理準備。」

「哦。」仇正卿應了。

「你這樣漫不經心不行。」尹婷說了：「她一定會調侃我們的，比如說哎呀你怎麼選中了小婷了之類的。」

「嗯。」仇正卿又應了，漫不經心不是對待不相關的人的正確態度嗎？「我這不是漫不經心，我這叫胸有成竹。」

尹婷看看他，忽然叫道：「前面找個能停車的地方停一下車。」

仇正卿嚇一跳，看到前面路邊有能停車的位置，趕緊開了過去停下來問：「怎麼了？」

結果尹婷二話不說，傾身用力抱住了他，「你太帥了，我想抱抱你！」

仇正卿頓時被嗆著，「咳咳！妳的矜持呢？」

「我男朋友胸有成竹太可愛，矜持跑掉了。」

仇正卿道：「我女朋友太可愛，我想趁她矜持沒的時候帶她回家，不去聚會了，行嗎？」

尹婷臉紅地輕輕打他一下，「別鬧，趕緊開車，已經晚了。」

「剛才是誰喊停車的？」仇正卿沒好氣，啟動車子上路。

「啊，矜持又回來了。」尹婷瞇著眼睛搖頭。

「哼哼。」仇正卿故意哼給她聽。尹婷笑咪咪，「求正經，我覺得我真的好喜歡你啊！」

仇正卿微笑，「妳繼續說，我在前面調個頭帶妳回家。」

尹婷閉嘴了，坐了一會兒又說：「是真心話。」

仇正卿沒說話，過了一會兒才道：「我也是真心話，真的很想帶妳回家。」說完，他看了尹婷一眼，尹婷也正看向他，兩個人目光一碰，心裡均是一蕩。尹婷臉紅了，仇正卿快速轉回目光認真看路。

車上安靜了一會兒，尹婷嘀咕：「色色的，小心我爸打斷你的腿喔！」

「哪條腿？」仇正卿問。

尹婷反應了一會兒，想了想，「我確定你這句話一定是有顏色的，你學壞了。」

仇正卿一臉莫名，「打左腿還是右腿，哪裡帶顏色？」

尹婷抿緊嘴不說話，仇正卿過了半天也反應過來了，長嘆一聲：「妳啊……」

「幹麼？」

「腦袋瓜裡到底裝的是什麼？」

「思想！」尹婷答。

仇正卿失笑，還思想？她的思想一定跟她的生活一樣，五顏六色。

不一會兒，聚會的俱樂部到了。仇正卿停好車，把準備的禮物給尹婷看。兩個人在賀卡上簽名。仇正卿多買了一張賀卡，因為還有一份是尹婷爸爸的禮物。

兩個人收拾好東西，拿著禮物往俱樂部裡走，尹婷忽然問仇正卿：「你能總結出剛才我們聊了一路的談話重點嗎？」她覺得聊得超開心，想記到日誌上，但想不到該怎麼總結整理。

仇正卿答：「矜持與克制的較量。」

尹婷哈哈大笑，笑得走不動，抱著他的手臂笑。

仇正卿一臉無奈，站著當扶手讓她笑個夠。他家女朋友笑點真的有點低！

這時候突然有個聲音冒了出來：「哎呀，這是誰，這麼開心！」說話間，那人已經到了跟前，笑臉盈盈，正是沈佳琪。

「沈總，妳好。」仇正卿客客氣氣。

沈佳琪笑著招呼：「仇總。」然後她去捏尹婷的臉蛋，「妳遲到了，還這麼猖狂地笑，等阿琳罵妳呢！」

「哪有？」尹婷拍她的手，「我很辛苦才趕來的。」

沈佳琪又笑，「還有啊，妳在她的聚會上跟她搶秀恩愛，她也會罵妳的。」

「妳好煩。」尹婷嫌棄她。沈佳琪哈哈大笑。這時候又跑過來兩個女生，看到沈佳琪和尹婷趕緊喊：「May，妳在這啊？我們到處找妳。小婷，妳來了。快快，我們姊妹大合影，阿琳還說妳再不到就不要妳了。」幾個人一邊說一邊拉著尹婷和沈佳琪跑了。

「等一下。」尹婷被拉著走，回頭看仇正卿拎著禮物，一臉錯愕地站在原地。她忙對他喊：「我很快就回來，你去找我哥。」一邊說一邊被拉得越跑越遠，很快沒了蹤影。

仇正卿呆立片刻，搞什麼？這群大小姐們懂不懂禮貌？他們是來參加聚會，還是來被打劫的？

劫禮物就好了，幹麼劫人？

仇正卿有些不高興，他拿著東西走了一圈，終於發現了尹實。他過去，舉了舉手上的禮物，跟尹實說：「剛進門小婷就被拉去拍照了，她讓我來找你。」

「哎，她們果然這樣！」尹實嘮嘮叨叨，「這幫女生呀，一點都不懂禮貌，任性，大大咧咧的，你別介意啊！」

「沒事。」仇正卿心想，他介意也沒用啊，只要這樣的聚會不是太多，偶爾陪尹婷應酬一下他還是可以忍受的。

尹實帶仇正卿去交禮物，然後帶他找了個地方坐下。仇正聊並不認識周圍坐著的幾個人，尹實為他介紹，大家一起吃東西。有人倒酒給仇正卿，仇正卿婉拒了：「我開車來的。」那人還要說什麼，尹實在一旁幫仇正卿打圓場：「行了，行了，喝什麼不是喝！」他給仇正卿的杯子倒滿了柳橙汁，這事算過去了。

仇正卿鬆了口氣，果然尹婷想得周到，這種場合是需要大舅子陪伴和照顧的。

一桌人在聊天，仇正卿插不上話。他們聊的是共同朋友的話題，誰誰怎麼了，之前那事怎麼了。尹實見狀，單獨跟仇正卿聊。

「有空去我店裡玩啊！」

「好。」仇正卿客氣答應。

尹實又說：「我妹嘛，人比較迷糊，比較笨，你多包涵些。」

「不會，她很聰明，反應很快，點子也多。有時是我得反應一會兒，才跟得上她的思維。」

尹實一愣，想了想道：「哦，那你也多包涵些。」接著又說：「她小毛病不少，很隨興，想起一齣是一齣，還總是丟三落四。一會兒忘鑰匙，一會兒忘手機。」

仇正卿：「其實也不是，許多事她想得很周到，只是她看問題的角度有時跟我們不一樣。」

尹實又一愣，「哦，也是，反正你多包涵。」

仇正卿笑笑。

尹實又說了：「對了，她還比較情緒化，小女生嘛，有時任性一點。還愛哭，有點脾氣，你多讓著她一點啊！」

仇正卿微皺眉頭，「她很有心胸，也不會亂發脾氣，樂觀積極。」

尹實一臉呆愣，心道：我們說的是同一個女人嗎？

仇正卿這時又客客氣氣地說了：「她是我的女朋友，所以，請你不要批評她了好嗎？」

尹實滿頭黑線，那啥，她還是我妹咧！男人的友誼不是建立在一起八卦和吐槽共同的親人和好友上嗎？尹實看了看仇正卿，他一臉端正，精英氣質滿溢，好像這裡不是嘈雜的俱樂部，而是他公司的會議室。

果然是「求你正經點」啊！尹實懂了，又終於明白為什麼妹妹會拜託自己照顧他了。他確實跟吃喝玩樂有些格格不入。這類型的人，是怎麼爬上永凱集團副總裁的位置的？

「我回來了。」這時候尹婷終於出現，尹實鬆了一口氣，剛想把仇正卿還給她，結果那邊有人大叫：「小婷，小婷！」

尹婷張望，有個姊妹跑過來對她喊：「我們讓阿琳丟捧花，她說以後不擺宴了，那這次就模擬一下，拿花束丟看看，就當婚禮丟捧花了。」

尹婷一聽，眼睛一亮，「捧花？我要！我要！」恨嫁的心啊，人選她都有了，現在就是欠點運氣和時機。

「哈，很多人想要。」那姊妹說。

「我要去搶！」尹婷轉頭跟尹實和仇正卿招呼一聲，「我去了啊！」然後連蹦帶跳跟著那姊妹跑了。會場中間，準新娘果然拿著一束花擺好了架勢，在眾多朋友的簇擁下準備丟花了。

大家鼓掌起鬨看熱鬧，很多年輕女孩子搶地盤占位置準備接花。尹婷非常活躍，揮舞著手臂，對著準新娘大聲喊：「阿琳，這邊，這邊，丟給我！丟給我！」

其他人也大叫：「這邊，丟這邊！」

尹實捂眼，好丟人！妹妹帶了個男朋友來，還擺出一副老娘很想嫁人的樣子來，他這當哥哥的面子往哪擱？不過話又說回來，這事跟哥哥的面子沒關係啊，主要是她男朋友的面子。尹實轉頭，想安慰仇正卿幾句，結果發現仇正卿不見了。

那邊準新娘開始丟花束了，在大家「哇」的大叫聲中，花束被高高拋起，呈弧線形向人群方向飛過去。越來越近，越來越低，眼看就要落下……

旁邊忽然伸出一隻長手臂，大掌一握，穩穩抓住。

仇正卿！

尹實差點從椅子上摔下去。媽呀，這比他妹更丟人！

全場靜寂。

尹婷火速朝仇正卿奔了過去。

她一動，沈佳琪反應過來，大叫：「你居然跟一堆女人搶花？」

尹婷這時已經跑到仇正卿身邊，仇正卿沒理沈佳琪的話，只把花束遞給尹婷，說：「妳拿到跟我拿到，效果是一樣的。」

尹婷的臉爆紅，接過了花束。旁邊眾人開始起鬨，年輕女生們開始大叫，朝著這兩人圍了過來。沈佳琪不可置信，再次道：「你居然跟一堆女人搶花？」

這次仇正卿顧得上理她了，他一本正經答：「我只是站在邊上，然後伸出了手。」一點都沒擠，一點都沒推，就是仗著個子高手臂長。原本只是站邊上看看，但既然這花束觸手可及，他沒理由不幫他家女朋友拿。所以，不是他故意要搶，只能算是意外收穫。

眾目睽睽之下，尹婷超級害羞，下意識往仇正卿身後躲，抱著花，只露出一１雙眼睛。

沈佳琪想捲袖子，「小婷，妳出來！」眾姊妹跟著起鬨笑著嚷。

尹婷不敢出去，死命躲在仇正卿背後。仇正卿的手往後伸，握住了她的。一堆年輕女生圍堵上來，要他交人。仇正卿沒動，護著身後的尹婷。

領頭的沈佳琪大喝一聲：「仇總，我現在重新追求你還來得及嗎？」

「來不及了！」沒等仇正卿回話，尹婷自他身後探出腦袋搶答，惹得眾人一陣大笑。

尹實捂臉，好丟臉，這兩人到底有沒有顧及親人的感受啊！

最後尹婷被拎走了，因為準新娘親自過來，尹婷很給面子地出來了。被姊妹們「押走」前，還不忘鄭重其事地把寶貝花束交給仇正卿，這又令大家一頓起鬨。

尹實還沒來得及去領回仇正卿，人家自己回來了。若無其事拿著花，好像剛才秀恩愛引圍觀的主角不是他。

坐回來的仇正卿終於引起了大家的興趣，眾男士開始與他搭訕，對他的來歷背景很好奇。聽說在永凱任職，於是能展開的話題就多了。仇正卿對業界頗有見解，對大家的問題和看法都能很好地回應。且他說話認真，不倨傲，與他討論起來沒壓力。漸漸的，這一桌變成了商業問題討論專場。

果然變成了會議室啊！

尹實坐在旁邊插不上話了，心道：妹妹，妳只交代仇正卿受冷落時我得照顧他，妳沒說哥哥我受冷落時誰來照顧一下啊！

這個聚會上，仇正卿交到了幾個朋友。不多，能真正聊得來的就兩個，但仇正卿覺得很不錯，也算有收穫。大家互換了聯絡方式，散會時，那兩人約仇正卿改天出來喝酒再敘。

被姊妹們放歸的尹婷在旁邊笑咪咪地看著，挽著仇正卿的手，一副很高興的樣子。

仇正卿問她：「妳的朋友嗎？」

「知道，但不熟。」尹婷道：「不過，我很開心你能跟他們聊得來，這也算成功打入我的朋友圈吧？」

尹實在一旁用力咳了一聲，答：「非常成功。」

估計現在他們朋友圈裡誰都知道他妹妹尹婷交到了一個職業經理人男朋友，而且還高調當眾秀恩愛。妹妹啊，妳一定要成功嫁給他，不然以後別人碎嘴說八卦一定會取笑妳的，順帶著也會把妳哥取笑一番。

仇正卿和尹婷顯然沒有想這麼多這麼遠。

尹婷聞了聞手中的花束，很開心地說：「那下一步就是我打入你的朋友圈了。」

「我的朋友圈？」仇正卿想了想，他的私人朋友並不多，絕大多數都是工作上的合夥人。

「嗯，比如說你的祕書什麼的。」尹婷笑得甜。

仇正卿撇了眉頭垮臉給她看，尹婷哈哈大笑。

尹實實在是沒眼看，他又用力咳了一聲，問尹婷：「好了，回去了嗎？」他們兄妹倆正好一起回家。

「我送她。」仇正卿說。尹婷用力點頭。

這回換尹實垮臉了，這位兄臺，這樣搶人真的合適嗎？而且你送她，怎麼不說一起送送我呢？他喝了酒，還得找代駕。

尹婷有些不好意思，幫男朋友說話：「反正順路嘛，這方向他回家也會經過我們家。」

尹實不說話，搖頭先走了。這簡直沒法聊了，拿順路當理由，會有他順嗎？他能順到房間門口，仇正卿行嗎？

尹婷對哥哥的背影扮了個鬼臉，轉向仇正卿，「是順路吧？」

「對，很順。」仇正卿正經地答。如果是一起回他家就更順了。

上了車，啟動車子上路。仇正卿看了看尹婷，問她：「要不，再兜兜風？」

「好啊！」尹婷笑咪咪。

車子在路上轉了兩圈，兩個人坐在車上都沒怎麼說話，卻覺得心裡很舒服，車子開再遠都沒關係，但一會兒後，仇正卿還是把車子開向了尹婷家的方向。還不是他老婆，總要還給她家的，可實在捨不得，走到一半時，他又問：「今天天氣挺好的，要不，我們散散步？」

「好。」尹婷依然笑咪咪的。

找了個地方停好車，兩個人手牽手，路邊慢慢走。

「明天你要上班吧？」

「對。」這是完全不必有疑問的。

「我爸明天不上班，他今天坐火車累了，說休息一天，所以我明天也不去廠裡了。我打算去育幼院看看，確認一下老太太的情況。還想去珠珠姊那裡，看看有什麼需要我幫忙的。另外雨飛的婚禮也快了，我要去幫忙，我是伴娘。」

「嗯。」聽起來她比他還忙。

「然後我盡量趕六點半到你家。」

「好。」仇正卿笑了。

「那你明天還加班嗎？」
「不加。」一定爭取早回家。
尹婷也笑了，非常滿意。她還沒說她的烹飪課程計畫和學開車計畫呢，她真的挺忙的。
「這週末去逛街嗎？」
「好。」仇正卿一口答應，他還記得做日誌冊子的材料沒買。
「你有年假嗎？」尹婷又問。
仇正卿猶豫了一下，年假他是有的，但他從來沒有休過。國定假期他都嫌多，當然不會去休年假。
「怎麼？」他問得謹慎。
「沒什麼，就是想確認一下你的時間安排。不是很快要春節了嗎？提前安排活動。」
「嗯，春節我會休息。」但是年假他不怎麼休，在正常的工作日裡放長假，對他來說是實在是無法忍受的事。
「年中的時候有跟朋友商量打算春節一起去國外玩，但沒想好去哪裡，你要不要一起去？」尹婷問他：「就是可能不是卡得春節假期這麼準，也許會延長幾天，需要用到年假時間。」
仇正卿第一反應就是不太想去，花錢花精力花時間，沒效率，只是走走看看吃吃東西而已，對他來說，旅行沒有工作來得有趣。事實上，他從來沒有真正旅行過。去外地也好，出國也罷，都是出差。他不喜歡旅行，他不覺得這樣的活動有意思，而且還要動到年假，那他的工作豈不是要耽誤了？
仇正卿沒說話，尹婷懂了，她打圓場：「反正還沒定呢，到時候再說吧。」
「好。」仇正卿順著臺階下，也不想讓她不高興。
「我們週末去一家新餐廳吃飯吧，我在網路上看到評價挺好的。」尹婷換了個話題。

「好。」仇正卿鬆了口氣，趕緊答應。他握著她的手，緊了一緊，她轉頭對他笑笑。仇正卿忽然蠢蠢欲動，他們正走到一家商店旁，店家已熄燈關門，牆角昏暗，仇正卿把尹婷輕輕按在牆角，吻住了。

其實如果真的有假期，多少天都好，他哪裡都不想去，只想跟她待在一起。一起吃飯，一起逗逗喵大大，一起窩在沙發上看電視。就算電視不好看，就算他們什麼話都不說，只是懶洋洋地坐著，他就覺得很好。

唇下的尹婷微微喘息和呻吟，他用力將她抱緊。

真的哪裡都不想去，只要跟她一起，宅在家裡就好。

尹婷的心怦怦亂跳，明明什麼曖昧的話都沒說，明明剛才的氣氛有那麼一點點尷尬，他怎麼就突然燒熱起來了？男人果然是色色的，就連求正經這種嚴肅又正經的人，也是色色的。但是她喜歡，喜歡他對她的熱情。

尹實已經回到家裡，尹國豪正在客廳看電視。聽到大門的動靜掃了一眼，只看到兒子，於是問：「小婷呢？」

「當然是跟男朋友約會去了。」尹實老實答。

尹國豪皺眉頭，看起來有些不悅。尹實縮縮脖子，老頭對他有些嚴厲，他不像妹妹那樣會哄他，而且說實話，他知道老爸對妹妹偏心，一來是妹妹太像媽媽，二來妹妹很有耐心陪他。印刷廠這麼悶的工作，她也堅持每天去，就為了能讓爸爸每天看到她。他自覺如果換了他，他是做不到的，所以老頭的偏心他完全可以接受。只是有時候老頭會把妹妹的帳算到自己頭上，尹實也會覺得委屈。

比如現在。

「這麼晚了約什麼會？外面很安全嗎？你回家怎麼不把她一起帶回來？」

「仇正卿在呢，沒什麼不安全的。」尹實心裡嘆氣，妹妹總要嫁人，到時老頭怎麼辦？

尹國豪不說話。尹實看他的臉色，有些後悔回來了，早知道就去店裡，「我進去了。」

「嗯。」尹國豪答應了。尹實才走幾步，尹國豪又說了：「打個電話給你妹妹，要她早點回家，晚上外頭多冷。」

「好的，好的。」尹實連聲應了，加快腳步跑回房間。他拿了衣服，打算先去洗個澡，洗久一點，然後出來再磨蹭打電話的事。不然老爸催他，他不好交代。但是現在就打電話，對妹妹不好交代，才隔了這麼一會兒就叫人家回家，明顯是來搗亂的。老爸自己要在妹妹面前做好人，讓他做這種棒打鴛鴦的壞事。

尹實這個澡洗了很久，等他舒舒服服出來，看到他家老頭那張滿是怨氣的臉，「哦，對了，對了，打電話給妹妹。」尹實裝模作樣，「我先穿上衣服啊，穿好就打電話給小婷。」

磨磨蹭蹭穿好毛衣，看看時間，距離他回到家已經五十多分鐘了，差不多了吧？應該膩歪夠了？他苦著臉打電話給尹婷。過了好一會兒，尹婷接了。

「是不是爸催了？」尹婷直接問。

「妳知道就好，快回來救妳哥，妳唯一的親哥。」尹實強調血緣關係，呼喚親情。

「你哄哄他嘛！」

「怎麼哄？抱著他的手說爸，你看妹妹，好討厭，還不回來，回頭我說說她。」尹實學著尹婷平常跟老頭撒嬌的語氣，「我要是這麼幹，老頭肯定一腳把我踹到樓下去。」

尹婷哈哈大笑，「好了，你再撐一會兒，我們現在回去。」

「行，行，趕緊回來。」

二十分鐘後，尹婷到家了，抱著花，一臉甜蜜，瞎子都能看出來這是個熱戀中的小女人。

尹國豪沒什麼表情，依舊在看電視。見女兒回來了，淡淡地招呼一句：「回來了。」

「回來了。」尹婷飛撲過去，膩在爸爸身邊，拿手冰他的臉，又把花給他看，「阿琳丟的捧花，我搶到了。」

尹實在房間聽到妹妹回來，假裝出來倒水，實則觀看妹妹哄老父戲碼。有些招數他學不會，得靠天賦。聽到尹婷說她搶到花，尹實臉皮抽了抽，行啊，小女生還知道給自己男朋友留點面子。要說一大男人去搶了花，真的以後都沒臉見家長了。

「花而已。」尹國豪一臉看不上。

尹婷不介意，嘻嘻笑，「這是幸福的花束。」

尹國豪被女兒的語氣逗笑了，尹婷又說：「他們出國旅行結婚挺好的呀，簡單舒服。」

「哼，哪裡好？結婚當然得擺宴，跟親朋好友都有個交代，熱熱鬧鬧那才叫結婚。」尹國豪的思想還是老派，他說：「阿琳她爸也不樂意，跟我抱怨了兩句，但阿琳堅持，他也是太寵女兒，就答應了。我警告你們兩個啊……」他說著，指了指不遠處豎著耳朵的尹實。尹實一臉無辜，關他什麼事啊，他就是出來倒杯水而已，而且他還沒有女朋友，上一個分了都快半年了，下一個影都沒有，說什麼結婚啊？

「你們結婚要是敢不規規矩矩的，我打斷你們的腿！」尹國豪說。

「你打我的腿好了，哥還要賺錢養家。」尹婷裝可憐。

「去！」尹國豪敲她腦袋。

尹婷換了笑臉，抱著尹國豪說：「爸，春節咱們不出去，就在家過吧，不然太辛苦了。」

「嗯。」尹國豪也是這個想法，這次回一趟老家他就累著了，差點撐不住，身體的狀況，他自己清楚。

「那就這麼定了。」尹婷甜笑著，又道：「對了，仇正卿春節是一個人過的，他家人都不在了，正好請他過來跟我們一起過年吃飯，你看怎麼樣？」

尹實為了聽八卦，硬是把剛倒的水喝了，接著倒一杯。

尹國豪沒說話。

尹婷有些緊張。仇正卿的意思她猜到了，他不想出遠門，也不想為了玩樂這種事休假。雖然她跟他的想法不一樣，但她能理解和尊重他的意願。她也知道如果想長久在一起，這些不一樣的地方他們得慢慢磨合。總要有人讓步，現在她願意讓步，不出去玩，年總是要過的，所以她得搞定她爸，趁機安排一下春節見家長。

如果她爸不同意，離春節還有點時間，她慢慢想辦法。總之，先把這事預定下來，提早安排禮物，還要定年夜飯，安排春節假期活動。

尹實也有些替妹妹緊張，他知道妹妹是認真的，仇正卿就更不用說了，為了個女人臉已丟盡，不娶回家真的不行。可老爸的態度嘛，還真是不太熱情。

「好。」尹國豪忽然說：「讓他來吧，家裡又不缺飯，大過年的，多擺雙筷子還是可以。」

尹婷鬆了口氣。尹實撇嘴，老頭真是不可愛，都答應了，嘴裡還要說不中聽的話。

兄妹倆對視了一眼，尹婷暗自高興。她要把這好消息告訴求正經，她爸同意見他了！

仇正卿聽到消息後很驚喜。驚多一點，還是喜多一點，他也說不清，反正都有一點。

「春節是什麼時候？」他問。

「二月十八日。」尹婷都查好了。

「還有一個多月。」

「對。」尹婷道：「一個多月，足夠準備了。」

仇正卿這下有了些真實感覺。二月十八日除夕，他要跟未來的岳丈大人一起吃年夜飯。

「我買什麼禮物好？」

「我爸喜歡喝茶，我去找找看有沒有什麼值得收藏的紫砂壺好了。再買兩斤好茶，到時裝個禮盒，包得漂亮一點。」

「好。」仇正卿只有攻下客戶的經驗，沒有攻略岳丈的經驗，他覺得一切聽尹婷的就對了。

「我再幫你看看新衣服，到時來我家，你也得打扮打扮。」

「好。」

「記得要理髮，我會提前提醒你。」

「好。」他的頭髮一直很正常啊，標準職場三七分。不老土也不潮流，不長也不短，就跟在辦公室一眼看過去，一屋子的男人腦袋一樣。不會到時要讓他換髮型吧？算了，聽小婷的。

「怎麼辦，求正經，我有點緊張。」尹婷說。她的語氣聽起來還真是挺緊張的。

「不是應該我緊張嗎？妳就別湊熱鬧了。」仇正卿一本正經。

「你的聲音聽起來一點都不緊張。」

「那妳就更不用緊張了。」仇正卿安慰她。

「對了，你會下象棋嗎？」尹婷又說。

「不會。」仇正卿老實交代。

「那跳棋？」

「也不會。」

「啊，那你小時候都玩什麼？」尹婷是不指望他現在成年後有過什麼娛樂了，肯定是讀書工作，工作讀書。

「小時候？」仇正卿努力回憶，那是很久遠的事情了。當初他爸還在，不過他大多數的時間是幫忙做農務。後來田沒了，他爸去外縣市打工。他拚命念書，希望長大了讓父母不要這麼辛苦。他小時候都在做什麼呢？「呃……割兔草，拌雞飼料，醃鹹菜……」

「不是幹活，是玩。」尹婷打斷他，聽這些她真心疼他。

「玩的啊……」仇正卿繼續回憶，「對了，丟沙包，騎腳踏車，去魚塘偷魚，扔石頭打水漂，看誰打出的水花多……」他停了停，問：「這些算嗎？」

尹婷想了想，「我爸還挺喜歡釣魚的。」可是，去魚塘偷魚跟她爸釣魚的技術不是一類的吧？「你會用魚竿嗎？」她問。

「不會。」見都沒見過。

果然！尹婷頓了頓，說道：「沒關係，還有時間，我們還來得及準備。我們用這一個多月好好抱抱佛腳，春節的時候可以安排一些活動，你陪陪我爸，多接觸接觸，爭取在他面前加分。」

「好……吧。」仇正卿應得不是太果斷，他心裡沒底。安排跟老人家一起的活動，他很多年沒有過了，而且剛才尹婷說的那幾樣他全都不懂，真能一個多月惡補好？

「你要有信心。」尹婷聽出來他的不確定，「雖然可能辛苦一點，你會不喜歡，但是熬一熬就好了。只要第一印象好了，後面的事就好說了。也不是讓你常來陪他，就春節那幾天。再說，還有我呢。對了，我覺得他對你現在應該印象分數還是挺高的。你想啊，秦叔這麼喜歡你，還曾經想讓你當女婿，我爸跟秦叔關係好，兩個人的想法肯定一樣。」

「嗯。」但願如此。他是很想做他的女婿，不知道他能不能感應得到。

接下來的日子，尹婷和仇正卿就陷入了瘋狂的忙碌中。

仇正卿就不用說了，他本來就忙，年底是最忙碌的時候，礙於「家規」，他還不能天天加班，一星期跟尹婷請一兩天假還要小心翼翼，怕她不高興。尹婷倒沒表現出不高興，只是她對之前說的獎罰制度是很認真在執行。他不回來吃飯，她第二天就不來。開始一兩次，仇正卿像以前一樣，有些在意，後來就習慣了，覺得那正好，他可以繼續加班趕工作。而且，他覺得尹婷也是利用這些時間忙她的事。秦雨飛的婚宴定在二月十四日，時間很趕。身為伴娘和秦雨飛的鐵桿閨蜜，尹婷自然也是忙得不得了。

於是，兩個人最初計畫的什麼天天見面，偶爾請假，變成了一週見一兩次、兩三次。

元旦後的那個週末，他們一起上街買了做日誌冊的配件，一起回家做好了本子。仇正卿親手打孔，親手裝訂。那天兩人甜甜蜜蜜，約好了要一起把日誌冊存得厚厚的。

遇上感動的事就記下來，見一次面就交一張。如果手上留的日誌頁太多了，證明他們很久沒見了。如果手上的日誌頁沒了，證明他們之間感動的事少了，感覺淡了。

他們有共識，這兩種情況都是感情中的警告信號，要小心。

可是，他們沒談到第三種情況，就是手上的日誌頁沒增加也沒減多少，因為他們這段日子見面少了，而因為各自忙碌，能記下的感動也少了。每天都是一樣的生活，事情來來去去就那麼幾件。他說了什麼話讓她感動，她做了什麼事讓他開心。他為了她提早下班，她為了他早早到他家裡等待。

每件讓人感動的小事，如果重複十遍，那就變成了尋常的小事。感動的光芒日漸淡了下去，這就是生活。

而這樣的小變化，在忙碌中不知不覺成為了習慣。

尹婷那天記錄秦雨飛婚禮準備事項裡忽然想到，她已經好幾天沒記戀愛日誌了。她把她記的翻出來看了看，竟然比她想像的數量少。明明日子過了許多，記錄卻沒多少。她呆了呆，嘆口氣。原來以為很簡單的事，並不簡單。

尹婷今天在外面跑了一天，很晚才到家。她想起她還沒看手機，拿出來一看，有條仇正卿發給她的簡訊：「報告，我已經下班到家了，晚上會看妳寄的釣魚資料。」

尹婷回覆：「那你好好看啊，週末如果雨飛那邊沒什麼事要辦了，我們就去釣一次，實戰一下，到時陪我爸聊釣魚，你就心裡有數了。」

仇正卿很快打電話過來：「妳回家了嗎？」

「嗯，到家了。」

「那就好。」

兩個人竟有些不知該說什麼好了。

「太晚了，早點休息吧。」尹婷道，他明天要上班，而她明早要去取禮服。這情況有點糟啊，不是她理想中的戀愛狀態。兩個忙碌的人，無法堅持的承諾。

掛了電話，尹婷看了看她記的日誌，腦子裡過濾了一遍，今天沒有值得記的事，不禁嘆氣。

週末，尹婷和仇正卿都有時間，於是他們帶上新買的魚竿釣具去了釣魚場。尹婷有點高興，因為他們很久沒有這麼正經約會過了。

第三章

小婷天使，請記住我愛妳

大冬天的，釣魚場人很少，仇正卿的實戰還算順利，釣上了一條魚，但兩個人坐著坐著就覺得悶了。仇正卿一邊釣魚一邊用手機回覆郵件，在工作。尹婷見了不高興，但又覺得沒什麼值得不高興的。他很配合她了，她不能太小氣，可就算這樣想，還是不高興，於是自己鬱悶。

這情況一直持續到二月十四日的情人節，秦雨飛結婚。

婚禮簡單又溫馨，尹婷身為伴娘，從頭到尾感受到了結婚的幸福感。雖然秦雨飛因為懷孕，整個婚禮幾乎都在吃。過一會兒就餓了得吃東西，過一會兒又餓了得吃東西。新郎顧英傑完全不管現場狀況，反正就是讓老婆吃，想吃就吃。於是伴娘伴郎滿場跑，幫他們圓場面。

仇正卿是賓客，因他沒什麼朋友，所以分坐在有尹實的那一桌，哥哥再次身負起照顧未來妹夫的重任。原本尹國豪是與秦文易坐一桌，但秦家親戚多來了兩個，所以得臨時調整。尹國豪二話不說，主動讓位跑去跟兒子坐了。他兒子的身邊，坐著仇正卿。

尹實非常緊張。媽呀，這就見上面了？可是妹妹現在不在場啊，要是有什麼情況，不會怪到他頭上吧？

仇正卿也緊張，趕緊在腦子裡把尹婷讓他做的功課複習了一遍。什麼喝茶的講究，什麼釣魚的技巧，還有現在電視裡正熱播的電視劇。嚴陣以待，認真應對。

結果，尹國豪若無其事地跟他打過招呼後，就開始跟同桌的其他人寒喧聊天。尹實用嘴形對仇正卿說了一句：「穩住，別緊張。」然後火速發簡訊給妹妹。

「爸跑來跟妳男人一桌了，快來救命！」

尹婷很快回覆：「穩住，別緊張。我現在過不去，是你表現實力的時候了。」

尹實看著簡訊，一臉黑線。關他什麼事啊？他是無辜的。他也沒什麼實力，真的需要救命。他看了看仇正卿，仇正卿也正看他。他再看了眼他爸，老頭正在逗同桌的一個小朋友。

「吃菜吧。」尹實能想到的辦法只有這個，「多吃點，萬一一會兒沒時間吃了呢？」

仇正卿撖眉頭，這還真是會安慰人啊，但他說的確實是現實情況。未來岳丈坐在他旁邊，他不能找別人高談闊論，也不能乾坐著發呆，吃菜是唯一的好選擇。於是兩個大男人很認真地吃菜，沒注意到尹國豪也偷偷看了他們一眼。

過了好一會兒，尹婷跑來了。

尹實和仇正卿同時鬆了一口氣。尹婷過來沒理這兩人，直奔尹國豪身邊，抱著他親了一口，「爸，你怎麼坐這來了？我忙著呢，今天顧不上你了。哥，你看著點啊！」

這一語雙關，尹實笑都笑不出來，任務難度會不會太高了？

尹國豪笑笑，對女兒說：「妳忙妳的，不用管我，這裡挺好的。」

尹婷笑著，看了仇正卿一眼。仇正卿回她一笑，強自鎮定地點了點頭。

旁邊有人調侃：「小婷啊，妳男朋友很帥啊，什麼時候輪到妳辦喜事？」

尹婷看向尹國豪，他笑著，看起來並無異常。尹婷放下心來，回道：「這問題我一定得害羞一下才好。」眾人大笑。尹國豪也笑了，尹實和仇正卿只好跟著也笑。

尹婷又抱了尹國豪一下，「爸，我先忙去了，有什麼情況打我手機。」

「去吧，去吧。」尹國豪揮揮手。尹婷跑掉了，臨走路過仇正卿身邊，他伸手，與她的手相握了一下，然後尹婷紅著臉，甜甜笑著跑了。

尹國豪看著這個，低頭吃菜。

過了一會兒，秦文易和那幫老朋友過來敬酒，拉著尹國豪到別處談笑風生去了。沒等尹實和仇正卿輕鬆太久，尹國豪回來了。回來以後，示意兒子挪一挪，他坐在了仇正卿的旁邊。

尹實閃得飛快，火速讓位。仇正卿正襟危坐，客客氣氣。

尹國豪一邊若無其事吃菜，一邊跟仇正卿天。聊來聊去，竟然全是經商的話題。仇正卿這下是真的鬆了口氣，聊別的他不行，這個話題他卻是有把握的。從從前那些老品牌的變革和這些年的市場變化，到新管道的建立和利用新媒體搭建新行銷平臺，從消費者心理到產品需求變化等等。尹國豪與仇正卿聊了許多，尹實在旁邊看著聽著，發簡訊給妹妹打小報告：「爸跟妳男人相談甚歡。」

「真的？」尹婷的簡訊回覆顯示她有點不敢相信。

「當然是真的，不信妳晚一點再問他。」

散席後，尹婷真問了。仇正卿點頭，自我感覺非常好，「伯父跟我對很多事的看法還是相同的，很聊得來。」這真是出乎意料的好結果。他能感覺到尹國豪對他的欣賞，簡直是意外之喜。所以說，做男人一定要努力，努力才能出人頭地，才能獲得欣賞。

才能……嗯，搞定未來岳父！

尹婷非常開心，抱著仇正卿歡呼，「太好了，加分加分，那就不用擔心了！春節來我家，就不用緊張了！」

仇正卿點頭，他也覺得是這樣。

尹婷偎在他懷裡，長長舒了一口氣。她今天很累，但又很開心。她最好的朋友嫁了個如意郎君，過得很幸福，他們還有寶寶了，幸福加幸福。而她爸爸跟她愛的男人相處愉快，她覺得再幸福沒有了。

「求正經，我最近對你不夠好。因為有點忙，我們見面機會少了，但是雨飛這邊忙完了，過完年，我們要重新振作，好好談戀愛。」

「怎麼我們有沒好好談戀愛的時候嗎？」仇正卿完全沒感覺到。

尹婷笑了，男人真遲鈍，大笨蛋！幸好啊，她喜歡他，她爸也喜歡他！

「反正，等春節過了，我盡量天天去你家陪你吃晚飯，你也沒那麼忙了，不用總加班了。」

「好。」等過了春節，他盡量少加點班。

四天後，除夕夜，仇正卿帶著禮物上門，到尹婷家吃年夜飯。

他信心滿滿，覺得經秦雨飛和顧英傑婚禮上那一役，他在尹國豪這裡應該完全沒問題了。

仇正卿帶去的禮物是兩斤茶葉、一個紫砂壺。茶葉是有機名茶，一斤一萬五千多塊。紫砂壺是名家所製，十萬多塊。這些都是尹婷挑的，她說這茶葉和這位大師的壺是她爸慕名已久，她託朋友找了很久，原本打算買來送爸爸的，現在就算是仇正卿備的禮。

禮物加起來一共十二萬，仇正卿雖然覺得太奢侈，茶葉怎樣不是喝，依他的泡法就是放瓷杯裡加熱水就好，一千多塊的喝起來已經很不錯，一萬五千多的又能好到哪裡去？用那個壺泡出來真的會比較香嗎？但他沒說什麼，而且堅持這錢一定得是他付。送給未來岳丈的見面禮，無論如何一定是要他出錢，這是男人的自尊心。

尹婷是想自己出錢，她買都買了，用誰的名義送都一樣。她知道她的消費習慣跟仇正卿的不一樣，有些擔心仇正卿不高興，但仇正卿堅持，她也就作罷。

於是，大年三十晚上，仇正卿帶著那個貴重的禮盒去了。

到了尹家，一家人都在。年夜飯已經準備好了，他們訂外燴，就是飯店做好的年夜菜送上門，並加工擺盤全部打理好上桌，現在兩位廚師就在尹家的廚房忙碌著。

尹國豪看到仇正卿來了，笑咪咪的。尹婷和仇正卿互視一眼，都覺得很高興。

尹國豪接過禮物，聽仇正卿介紹了一番，點頭道謝，然後說：「破費了，一會兒吃完飯，我們拆了一起喝。」

尹婷笑道：「那我現在先去開壺，準備一下。」她把壺拿走，進了廚房。

仇正卿經過尹婷的惡補，知道新壺需要一些工序開壺後才好泡茶。他在尹國豪的示意下坐下來，找了些茶葉的話題跟尹國豪聊了聊。尹國豪聽的多說的少，似乎對這話題興趣不大。仇正卿覺得有些緊張，難道是他死記硬背聊不到點子上？

好在沒過一會兒，尹婷出來了。一家人說說笑笑，過不久，兩位廚師擺好飯菜，告辭離去。一家人移到飯桌，開始吃年夜飯。

仇正卿左邊坐著尹婷，右邊是尹實，對面是尹國豪。

只有四個人，擺了八道菜，很豐盛。

尹婷先盛湯給爸爸，然後盛給仇正卿，接著盛給哥哥，最後是自己。「開飯嘍！」她愉快地宣告，又拿紅酒把大家的杯子滿上。

尹國豪舉杯，簡單說了句：「就祝……我的孩子們新的一年過得更好。」

尹婷笑嘻嘻挽著仇正卿站起來，「爸，我們祝你新的一年身體健康，萬事如意。」

仇正卿趕緊點頭，尹實也湊熱鬧：「爸，『我們』裡也包括我。」

尹國豪不挑兒子偷懶的刺，只說：「好，希望我萬事如意。」他笑著看了仇正卿一眼，看得仇正卿心裡頓時緊張起來，不由得揣測這「萬事如意」是什麼意思。

為女兒招個如意郎君，是「萬事」裡的一件嗎？

席上因為有尹婷在，妙語如珠，插科打諢，大家說說笑笑，一頓飯吃得很高興。仇正卿時不時接到尹婷夾給他的菜，尹實與他碰杯，尹國豪與他聊天，他差點要落下淚來。

他多少年沒吃過年夜飯了？一家人坐在一起吃飯，他多少年沒有過過了？

真希望這一刻就這樣停住。這麼簡單，就是幸福。

仇正卿後來沒忍住，起身去了洗手間平復心情。

他想要這樣的幸福，他希望能跟這一家子成為一家人。

仇正卿出來的時候看到尹婷，她在門外等他，一臉關切，「怎麼了？不舒服嗎？」

仇正卿什麼話都沒說，張臂把她抱在懷裡，緊緊地抱著。尹婷失笑，拍拍他的背，抬頭看了看他，微笑著踮腳親親他的臉，「你跟我爸一樣，特別愛撒嬌。」

仇正卿不服氣，他哪裡愛撒嬌？他從不撒嬌！他很小就知道當家的辛苦，他不撒嬌！沒有環境讓他撒嬌，沒有人讓他撒嬌，他真的不撒嬌。他再次把尹婷緊緊抱住，他喜歡她撒嬌。愛上她以後才知道，原來女孩子撒嬌這麼可愛。他希望，她能一直在他身邊撒嬌。

「嗯哼。」旁邊突然傳來咳嗽聲，是尹實，「我不想打擾，但我實在憋不住了。你們能不能把通往廁所的唯一一條道路讓出來，去氣味好一點的地方親熱？」

尹婷臉紅，作勢要揍他。尹實往旁邊一跳，從仇正卿身後擠過去。尹婷撲過去揮一拳，尹實哇哇叫，抱頭竄進洗手間，仇正卿笑著把尹婷抱住了。

尹實進了廁所關上門，還大聲嚷嚷：「你們讓開點啊，不要堵在門口，不然被你們聽到，我也會不好意思！」

仇正卿哈哈大笑，把尹婷拉走了。

他想，他喜歡這個大舅子。回到餐廳，桌前只有尹國豪坐在那裡，仇正卿又想，他也喜歡這位岳父。禮貌又客氣，沒有架子，他喜歡這家人。

飯後，一家人轉到客廳。尹實切水果，尹婷泡茶，仇正卿陪坐。尹國豪看了一會兒電視，然後說了：「之前打電話過年要來串門子的，我給推了。明天呢，我們去一趟墓園，看看你們媽媽。」

他頓了頓，問仇正卿：「正卿要不要一起去？你父母也在那兒吧？」

「好啊，我也是打算春節去看他們，一起去。」仇正卿忙說，看向尹婷，她正開心地對他擠眼睛。仇正卿也很開心，覺得他跟尹婷的關係是被尹國豪認可了。他甚至願意帶他去拜墳掃墓，可見是已將他視為家中的一份子。

仇正卿難掩歡喜，笑顏逐開。

尹國豪又說了：「看完你們媽媽，我們去公園逛逛，過年那兒應該很熱鬧。」

「好。」這次是尹婷搶先應了，「求正經跟我們一起去。要不，明天他開車來接我們好了，一家人正好一輛車子，也方便。」

仇正卿趕緊答：「好，沒問題。」

尹國豪沒異議，這事就這麼定了。

守夜過完十二點，仇正卿才起身回去。尹國豪囑咐他路上開車小心，仇正卿謝過。尹婷送他到樓下，在樓下歡呼飛撲，撞在他懷裡大聲笑：「好棒，太好了！你看，我爸完全沒問題，他喜歡你！我就知道，他喜歡你！」

仇正卿傻笑，抱著尹婷，只會傻笑。

這天夜裡，仇正卿躺在床上激動得睡不著。他想他的前半生雖然波折困苦，但他努力勤奮，這些老天爺是看得清楚的，所以他的回報來了。他有事業，有愛情。

對了，還有一隻胖貓。仇正卿伸手摸了摸，胖貓喵大大依偎在他身邊，躺在他被子上睡得香。

元旦過後的某個週末，他跟尹婷帶著喵大大去做了絕育手術。手術後，等待麻醉的過程中，尹婷心疼得落了淚，好在喵大大很爭氣，康復得很快，看來之前那些糧和罐頭沒有白餵。

但術後那幾天，喵大大特別愛撒嬌黏人，仇正卿在家的時候牠就一定會跟著他，晚上睡覺也要挨著他。仇正卿心疼牠，讓牠上床睡了，結果這小子就養成習慣，每晚按時上床等陪睡。

仇正卿伸手摸著喵大大光滑順溜的毛，對牠說：「等我跟小婷結了婚，你就不可以上床了，知道嗎？要乖。」

等他跟小婷結婚……他微笑。他想有個家，有小婷的家。如果尹國豪不捨得小婷，他想他願意跟他們一起住。雖然兩人世界更自在開心，但他能體諒為人父的心情。反正他是一個人，怎樣都無所謂。尹國豪很依賴小婷，他能看出來，所以，如果尹國豪真的很介意……

啊，不行，他想起來了，繼續摸摸喵大大。未來岳父大人對貓毛過敏，不能一起住。好吧，那就兩人世界。

仇正卿知道自己想得有些遠了，但憧憬美好的將來讓人開心，他真的很開心。

第二天在墓園，仇正卿在心裡向父母報了喜。他跟尹婷已經不止來過一次，所以他父母見過尹婷了。他報的喜，是他跟尹婷家裡像一家人一樣吃了年夜飯，今天又像一家人一樣來掃墓。他對父母說，你們放心，兒子現在過得很好。

尹國豪沒在仇正卿父母墓前多逗留，他只說了聲新年快樂，留下一束花後，就去了他妻子的墓前。他在那墓前站了很久，不知道跟尹婷的媽媽說了什麼。之後，他們一行人去了公園。

尹國豪說去某某公園，仇正卿沒去過，不知道在哪裡，在衛星導航上輸錯了字。尹婷告訴他地址，為他指路，這才找到方向。

大年初一，公園裡非常熱鬧，人多得遠超出仇正卿的想像，他有些不適應。

尹婷精力充沛，滿場跑。幫他們買水，買吃的，幫他們拍照，還拉著仇正卿去坐遊樂設施。尹國豪一直滿臉笑容，看著女兒瘋玩，最後仇正卿敗下陣來，換尹實陪尹婷去玩了。仇正卿坐在尹國豪身邊，陪他說話。

尹國豪笑咪咪地跟他說：「這公園變化很大。這些花架和裝飾上個月還沒有，這些是為了春節翻修過的。」

是嗎？仇正卿陪笑。他不知道，他在這城市很多年，卻從來沒來過這個公園。上學的時候沒時間玩樂，上班之後約客戶不會來公園，所以沒來過。

尹國豪看出來了，問他：「你沒來過吧？」

仇正卿點頭。

尹國豪又問：「那你跟小婷約會，通常會去哪裡？」

「呃……」仇正卿緊張了，百分之九十九是在他家裡約會，這樣說出來，肯定會被誤會。他對小婷克制有禮，沒有越雷池一步，未來岳父大人你一定要明鑒，「就是逛逛街，吃吃飯。」

「去哪裡吃飯？」尹國豪又問。

「呃……」仇正卿絞盡腦汁，想了幾個餐廳名報上去了。

尹國豪微笑著點點頭。

仇正卿鬆了一口氣，尹國豪緊接著又問：「沒有去看電影嗎？」

「呃……」還真沒去過。這問題是想說電影院黑乎乎的，方便做不好的事？「沒去過。」仇正卿想不出什麼來，答了實話。

尹國豪笑笑，又點點頭。

仇正卿小心翼翼，這是表示滿意的意思吧？

尹國豪這時又說：「明天做什麼好呢？」

這是在問他嗎？仇正卿有些愣。他不知道做什麼啊，讓他選他都是宅在家裡。他努力想，一時竟想不到什麼好活動，這時候的尹婷在海盜船上盪來飄去，救不了他。

尹國豪開始打電話：「阿健，我是豪叔，想問問你，明天你那俱樂部的卡拉OK包廂有空的嗎？留一間給豪叔。」

仇正卿傻眼。

「好，那就這麼定了，我們下午過去，在那邊用晚餐。沒關係，你跟經理打個招呼，我到時直接過去。好，新年快樂。」

要去唱歌嗎？怎麼現在老年人都這麼時髦嗎？仇正卿覺得自己要不行了。

他不會唱歌！

尹婷回來後，仇正卿找了個機會悄悄與她說了尹國豪的安排。

「唱歌？」尹婷真沒想到老爸會出這一招，完全不在他們的演習範圍之內啊，「你都會唱什麼歌？」她先了解一下，才好打算怎麼幫他。

仇正卿苦思。尹婷看著他表情，懂了，「一首都不會嗎？」

仇正卿撇撇眉頭，「國歌應該不算吧？」其實國歌他都唱不全。

尹婷也學他撇眉頭，「好吧，了解了。」

「其實我平常也有聽歌的。」仇正卿為自己爭取分數，只是他聽歸聽，從來不過腦子，而且純音樂聽得更多。

尹婷無奈，開始打電話找救兵，多找幾個朋友一起來唱，人多搶麥克風，就能把仇正卿這不會唱歌的擠到一邊去，那樣他就不會尷尬了。

結果打了好幾個電話，能玩得起來又跟她家人熟的，不是出去旅行了，就是另有活動安排。過年呢，什麼都得提前約。尹婷一咬牙，拍拍仇正卿的肩，無聲鼓勵：兄弟，只能靠你自己撐過去了。

晚上，尹家一家子跟仇正卿一起在餐廳吃晚餐，尹婷決定先下手為強，明天唱歌是沒辦法改了，後面幾天的活動得提早定下來，免得老爸又去問仇正卿要玩什麼。

「對了，爸，找一天去釣魚吧，過年魚場是不是也會有活動？」

「大冬天的釣什麼魚？」尹國豪漫不經心地否決了。

「也能釣啊！」尹婷繼續遊說：「前幾天我跟仇正卿去，還釣到魚了呢！雖然是冬天，可魚都還很活躍，你們可以比誰釣的多嘛！」這些練習過的項目，才是假期安排的最佳活動。

「魚活躍，我這把老骨頭不行啊。坐那裡受凍的不是魚，是我。」尹國豪說。

尹婷抿抿嘴，不戳穿她爸明明上個月還跟朋友一起去釣魚來著，這時也沒比那時冷多少。

尹國豪接著又說了：「年輕人應該有活力一點嘛，釣魚悶坐著有什麼意思？要不，去爬山吧，活動活動筋骨，不會冷。」

爬山？尹婷偷偷看了仇正卿一眼，這個活動應該沒問題吧？

仇正卿忙道：「也好，爬山挺好的。」

尹婷也覺得好，忽然覺得她爸很體貼，應該是怕仇正卿太悶了，特意找些適合年輕人做的事來安排。這麼一想，特別心疼她爸，「爸，我們爬山挺好的，可你這體力能行嗎？」

「當然行。別小看我這把老骨頭，我打算就在山腳的咖啡館等你們。你們上了山頂，到廟裡許個新年願望，幫我請個平安符下來。」

「別小看我這把老骨頭」跟「我就在山腳的咖啡館等你們」這話不搭吧？

不過，仇正卿不發表意見。

「行。」尹婷聽到原來老爸想求個符，一口答應。

「那就這麼定了。還跟今天一樣，明天正卿來接我們，後天休息休息，也不能連軸轉，初四那天再去爬山。」

尹婷很高興，初三能休息，那她可以跟仇正卿約會了。看樣子，老爸的活動安排只到初四，後面幾天又可以約會了。尹婷對仇正卿笑，她覺得爸爸是真的喜歡仇正卿，處處為他著想。

仇正卿回她一笑，他腦子裡全是明天唱歌的事。這種事一時半會兒是惡補不來的，他明天還是當服務生，幫大家端茶倒水好了。

第二天，尹家三口和仇正卿去了俱樂部唱歌。

尹實被尹婷囑咐了要多唱，把麥克風霸在手裡。這個尹實不怕，一到那裡，他就啪啪啪點了一大堆歌。尹婷也很活躍，點了很多歌，還特意大聲囑咐仇正卿：「你幫我照顧我爸啊！」

仇正卿忙答應了。尹國豪沒說什麼，只看著一雙兒女一首接一首地唱。一晃眼，唱了十幾首，尹國豪終於發話了：「你們兩個差不多一點，霸著麥克風幹麼？一點禮貌都不懂，讓正卿也唱兩首。」

仇正卿忙客氣道：「沒關係，讓他們唱吧。」

尹國豪似聽不到，問仇正卿：「要唱什麼，讓小婷幫你點。」

仇正卿沒辦法，只得硬著頭皮道：「我對唱歌不在行，沒關係，讓他們唱吧。」

尹婷看這情況，剛想幫腔，結果尹國豪笑道：「你不唱讓我來，不能讓他們全霸占了。」

仇正卿一臉黑線，這是一家子麥霸嗎？

他看到尹國豪很豪邁地說：「阿實，幫你爸點個〈智取威虎山〉。」

尹實趕緊去點歌，尹婷趕緊讓位。音樂響了，很有氣勢。尹婷來到仇正卿身邊坐下吃水果，尹國豪咿咿呀呀地唱開了，仇正卿嘆為觀止：「怎麼還有京劇？」

「這裡老闆的爸跟我爸是老朋友，這裡相當於他們的御用歌房，老人家愛唱的歌這都有。」

原來如此，仇正卿不知道該說什麼好。

接下來，尹實和尹國豪輪流唱歌，一首流行歌，一首京劇，再後來，尹國豪要求點鄧麗君的歌，然後他就坐在螢幕前，一首接一首地唱，最後重複唱著小城故事。

尹婷看著爸爸，跟仇正卿說：「我媽最喜歡鄧麗君了。她在的時候，總聽她的歌，聽不膩。她走了之後，換我爸總聽，聽不膩。」

這時候尹實聽膩了，跟尹國豪說：「爸，你歇歇，讓我唱兩首。」

「一邊坐著去。」尹國豪不讓，尹實灰溜溜地坐回來了。

仇正卿看明白了，原來尹爸爸才是真的麥霸。那他輸給老人家，不算丟臉。

這天晚上，一家子又一起吃飯，尹國豪跟仇正卿聊天，問他家裡還有什麼人，跟親戚往來什麼情況，仇正卿一一答了。尹實悄聲對妹妹說：「這才是正常的老丈人見女婿的話題啊！」

尹婷深有同感。她看她爸聽完仇正卿的情況，面色如常，和藹可親。她難掩高興，一個勁兒地夾菜給爸爸。

初三那天沒什麼特別的事，有親戚朋友到尹家拜訪，尹婷在家照顧，晚上去了仇正卿家。兩人偎在沙發上聊天，話說的少，傻笑比較多。

「求正經，等春節過了，我們就好好過日子。」

「春節沒過，我也好好地過日子。」仇正卿答。

尹婷拍他一下，「我是說，春節過了，就不忙了，我們好好談戀愛。」

「我忙的時候，也有好好談戀愛。」仇正卿答。在他看來，他忙工作時也愛著小婷，沒有不好好談戀愛這一說。

尹婷又拍他一下，「認真點。」

「我很認真。」仇正卿自覺無辜。

尹婷又說了：「對了，你說我叫你什麼好？這次在我家，我幾次叫你名字都叫壞了，太習慣叫求正經，不過以後當著親戚朋友的面，總不能老這麼叫。」

「妳終於意識到給人取外號不好了。」仇正卿揉揉她腦袋，「還教壞小朋友。」小石頭也總是求正經叔叔地叫。

尹婷扮個鬼臉，「之前還能叫仇總大人，可當著親戚朋友的面叫仇總大人，多奇怪。」

「妳爸、妳哥，還有我的朋友，都叫我正卿。」

尹婷歪腦袋擻眉頭，「我叫你正卿會不會有點奇怪？」按理說是正常叫法，但她為什麼覺得怪怪的，還是求正經叫著順口。

「嗯哼。」仇正卿哼哼她，「妳也可以叫個跟他們不一樣的。」

「什麼？」

「老公。」

「……」尹婷默了三秒，臉紅嚷嚷：「厚臉皮！」害羞地拿抱枕砸他。

仇正卿大笑，「我沒說錯啊！」

「哼！」尹婷瞪著他，但是臉很紅，表情很害羞，一點氣勢都沒有。

仇正卿湊過來，在她唇上一吻。她的臉更紅，仇正卿看著她笑。

尹婷猛地撲上來，壓著他，用力親幾口，命令他：「快點臉紅！」

仇正卿哈哈大笑，尹婷按著他又親幾口，「快點臉紅！」

仇正卿笑得肚子疼，抱著尹婷一起倒在沙發上。兩個人終於都安靜下來，互相擁抱著，靜靜聆聽對方的心跳。

「要是能一直這樣就好了。」尹婷說。

「哪樣？」

「就是現在這樣，我們在一起，很開心。」

「這不是實現了嗎？我們就是在一起的。」

「我爸爸喜歡你，我真高興。」

仇正卿想，他也是，他很高興。

第二天初四，家庭活動是爬山，仇正卿之前買的那些新裝備終於都用上了。他背著嶄新的背包，穿著嶄新的鞋，滿心歡喜，第一次體驗到了爬山活動的累人。下山的時候，三個年輕人都喘得不行，只有一直坐在咖啡館休息的尹國豪氣定神閒。仇正卿看到他的微笑，不由猜想不會是老人家要考驗他的體能，怕他年紀比尹婷大太多，又常坐辦公室，體力不合格吧？

初五，尹國豪忽然說想去旁邊鄰市的古鎮走一走，慢慢逛，住兩天。他說初六出發，初八回來，問仇正卿有沒有時間一起去。

初八是上班日了，仇正卿猶豫兩秒，但尹國豪開了口，他不好說什麼，便答應了。他發了郵件給祕書，說他初八休一天年假，手續回去再補，公司要是有什麼情況，要及時聯絡他。

初六，仇正卿再次當上了司機，跟尹實兩人輪流開車，去了古鎮。尹婷到過古鎮很多次，對這裡一街一景的典故來歷如數家珍，於是當起了嚮導，主要還是跟仇正卿介紹。因為尹實和尹國豪兩人也是來過的，只有仇正卿對這裡完全陌生。

旅行無非就是走一走，看一看，聽聽故事，賞賞美景，品品美食。仇正卿跟著尹家人，完成了這三天兩夜的旅程。

很順利，沒有任何不愉快和意外。他跟尹實很熟了，能聽懂他說的笑話，對尹國豪也更了解了，對他的喜好和口味也懂了許多。他想，下次如果要再挑禮物，他就知道該送什麼了。

不過，他並沒有等到下次需要送禮物的時候。

因為春節假期過後沒多久，尹國豪約他見面，「我想與你單獨聊聊，請不要告訴小婷。」尹國豪的語氣平和冷靜，聽不出什麼異常，但仇正卿心裡咯噔一下。不要告訴小婷？這個要求讓他非常緊張。

尹國豪約他晚上七點到某餐廳。

「我得跟小婷說一聲我不回去吃飯，不然她會等我。我們約好，我需要加班的時候得請假。」仇正卿說，他也只能用加班這個理由跟小婷請假。

「就說有應酬吧，見客戶。」尹國豪連藉口都幫他想好了。

「嗯。」仇正卿暗怪自己笨，剛才一緊張就笨了。

「那晚上見了。」尹國豪待仇正卿應了，才掛電話。

仇正卿一下午都不太安心，尹國豪的突然邀約讓他有很多猜測，但想來想去也想不到尹國豪究竟要找他談什麼。他很想打電話給尹婷讓她一起想，但既然尹國豪這麼認真地要求不能說，那他就先聽聽他到底想說什麼，之後再決定對策好了。

六點五十分，仇正卿提前十分鐘到了餐廳，尹國豪已經等在那裡了。

「你來了。」尹國豪笑咪咪的，很客氣。

仇正卿的不安更大了。他坐下來，沉住了氣，跟尹國豪寒暄客套幾句，然後點了菜，為尹國豪倒了茶。

尹國豪也很沉得住氣，沒搶著說事，反倒扯了扯些日常話題，然後菜上來了，他們開始吃飯。等吃得差不多時，仇正卿再為尹國豪倒了茶，他知道，尹國豪準備開始說了。

「正卿，我很欣賞你。」尹國豪進入正題前是這麼說的。

「謝謝伯父。」仇正卿微笑點頭。他的心怦怦亂跳，不安，很不安。

「從生意人的角度來說，你真的很好，是個不可多得的人才。」尹國豪這樣說。
「謝謝伯父。」仇正卿笑不出來了。生意人？可他在尹國豪面前，分明應該是另一種身分才對。仇正卿更不安了，他很緊張，非常緊張。
「我很早就聽說過你。在老秦邀請你去他公司之前，有另一個朋友與我一起喝茶時提過，圈子裡有一個挺有名氣的年輕人，有才幹，很特別，他說那年輕人的名字叫仇正卿。聽起來很像求正經，所以我對這名字很有印象。再後來，是老秦與我提起你，他說他去請你，而你竟然沒有欣喜若狂。他說你叫仇正卿，我一下就想到是同一個人。」
仇正卿聽著尹國豪的話，努力壓下心頭的焦慮。尹國豪沒有直截了當地直接說他的談話目的，卻開始扯從前，這不是一個好兆頭。
仇正卿沒有打斷他，沒有阻止他，尹國豪說的越多，對仇正卿處理這事越有利。一來是他有時間穩定心神，冷靜下來，二來是尹國豪說的越多，就越能明白他在想什麼，這樣無論是什麼情況，都比較好想對策。
由尹國豪的嘮叨看來，他還是很尊重自己的。這麼一想，仇正卿冷靜了大半。
「老秦覺得你應對挖角和利益誘惑時的表現超出他想像的好，是個有長遠眼光的人，值得他花心思三顧茅廬。他在我面前誇了你許多，再後來，挺長時間之後，他告訴我，你已經到了他子公司任總經理。之後我就再沒聽到你的消息，直到老秦把你調到集團擔任副總。」
尹國豪說到這裡，喝了一口茶。他看了看仇正卿，他面色平靜，認真聽著。
尹國豪笑了笑，「你是老秦的得力幹將，他也曾有意讓你做他的乘龍快婿。他說過，若你與雨飛來電，日後他將永凱交到你手上，他能放心。」他頓了一頓，繼續道：「老秦與我不一樣，他捨不得他的生意，他想一代一代傳下去，他比我幸運。」

仇正卿想到了秦文易與尹國豪的兩個家庭，一個夫妻恩愛，一個早年喪偶，這方面來說，秦文易確實比尹國豪幸運。

「我妻子走了之後，我就什麼都想開了，沒什麼放不下的。生不帶來，死不帶去，這麼拚命做什麼呢？生意做得再大，再成功，愛人卻不在自己身邊了，有什麼用呢？所以我把公司都賣掉了，現在我過得輕輕鬆鬆，很開心。」

雖然明知不該開口，但仇正卿還是忍不住糾正他的觀點：「可若不是當初你們努力奮鬥，攢下了那些基業，你又哪來的公司可以賣？你沒有公司可以賣，沒有足夠的財力，又哪來的如今輕輕鬆鬆、開心的生活？」

尹國豪愣了愣。

仇正卿為自己的衝動嘆氣，但既然話已經說了，他還是說完吧，「伯父，伯母走得早，這確實是件憾事，我能明白你的心情。我父母也走得早，所以我真的能夠體會。只是，很多事不能只看單方面。許多人無憂無慮，衣食無憂，並不工作，但也會生重病。有些人辛苦勞作，為三餐奔走，卻活到百歲。請不要再為伯母的病自責，也不必因噎廢食，把事情想得太極端。」

尹國豪似是沒料到仇正卿竟然敢長篇大論教訓他，他看著仇正卿，忽然笑起來，「這些話是小婷會說的話。她也曾經故意拿著新聞報導跟我說過誰誰不辛苦，卻死於癌症。誰誰誰抽菸喝酒，卻活到九十八。她要我不要自責，不要內疚她母親的死。你們都挺會舉例子的，可你們是否又想過，你們舉的例子，本來就是極端的？」

這下換仇正卿愣住。

「確實有人先天帶病，有人並無健康生活卻長命百歲，但這些不是極少數嗎？絕大多數的人是因為不健康的生活方式得了病，是因為不遵守交通規則出事故，是因為貪小便宜才受騙。這些，才是不極端的。正常的，占最大比例的真實生活。」

仇正卿抿抿嘴，確實無法反駁。

「可你也說的對，若不是早年我與妻子共同打拚創下了基業，我也無公司可賣，沒有足夠財力，如今也不能輕輕鬆鬆地過日子。」尹國豪說著這話時，眼神有些空洞，他嘆了口氣，然後又說：「可是我寧願沒有公司可賣，寧願我們兩個還是朝九晚五的上班族，寧願我們沒錢上高級餐廳，寧願天天在家做家常菜，寧願……」他沉默好幾秒，輕聲道：「只要她還在。」

仇正卿說不出話來，靜靜聽著。

尹國豪又喝了口茶，繼續說：「小婷很像她媽媽。長得像，笑起來像，連個性都很像。我知道她媽媽走了以後，她承擔了很大的壓力。她覺得照顧好爸爸，照顧好哥哥，是她的責任。她是個懂事的孩子，從不輕易埋怨別人，什麼事都努力往好的方面想。她體貼，也會體諒人。她媽媽過世後，她一下子就長大了。我呢，這輩子已經沒什麼好牽掛惦記的，只有這個女兒。」他說到這裡，笑了笑，「這麼說雖然對阿實不公平，但確實是我的心裡話。阿實是男生，神經比較粗，比小婷堅強。小婷呢，別看她一天到晚笑嘻嘻的，大大咧咧的，但其實她是個敏感的孩子。」

仇正卿覺得這裡他必須表一下態，「我一定會對小婷好的。」

尹國豪點點頭，又搖搖頭，仇正卿不明白他的意思。

尹國豪沉默了好一會兒，才接著說：「有些事，人在意願是上好的，現實卻是力不從心。」

仇正卿皺了眉頭，這是在指他對尹婷的好撐不了太久？

可尹國豪沒這麼說，他甚至沒提仇正卿跟尹婷在一起的事。他說道：「小婷小時候有個夢想，她說她要當個旅行家。我問她，什麼是旅行家？她說就是能去很多地方，看很多美景的人。我又問她，為什麼要做旅行家？她說很多地方都很美，但是很多人沒有機會去，她想去，然後把那些美記錄下來，告訴大家。那時候我和她媽媽就笑，我們說，要去很多地方需要很多錢啊，為了女兒的夢想，我們要賺很多錢才行。小婷也笑，說等她長大了，也會自己賺錢。」

仇正卿沒插話。現在的小婷不是旅行家，夢想離她太遙遠，是因為母親的離世嗎？

「後來她母親走了。」尹國豪道，果然結果又是繞回這個點上，「小婷當不成旅行家，不是沒有錢，而是她走不開。她總想陪著我這個怪老頭。她也常跟朋友出去玩，但都是很短的行程。一年出去兩三次左右，其餘的時間，她就陪著我在印刷廠上班。印刷廠裡沒有小女生，最年輕的女性職員三十九歲，但小婷就是待下來了，還跟每個人都相處融洽。」

「小婷是天使。」仇正卿終於忍不住說。

「是的。」尹國豪點點頭，又沉默了好一會兒，才繼續說：「去年，啊，不對，應該說前年了。我曾經跟她說，去做妳喜歡做的事吧，去當妳的旅行家，過妳想要的生活。她說現在就是她想要的生活，她每天都很開心。我說妳不做旅行家了嗎？不必顧慮我，去遠方吧，去看妳想看的世界美景。她說她長大了，才知道小時候自己的想法太狹隘，不是走遍千山萬水才叫旅行，美景不在遠近。擁有的，才是最美的。我知道她在說我，她還有爸爸，還有哥哥，她珍惜。她又說她現在也在做旅行家，她把她發現的美跟大家分享，她沒有失去夢想，每天都在為夢想努力著，她說她覺得自己就是個旅行家。」

仇正卿想到尹婷的那些微博，那些美食網站評論，那些雞湯，那些分享。路邊的小花、綠葉、蝸牛、天空、白雲、桌上的咖啡……她確實有太多美好的東西分享給大家。他愛她，想到這些就覺得驕傲。

尹國豪說：「我知道阿實做生意虧錢的事，他要面子，沒來問我，沒讓我幫著出主意，我也不管他，但小婷管他，最後阿實放棄了原本的行業，轉做了酒吧，那也是他一直想做的事，可怕我不高興，覺得這生意不正經。其實我不想管他們做什麼，他們自己覺得好就行。小婷偷偷資助了阿實，其實我也知道。現在阿實的生意很好，雖然作息時間很不健康，但他過得很開心。」

仇正卿的心吊著，他想他有些懂尹國豪的意思了。他大概是想說兒子能做自己想做的事，女兒卻不行，他虧欠了女兒的夢想。而女兒現在找了一個男朋友也不是可以陪她遠行記錄美景的類型，所以他想勸他改變，希望他能多遷就尹婷，陪她做她喜歡做的事。

一定是這樣！仇正卿想。他正要表態他會努力少加班，以後一定會多陪陪尹婷，他也會有假期。從前他單身，當然怎麼都好，如今他有了尹婷，以後他們會結婚，他當然會調整生活。

可是，沒等他表決心，尹國豪就搶先說了：「不要說會改變自己，正卿，沒用的。」

仇正卿一僵，半張了嘴愣在那。什麼意思？

「你跟小婷分明是兩種類型的人，你們有兩種類型的生活。我觀察了你，你不愛旅行，不愛外出，對吃的不講究，不愛看電影，不愛唱歌，你只愛工作。」

仇正卿張了張嘴想說話，尹國豪卻對他擺擺手，「這些不是錯，沒什麼不好，我沒有責怪你的意思。每個人的喜好不一樣，是正常的。」

仇正卿很警覺，是正常的，所以呢？

「只是，每一種類型的人，都該跟喜歡過那種類型生活的人在一起，那樣才能開心……」他再一頓，「和長久。」

「小婷和我在一起就很開心。」仇正卿說。他沒有說「他跟小婷」，反過來說的是「小婷和他」，他特意這樣說，希望尹國豪明白，他們兩人在一起，獲得幸福感覺的人並不只有他仇正卿，小婷也是一樣的。

尹國豪搖頭，「時間久了，就不開心了。」他喝了一口茶，說：「你有你的工作責任，你有你的工作樂趣，而小婷很害怕工作勞累。她跟我一樣，雖然她笑嘻嘻的不說，但她真的會怕，所以她會像訓小孩一樣訓你。你不是說了，要跟她請假嗎？正常男女談戀愛，會這樣嗎？」

「當然……」仇正卿話未說完，就被尹國豪打斷了。

「當然不正常。」尹國豪說：「我說了，我觀察過你們。你加班，小婷就回來吃飯，然後第二天她也回來吃飯。我問她，她說你們約好的。你的爬山包是新買的，鞋是新買的，你一次都沒有用過。你的茶知識是硬背的，你的釣魚是現學的，你為了小婷很用心，我很感動，但你是否想過，這些不是你想要的，不是你喜歡做的事，而小婷在這方面卻是霸道的，喜歡拿主意的。你呢，你也是強勢的人，很有主見。你們剛熱戀，當然什麼都是好的，可是時間久了，你就會煩她，覺得她怎麼這麼多要求。而小婷呢，跟你戀愛這麼久，居然一次電影都沒有看過，一次遠門都沒有出過。現在她覺得沒問題，時間久了，她還能開心下去嗎？」

仇正卿緊抿著唇。

「你們都沒做錯什麼，所以你們都會有立場責怪對方。就算容忍遷就，憋在心裡沒有說出來，也會積下怨氣。你會覺得你做的是正事，公司上下數百人，集團數千人，你身為領袖，當然得加倍努力，才對得起員工們的託付，對得起老秦的期許。而小婷想要的生活，按時回家，假期旅行，偶爾的浪漫娛樂消遣也沒有錯，是大多數家庭都擁有的。」

尹國豪看著仇正卿，仇正卿也看著他。

「你們不合適，正卿。」

簡單的一句話，如重重一拳，比前面的長篇大論更能讓仇正卿心口一痛。

「你們真的不合適。你很優秀，小婷也很優秀，只是你們的優秀完全不是同一個範疇的。你們在一起時間長了，勢必有一方會受到傷害，接著，兩方都受傷害，我不希望你們的優秀因為愛情而被催毀。你屬於商界，那是你的天地。小婷屬於自由，那是她的天地。我已經拖累了她，讓她不能自在遊走，我不會看著再加入另一個人，綁住她的翅膀。我的拖累，是一時的，但你與她之間若是不放手，那就是一輩子，我不願意我的女兒遷就你的生活方式。」

最後一句話語氣嚴厲，很有為人父的威嚴。

仇正卿努力克制，他現在有些憤怒，情緒激動，不安又不平，但他知道這樣不行，他必須冷靜，這個談判很重要。他在心裡默念十秒，暗自深呼吸，然後道：「小婷與我相愛，這世上沒有不遷就不努力就能做到做好的事，戀愛也是一樣的。你反對我，換一個男人，小婷也是會像現在這樣。況且在父親的眼裡，也許沒一個男人配得上自己女兒。」

「我說的並不是配不配得上的問題，而是適不適合的問題。你不適合她，她不適合你。再相處下去，你們互相遷就，自以為為愛犧牲，時間久了，愛就淡了，那時候你們互相埋怨，相互怨恨，但青春不再，失去的不只是愛情而已。時光流逝，你們也回不了頭，與其這樣，不如我來做個壞人，你就當是我拆散你們的吧。」

仇正卿深呼吸，在心裡數到二十秒，再開口時，語氣還算平靜，他問：「那依你看，什麼樣的男人適合小婷？難道沒有工作，能陪她四處玩，一起寫雞湯段子，會唱歌，愛旅行，有時間和金錢揮霍的男人，那樣的才適合小婷？」

「不是。」尹國豪的語氣也還算平靜，「你又想得極端了。只要責任沒你那麼重，壓力沒你那麼大，喜歡輕鬆愜意的生活，而不是事業挑戰的激情就好。如果能在生活興趣上相投，比如攝影，比如旅行，比如美食，有很多職業的男人都能靠譜沾邊。工作狂人不合適，不代表就非得遊手好閒才適合，你明白嗎？」

仇正卿沒說話，他忙著在心裡數數冷靜。

尹國豪繼續說：「你跟小婷是兩個極端，一個極端熱愛工作，在工作成就中追求自我價值，一個極端自由散漫，把精力花在分享快樂上。當然，小婷的問題我剛才說了，有我們家庭的因素，也是我慣的。我自私，希望她就能這麼散漫著，有時間陪著我。我想，你從大學開始，就沒有休息過一天吧？你畢業證書沒拿到是不是就已經開始辛苦工作了？我跟你說，小婷沒有正經工作過一天。你們之間的差別之大，你看不到嗎？」

仇正卿這時候已經數完數了，他問：「那麼這次談話，你想要什麼結果？」

「我要你別告訴小婷，並不是打算裝好人。事實上，今天這番話，我回去也會跟小婷再說一遍。要你瞞著小婷，是不想她來干涉我們的會面，這樣我們可以心平氣和地好好溝通。小婷感性多於理性，而你應該是個非常理智的人。我把現實情況都分析給你聽了，你站出感情之外好好看看想想，是不是我說的那樣？也許你也察覺你們之間的不適合，但感情驅使，你們的理智退縮，捨不得分手。現在我這個壞人來幫一幫理智，我想要的結果，就是趁你們感情未深，分手吧。」

「如果我拒絕呢？」

「我堅持。」尹國豪語氣平靜，但非常強硬。

仇正卿往後靠，抬了抬下巴，「很遺憾，我也堅持。」頓了頓，加重語氣：「堅持不分手。」

尹國豪微笑，只是沒有笑意，「你應該多考慮考慮再回答。雖然我並不在乎你回答的內容，但這樣對你好，你可以讓自己輕鬆一些，不必給自己製造壓力。」

仇正卿也微笑，「我終於知道他們為什麼說伯父過去是商界強人，今天算是領教到了。謝謝伯父，我沒壓力。你都反對我們在一起了，我失去了所有談判籌碼，我還有什麼壓力？若你說，要這樣那樣的條件，我才放心把女兒交給你，那樣我反而有壓力，得評估自己做不做得到，但現在沒有了。你絲毫餘地都沒有留給我們，所以我冷靜，而且理智地告訴你，我不會放棄小婷，不會分手。」

尹國豪微瞇起眼睛，但沒有生氣，他道：「那麼你覺得，我說的那些問題不存在？」

「存在。」仇正卿承認，「你差一點就能說服我。差一點，那一點，就是感情。你說的對，我跟小婷完全不一樣，這個我早就知道，小婷也知道，但我們就是相愛了。雖然相處中確實會有一些問題，但我們會努力解決。你說的未來創傷，那是未來的可能性，我們為什麼要用未來的可能性傷害現在的自己？問題存在，可誰沒有問題？遇到問題就退縮毀掉，那這一生還有什麼指望？」

「你明知道往火堆裡跳會是什麼結果，為什麼還要跳？」尹國豪冷靜發問。

仇正卿沉默兩秒，反問：「你怎麼這麼確定我們一定會跳？」

「你們要在一起不是嗎？你們相處越久，愛得越久，感情成分裡的東西就越複雜。有習慣，有責任，還有各種壓力，然後等你們發現的時候，已經站在刀陣和火堆的中間。後退，遍體鱗傷；不退，燒成灰燼。為什麼不趁你們還沒有走到那個迷陣的時候，及時抽身呢？你會遇到一個更適合你的女生，小婷會遇到適合她的男生。感情沒了這一段，會有下一段，為什麼不再給自己一次機會呢？」

仇正卿沒說話。

尹國豪又說：「正卿，你是個成功的男人，你需要一個在家裡等待，幫你持家，做你後盾的女人，或者是一個與你一樣有商業頭腦，能與你並肩作戰的女人，可小婷兩種都不是。你沒必要為了一個女人放棄自己的成就，你以後會更有成就，而小婷也不該為了一個男人放棄自己的生活，她的樂趣、她的喜好都應該得到保護。我是她爸爸，我只會為她著想。」

仇正卿終於回話：「我知道你真心為她好，你是她的父親，她很愛你，這也是我還坐在這裡與你繼續談的原因。你說的確實有你的道理，但你的道理都設定了前提，那個前提就是我跟小婷必須且肯定都會保有各自的現狀，而我們的相處會破壞它，所以我們都會痛苦，最後被對方的感情傷害。你覺得這個前提是不可摧毀的，從而必然會導致你所假設的那個後果。」

「難道不是？」尹國豪問。

仇正卿想了想，「我現在說不準。通路很多不代表銷量就大，管道很少不代表產品必然虧損。賣不掉的存著慢慢賣，可能比銷毀損失更大。產品和通路確實是決定生意成敗的重要因素，但行銷手段也是可以決定業績的重要關鍵。現在，我們在一起待了……」他抬腕看了看錶，「在一起待了不到一個半小時。我確認自己喜歡上小婷並決定追求她花了許多時間，我知道我們不是同一個類型，我也得承認當初喜歡上她的時候有問過自己可以嗎？合適嗎？然後我告訴自己，可以，就是她。所以，我們感情的產生到發展，有一個過程，不是一時衝動，不是一瞬間的感情爆發。而如果我因為這一個半小時的時間就決定或是動搖了這段感情，那我豈不是辜負了你對我理智的信任？」

尹國豪往後靠在椅背上，看著仇正卿，不說話。

仇正卿繼續說：「我不能因為你的一番話而放棄小婷，這對我、對小婷都不公平，也極不負責任。當初我決定要追求她的時候，是以結婚為前提的。我很實際，我想要婚姻，我不玩戀愛遊戲。我最初確定的結婚對象類型確實不是小婷這樣的，我對愛情沒有概念，只做類型上的評估，直到我遇上了小婷。」

仇正卿一本正經，很嚴肅，「小婷是我的初戀，也是我想娶的人。我剛才說了，我不玩戀愛遊戲，我與小婷的愛情對我來說就是：真幸運，我想娶的女生是我很愛的人，而且她也很愛我。我們兩個人在一起，很努力地適應對方。在你看來，這種努力是委屈自己，磨滅自我光輝，但為什麼不從好的方面想，經歷了努力這個過程後，我們能找到最佳的生活方式，照顧到彼此的需要。」

「說起來是很容易的。」

「沒錯，所以分手兩個字說起來太容易。失去一段感情還會有下一段感情，說起來太容易。你遇到的下一個女人會更適合你，小婷遇到的下一個男人也許更適合她，說起來太容易。」

「所以呢？」尹國豪挑了挑眉頭。

「所以，我不會分手，不會因為你的勸阻而分手。你說時間越久，感情裡包含的成分就會複雜，有責任，有壓力，所以愛情就淡了。可是從另一方面想，沒有責任，沒有壓力的感情能長久嗎？那不叫純粹，那叫玩票。責任心是基於喜愛而產生的。員工對公司沒有歸屬感，只想拿薪水，那他必定做不長久，感情是不可能純粹的。」仇正卿盯著尹國豪看，「還有，如果輕易就能分手，抱著這段感情沒了還有下一段，這個不合適下個會更好的心態，是不可能長久的，因為他把希望寄託在未知的未來，而不珍視眼前擁有的。會這麼對待眼前的這段感情，也會這麼對待下一段感情，然後還會再這麼對待下下一段感情，所以你提出的解決方案，只是說得容易，但對我，對小婷，卻未必是好的。對我，你自然是無所謂，你想想小婷，真的要這麼對待她嗎？」

尹國豪反擊：「你說我的解決方案不好，那麼你的解決方案呢？別告訴我有愛就好，我不想再重複一遍我那番道理，你知道我說的確實是有道理的。」

仇正卿沉默，過了好一會兒，他道：「你說的問題確實存在，我與小婷兩個人確實需要多遷就對方……」他說到這裡停了停，不知道該如何表達。生活中絲毫沒有委屈和怨氣怎麼可能，但這樣又繞回尹國豪所說的狀況裡了。說到底，似乎真的只能是有愛就好，靠愛維繫。仇正卿搖搖頭，那樣的話，他說服不了尹國豪。說服不了他，他就會成為他和尹婷之間的阻礙。尹婷很愛爸爸，沒有爸爸的支持和祝福，這段感情又怎麼可能獲得幸福。

「我現在暫時沒想到有說服力的方案，日久見人心這話對你來說，不管用吧？」仇正卿道。

「是不管用。因為日久見人心這話，似乎也能是我的臺詞。」

仇正卿沉默，確實，日後若結果不幸被尹國豪言中，那確實這句話該是他的臺詞。

仇正卿想了想，道：「我不會因為今天的談話跟小婷分手。那樣不負責任，也違背我的意願，但是多謝你提醒了我，我跟小婷之間的問題也許比我們自己感覺到的更大。我會好好考慮，協調處理。希望有一天，我們能得到你的認可和祝福。」

尹國豪搖頭，「你連說話都帶著商界腔調，讓我怎麼有信心？」

仇正卿也搖頭，「我今天無論做什麼，伯父都不會有信心的。」

兩個人對視，氣氛膠著著。尹國豪的眼神犀利，很有氣勢。仇正卿默默回視著他，不躲不閃。過了好一會兒，尹國豪終於開口說話：「我說服不了你嗎？」

「是的。」

「那我就得回去說服小婷了。」

「這應該也在伯父的計畫之中。」

「是的。」

仇正卿笑笑，「我該感謝伯父對我的尊重。」

尹國豪也笑笑，「我雖然是個固執的怪老頭，但我是講道理的，而且我說過了，我欣賞你，那是真話。」

仇正卿微笑。

「我覺得你非常不適合小婷，我會堅決反對你們在一起，也是真話。」尹國豪又說。

仇正卿有些笑不出來了，他只能道：「我希望能有機會向伯父證明，兩個完全不同的人也能在一起。」

「犧牲你？還是犧牲她呢？」尹國豪問。

仇正卿沒說話。這不是犧牲誰的問題，他不可能成為尹國豪期待的那種男人。也不會犧牲小婷，他不可能要求小婷變成另一種人。但是若沒人犧牲，如何遷就？

仇正卿覺得自己有些被尹國豪繞進去了。原本相處之下覺得挺簡單的事，被這麼一剖析就變得沉重起來，這種心理作用真是讓人頭疼。

「你要今晚就跟小婷談嗎？」仇正卿問。

「是的，回去就找她聊。」

「嗯，那我得先跟你說一聲，我會打電話給她，向她說明這件事和我的態度。」仇正卿語氣平和，但一點都沒示弱。

尹國豪點頭，「這個我攔不住你。」

仇正卿停了幾秒，又說：「若是……小婷傷心，或者激動，請你體諒她，不要苛責她。」

「我是她爸爸，自然知道該怎麼對待我女兒。」

「就是因為是父親，所以我想大概不能像外人攤牌那樣冷靜，就當我提醒一下吧。」

尹國豪沒多說什麼，叫來服務生，結帳走人。

兩個人一起走到餐廳大門，尹國豪等司機開車過來，仇正卿站在他旁邊陪著。兩個人都沒說話，似都在思考，然後尹國豪看到車子開過來時，忽然說：「正卿，這是一步死棋，沒得解。我想，一個半小時讓你接受這樣的事確實不容易。你多想想，你會理解的。」

仇正卿淡淡地應：「我很理解，只是不認同，不接受，我不信這是一步死棋。」

車子停在尹國豪面前，尹國豪走過去拉開車門，又轉身對仇正卿說：「如果小婷接受了呢？她認可我的看法，並且願意分手呢？」

仇正卿正經又嚴肅，「她得來問我同不同意。」

尹國豪再看他兩眼，上車走了。

仇正卿走到停車場，上了自己的車。冷靜了一會兒後，拿起電話，撥給了尹婷。

電話響了好幾聲，尹婷才接起來。她的聲音歡快，很有活力：「求正經，你下班了嗎？」

「嗯。」仇正卿應了一聲，發現聲音有些沙啞。他清咳兩聲，聽見尹婷又問：「應酬完了嗎？有沒有喝酒？要是喝酒了，不要開車哦，記得找代駕。」

「沒喝酒。」仇正卿忽然覺得自己還沒準備好，不夠冷靜，現在心跳有些快，思緒有些亂，竟然不知道該怎麼跟她說。

「沒喝就好。你是剛出來，還是到家了呢？」

「剛出來，在停車場。」

「那快點回去吧，回到家再打電話給我。」

「小婷！」仇正卿怕她掛了，趕緊叫她。

「怎麼了？」尹婷笑嘻嘻。

「呃……明天週六了。」

「是啊，明天可以約會喔！」尹婷道：「今天你是應酬，不是亂加班，所以不扣分數，明天可以約會喔！」

仇正卿閉了閉眼，想起尹國豪說的話。他們的相處模式，真的有問題嗎？他和尹婷所追求和熱愛的，是兩種完全不同的生活，「明天，我們去看電影吧？」他說。

「真的？」尹婷的聲音裡有明顯的驚喜，仇正卿頓時覺得心疼起來。只是一場電影而已，他竟然沒有給過她。

「你居然會主動提看電影，太意外了！」尹婷很高興，「那我們明天中午出去吃飯，順便看電影。你下午是不是還要去健身房？對了，我爸還沒回來，我等他回來問問他明天要做什麼，他那邊要是沒什麼事，我乾脆中午陪他吃午餐，你上午去健身房，我們下午再見面。出去吃晚餐，看電影，這樣待在一起的時間能長一些。」

尹婷喜孜孜地計畫著：「如果他明天白天要出去，那我還是回來陪他吃晚餐好了。」

「我剛才跟妳爸一起吃飯。」仇正卿終於抓住了機會，說到正題上，「他現在正要回去。」

「你見到我爸了？這麼巧？在哪裡遇到的？你應酬還能跟我爸湊一桌嗎？」

「不是，其實……」仇正卿想了想，想不到什麼委婉的詞，於是直說了：「其實今天是妳爸約我見面，他讓我不要告訴妳，所以我跟妳說出去應酬。」

尹婷頓時安靜下來，過一會兒，她問：「出了什麼事嗎？」

「就是……他跟我討論了一下我們之間差異化的問題和感情上存在的風險。」

尹婷又安靜兩秒，聲音裡有著不確定：「能用簡單的話直說嗎？」

「就是……」仇正卿清咳兩聲，「就是他對我們能保持感情的熱度和長久沒有信心。」

「所以呢？」尹婷簡直不敢相信，完全沒有預兆。她覺得父親對仇正卿客客氣氣，春節時也一起談笑風生，怎麼會突然找仇正卿說這種話？

「小婷……」仇正卿沒有直接回答她，他平和又冷靜地輕聲道：「妳爸爸今天回去後，應該也會跟妳談。我告訴他，我會先打電話給妳，告訴妳這件事，並且表明我的立場。」

尹婷不說話了，她覺得周圍氣溫驟降，冷了下來。怎麼可能？怎麼會突然這樣？

「妳爸爸有他的立場，也自有他的一番道理。只是，我的想法是，這世上挫折和困難從來都不少，但要找到一個自己喜歡並且對方也喜歡自己的人，機會卻小很多。說實話，我現在有些詞窮，我也不知道妳爸爸會怎麼跟妳談，我只是想告訴妳，他並沒有說服我。」

尹婷的心很亂，有些不知所措，「到底發生了什麼事？怎麼會這樣？他怎麼跟你說的？」

「就是經過他的觀察和考慮，發現我們兩人的差異，相處中會有一些問題。他做了分析和表達了他的看法，就是這樣。」仇正卿微皺眉頭，尹婷聲音裡的慌張讓他心疼。

「我打這個電話，就是想告訴妳，妳爸對我們沒有信心，所以他會找妳談，我希望妳能提前有個心理準備。還有，我要告訴妳，我很愛妳，我絕不會放棄妳，妳聽見了嗎？」

尹婷腦袋有些空，仇正卿又叫她一聲，她反應過來，應了。

「妳聽明白我剛才說的話了嗎？」

「明白了。」

「那妳重複一遍可以嗎？」

「就是，我爸不希望我們在一起，他找了你談。」

「不是，我說的是我最後一句話。」

尹婷撐著腦袋，咬了咬唇，「求正經，我心好亂。」

「我知道，但是妳要把我說的話聽進去。我說，我很愛妳，絕不會放棄妳，聽清楚了嗎？」

「聽清楚了。」

「那重複一遍給我聽可以嗎？」

「你愛我，不會放棄我。」

「很好。」仇正卿又道：「妳爸爸現在回去了，他知道我會打電話給妳。他是很冷靜和理智地跟我談的，我們沒有起衝突，也沒有口角，就是一場理智又平和的對話。妳不要擔心，好嗎？」

尹婷點頭，但一想他看不到，於是又說：「好。」

「所以，我也希望妳冷靜地好好聽他說，不要生氣，不要激動，不要難過。他是真心為妳好，我很能理解，所以他沒有傷害到我。這個妳要知道，不必擔心，好嗎？」
「好的。」尹婷有些哽咽，她嚇到了。
「我剛才讓妳重複的那句話是什麼？」
「你愛我，不會放棄我。」
「很對，再說一遍給我聽好嗎？」
「你愛我，不會放棄我。」尹婷的眼淚落下來了，她伸手抹去。
「記住了嗎？」
「記住了。」
「我知道我有很多毛病，會讓妳不喜歡，但我一定會調整過來，我們能找到很好的相處方式。談戀愛後，我們一直都在努力。我會繼續努力，會陪妳做妳喜歡的事，會找到工作和生活時間的協調辦法。我保證，好嗎？」
「好。」這個字已經難掩哭腔。
仇正卿恨不得此刻自己就在她面前，能夠擁抱她安慰她，但現在他只能通過電話表達自己一定會對她好的決心，可是言語如此匱乏，他覺得根本無法表達他對她心意的十分之一。「別哭。」他想半天，只想到這個。
「我也愛你。」尹婷突然說。
「我知道。」仇正卿道：「我知道，不然我在堅持什麼？」
這句話讓尹婷終於撐不住哭了出來，她抽泣：「對不起，我不知道我爸會有這樣的想法，我以為他很喜歡你。」
「別哭，妳聽我說，他不討厭我，只是對女婿的要求不是喜歡就可以。他沒有為難我，他對我也很尊重。我說了，我們沒有爭吵，沒有起口角，只是很認真地談了一次。妳別害怕，別難過，他沒有對我不好。他有他的道理，但我也有我的感情。妳靜下心來，一會兒好好聽他說話，別生氣別激動，也別擔心我。」

「好。」尹婷答應了。

「現在去洗把臉，倒杯茶，喝下去，然後深呼吸，從一數到一百，好嗎？」仇正卿用溫和又堅定的聲音鼓舞著尹婷。

「好。」尹婷又應了。確實不能再聊了，再說下去她會大哭，她不想讓他擔心。

尹婷掛了電話，去洗了把臉，看了看鏡中的自己，眼睛有些紅，鼻子有些紅，她再洗一次，覺得舒服一些了。然後她出來，擺好茶盤，拿出茶具，泡了一壺茶，連喝了兩杯。熱呼呼的茶水灌進了胃裡，暖和一些了。她看著大門方向，爸爸還沒到家。她想著仇正卿，告訴自己不要慌張，先聽聽爸爸怎麼說，她撒撒嬌，好好哄他，會說通的。

第四章

仇總大人的犀利反擊

尹婷深呼吸，慢慢開始數數。數到二十多下的時候，數亂了。她從頭再來，這次順利數了下去。數到一百五十七時，大門處傳來了開鎖的聲音。

尹婷站了起來，看到尹國豪走進家門。父女倆四目相對，都知道對方已知發生過什麼。

尹國豪換好鞋，面色如常地道：「我回來了。」

尹婷努力微笑，「我泡了茶。」

「好。」尹國豪過來，坐在沙發上，「給爸爸來一杯。」

尹婷把熱水沖進紫砂壺裡，把茶水倒進公杯，再倒入紫砂小杯，放在了尹國豪面前。一連串的動作，她做得很慢，很仔細。

「謝謝。」尹國豪謝過女兒，看著茶杯，沒有喝，問她：「正卿打過電話給妳了？」

尹婷點點頭。

尹國豪微笑，「那爸爸可以跟妳聊一聊嗎？」

尹婷點點頭，話還沒說，眼眶就紅了。尹國豪笑笑，「批准妳去拿盒面紙過來備著。」

尹婷真的去了，一會兒回來，鄭重其事地把面紙盒放在手邊。

然後尹國豪開始說了，說來說去，其實話還是那一套，但說的角度不一樣。他跟仇正卿談女兒的夢想，對女兒卻談仇正卿的成就。那是一個優秀的男人，他從不否認這一點，他甚至大力誇讚他如何的敬業和專業。企業管理是怎麼回事，男人的事業是怎麼回事。身為一個企業管理者需要擔負的責任，員工們和老闆的期許和託付。他也說了仇正卿的才幹和理性，他覺得仇正卿知道自己在做什麼，他對他的工作很有分寸，他對他的生活也很有節制，所以他相信他會處理好工作和健康之間的問題。

他說了許多，分析了尹婷和仇正卿之間的差別和矛盾點。他問尹婷明不明白仇正卿需要的是什麼？他的工作就是他的生活和興趣，而她的呢？

尹婷在一旁不說話，一句話都沒有插。她也沒有掉眼淚，她的眼眶紅了，她的手放在膝上緊緊捏著，但她沒有流淚。她答應過仇正卿，要好好聽爸爸說話，要冷靜和理性。

尹國豪對女兒說的，要比對仇正卿說的多。他希望女兒能實現自己的夢想，不要再被束縛，也希望女兒能理解仇正卿這樣的男人，不要毀掉他的光輝。

「他不會成為天天按時下班的居家男人，起碼這十幾年不會。工作是做不完，但他在那個位置，拿那份薪水，原本就不可能像一般的上班族那樣輕鬆。妳給他定規矩，他愛著妳，答應會遵守，但實際情況是他遵守不了，他根本做不到，他也不願做到。然後妳會生氣，然後他會失望。妳說，是不是這樣？」

這差不多是結論了，尹婷終於忍不住開了口，聲音哽咽：「那我……那我不給他定規矩了還不行嗎？」

尹國豪嘆氣，將女兒抱進懷裡，「妳定的規矩沒有錯，錯的只是對象。妳該定這規矩，但不該是對他。你們不合適啊，女兒，妳看不到嗎？」

尹婷終於哭了出來，尹國豪抽了張面紙幫她擦眼淚，「妳想對他好，就必定要委屈自己。他想對妳好，就必定也會委屈他自己。妳覺得，這樣你們還會快樂嗎？妳說過，雲在天上自由自在，變幻莫測，妳很喜歡，看著就開心。可妳要把雲摘下來，裝進盒子裡，它還會是妳喜歡的雲嗎？」

尹婷大哭，「我真的很喜歡他，爸爸，真的很喜歡，我從來沒有這麼喜歡過一個人！」

「妳從前追男生追不上，回來哭鼻子時，也這麼說過。」尹國豪提醒她。

尹婷哭得更厲害，「不是的，不一樣的，我知道，完全不一樣！」

尹國豪問她：「妳喜歡他什麼？」

尹婷一邊哭一邊努力說：「他很好的。他跟小朋友說話會蹲下來，讓他們不用仰著頭看他。他很耐心，就算別人說的話他覺得沒意思，也不會隨便打斷給人臉色看。他工作很認真，很有目標。他很優秀，還很有愛心。他喜歡小動物，他對大大很好。」她想起仇正卿溫柔說話的樣子，他正經嚴肅的表情，想起仇正卿幫小石頭整理衣領，想起他幫小韓擦皮鞋，又想起他抱著喵大大在沙發上睡著的樣子。她泣不成聲，終於說不下去了。

尹國豪靜靜看著女兒，「這些，別的男人也能做到。」

尹婷用力搖頭，「但那些都不是他。」

「是啊，所以妳應該讓他就做他啊！」

尹婷愣住，似被打了一巴掌。

尹國豪把尹婷抱進懷裡，輕聲問她：「妳說，對不對？你們根本就不合適。」

另一邊，仇正卿很不安地看著手機，不知道尹婷現在如何了，他不敢打電話。如果他們談完了，尹婷應該會打給他的，所以他應該耐心再等等，要耐心。

尹婷回到房間的時候，已經快十一點，她知道仇正卿一定在等自己的電話，她應該打個電話交代一下情況，但她現在情緒非常低落，眼淚雖已擦乾，憂傷的情緒揮之不去。她倒在床上，不想動也不想說話，覺得內疚又難過。

她跟自己說再等等，等她平復好情緒了再打電話，別讓他擔心。

可是這一等，等得迷迷糊糊，腦子裡空空如也，眼淚卻又下來了。她不知道自己為什麼哭，明明什麼都沒有再想。她不敢想，不知道該怎麼辦。仇正卿說的對，爸爸自有他的一番道理，她竟然覺得爸爸說的對。她要求仇正卿這樣那樣，卻沒有好好考慮仇正卿所處的環境和位置。她只覺得加班不好，卻沒考慮他工作上的壓力。

她自以為是個體貼的好女友，其實根本不是。就像她想著為了他好好練做菜，卻把他的廚房弄壞了一樣。自以為是，結果辦成壞事。

尹婷擦擦眼淚，想起尹國豪最後說的話：「我不同意你們在一起，妳好好考慮一下，趁早分手吧，不要耽誤了彼此。」

話雖說得並不嚴厲，但非常堅定。他不同意，這讓尹婷很難過。她知道爸爸這話不是隨口說說，他是認真反對他們在一起。

不在一起？她的生活裡沒有仇正卿？尹婷不敢想。

她趴在床上，也不知道過了多久，突然響起的手機鈴聲把她嚇得驚坐起來。

拿過手機一看，是仇正卿。尹婷火速拿過床頭櫃上的茶杯喝了一口開水，那開水好像還是昨晚倒的，很冰涼。她的精神立刻振作了，清了清喉嚨，再清了清，這才接了電話。

「喂。」她小小聲，怕他聽出來她聲音不對勁。

「跟妳爸爸談完了嗎？」

「嗯。」尹婷挺了挺背，努力讓自己顯得精神一點。

電話那頭仇正卿頓了一頓，似乎想等她說話，但她「嗯」了一聲之後再沒話了，於是仇正卿主動問：「有什麼想法嗎？」

想法，尹婷搖頭，腦子裡空空的。「不知道該怎麼辦。」她老實說。

「我能理解。」仇正卿的聲音很溫柔。

尹婷的眼淚忍不住又下來了，「我爸爸，他說的有道理。」

「這個沒法否認，但妳也知道，道理並不全面。」仇正卿安慰她。

尹婷用力擦掉臉上的淚水，「我才知道，原來我這麼幼稚，規定你回家的時間，像小孩子玩家家酒。還有什麼處罰扣分數的，又幼稚又自私。」

「我不覺得。」仇正卿說。

「時間久了就會覺得，而且會覺得我很煩，不懂事。」

仇正卿沉默兩秒，答道：「過去的我或許會這麼想，現在不會了。有位很可愛的女孩教會我，看待事物要看到好的開心的那一面。按時下班雖然會壓縮我的工作時間，積壓一些工作，但我記得的是，在我家裡，有我愛的人為我開門，那對我很重要。」

尹婷的淚水再次湧出眼眶，她這才想起來她忘掉了。最早她滿心想給予他的感動，為他開門，到後來已經忘掉了。她只記得如果他沒有按時回來，她就跟他分開一天以示處罰，希望他會努力做到早早回家。現在她想起來，每次他回家，都會按門鈴。而其實一開始想在他家裡等他的，是她，所以他們才總會在他家裡吃飯，而不是上餐廳。

她居然忘記了，所以爸爸說的是對的。

「對不起，我忘了。」

「忘了什麼？」

「忘了原來我們只在家裡約會是因為這個。明明是我提的，是我想做的，我卻忘了為什麼這麼做了，我後來一直想的是另外一件事。」

「可是妳記下來了，妳記在了日誌裡。我那天還翻了，我記得很清楚。」

尹婷擦掉淚水，吸了吸鼻子，「你還翻了嗎？」

「是的。」

「一共多少張了？」

「沒數，就是翻看了一下內容。」

尹婷再抹去淚水，沒說話。

「所以妳這個戀愛日誌的辦法很好。妳總是很聰明，所以我們一定會找到磨合的辦法。」仇正卿終於抓住話頭，說到了重點上。

是這樣嗎？尹婷沒信心。她覺得爸爸的分析的確有道理，自己要求這個要求那個，又何曾站在仇正卿的角度為他考慮。她沒有事業，她散漫慣了，所以她根本沒為仇正卿的事業著想。不是錢和薪水的問題，是一個男人的追求和成就感的問題。她對生活的期望與他對成就的追求，是衝突的。

這是一步死棋。爸爸這樣說。

她現在努力想，竟也想不到如何解。如果她一直在家裡等他，她確實是會不開心。她得承認這一點。就算忍讓，就算遷就，她還是會有不開心，而仇正卿當然也一樣。

「我們該怎麼辦呢？」她問他。

「就繼續下去。在一起，繼續走下去。」仇正卿的語氣非常堅定。

「可以嗎？」

「為什麼不可以？」他反問她。

尹婷語塞，她想走下去，但她很害怕，害怕結果一如爸爸所料，而且爸爸說了不同意。他不同意，她很介意。

仇正卿在心裡嘆氣，他知道，尹國豪的一番話，對尹婷的影響一定大過對自己的，因為關係不一樣。尹婷為了陪伴爸爸願意放棄遠行，足以證明父親在她心目中的重要性。尹國豪說不同意，不希望他們在一起，對尹婷確有影響。他最大的對手不是尹國豪，是尹婷。

如果尹婷放不開，糾結在這些框框裡，那他做什麼樣的努力都沒用。一個人一旦接受了預定的結果，事情往往就會朝著這個結果走。

「妳還記得妳說過的那些話嗎？」

「什麼？」

「太陽為什麼這麼高這麼遠這麼亮？」

因為我們有目標，遠大而光明的目標。

尹婷忍不住又落淚了。

「月亮為什麼會有陰晴圓缺？」

因為變化也會很美麗。

尹婷捂著嘴，不讓自己哭出聲。

「咖啡為什麼這麼香？」

因為咖啡經歷了磨難後遇見了牛奶。

咖啡遇見了牛奶，而他遇見了她。

「求正經，我好想見你……」尹婷泣不成聲。

「好，妳下樓來。」仇正卿說。

「什麼？」尹婷愣了。

「妳下樓，在我每次送你回來停車的地方。」

尹婷呆了兩秒，終於反應過來這話裡的意思。他竟然一直在樓下，就在她家社區口！

尹婷什麼都顧不上了，臉也沒洗，外套也沒披，鞋也沒換。她衝出房間，打開大門時看到父親驚訝地從房間探頭出來，她大叫：「我出去一下，一會兒就回來！」然後衝出了大門，用力拍打電梯按鈕。

電梯很快上來。尹婷站在電梯裡，看著樓層面板上那一個個變化的數字，心跳得厲害。

他在這裡，他居然會在！

不等電梯門全開，尹婷已經衝了出去。她跑出大樓，衝向社區口，一口氣跑出去，然後她看到了仇正卿的車子。

車子旁邊，站著那個高大挺拔的男人。

是她愛的人。

尹婷眼淚湧了出來，看不清路，只悶頭衝過去。跑得太快，居家拖鞋飛了出去，她腳下一個踉蹌，摔進了一個熟悉的懷抱裡。

接著，她聽到仇正卿長長嘆了一口氣，「幸好，這次飛出去的只是拖鞋。」

不然咧？還能飛什麼？尹婷緊緊把他抱住，真是嚇一跳，差點在這感動時刻撲到他腳下來個狗吃屎。

她的腦子裡自動浮現了這個畫面，忍不住噗哧一笑，然後變成了哈哈大笑。

她一臉的淚，笑得上氣不接下氣，又把仇正卿抱得緊緊的，覺得自己好丟臉，真的太好笑了。

仇正卿把她打橫抱了起來，抱到車子旁邊，把後車門打開，尹婷自動自發自己鑽了進去，坐在了後座上。

仇正卿低頭看著她，一臉無奈。又是哭又是笑的，大花臉。他走到前座拿了面紙，把空調開開，再回到後座，把面紙交給她，才轉身去找她那一只不知飛到哪裡的拖鞋。

他彎腰摸黑找拖鞋的樣子又逗笑了她，尹婷一邊擦臉一邊又哈哈大笑起來。很快仇正卿走了回來，手裡拿著她那只可憐的拖鞋。她往裡挪了挪位置，仇正卿擠了進來，坐在她旁邊。

彎下腰來，把鞋套在她腳上。關好車門，脫下大衣，把她包起來，「怎麼這副樣子就跑下來了，冷不冷？」

「不冷。」她還有些想笑，但現在他的臉離她很近，氣氛不一樣了，他的大衣真暖和了，有他的氣息。她拉了拉衣服，不笑了。這麼正經嚴肅的時候，不應該笑的。

仇正卿低下頭，吻住了她。

尹婷頓時有些激動，把手臂掙脫出來抱著仇正卿的脖子，加深這個吻。

吻到兩人都氣喘吁吁，尹婷稍退了退，她看著他的眼睛，他的眼神裡滿是對她的情意，這個吻讓她的心又暖了起來。她想到剛才她摔的那一下，要不是他跑上前兩步將她接住，她應該會撲倒在他的腳下。萬一嘴沒閉好，牙齒磕在水泥地上……

尹婷又笑了起來。仇正卿莫名地看著她，她把自己腦子裡的畫面告訴他。

於是仇正卿問她：「妳知道為什麼拖鞋會飛嗎？」

尹婷哈哈大笑，「快說為什麼。」

「它想讓妳笑。」仇正卿答得一本正經。

尹婷又笑，不是這答案好笑，也不是這答案精彩，而是仇正卿的正經表情好笑。她笑著笑著，軟倒在仇正卿身上，抱著他不笑了。要是沒有他，她還會這麼開心嗎？

「所以拖鞋和糖果的效果是一樣的，雖然它們看起來完全是扯不上關係的兩個東西。」

尹婷又笑了，「這根本是硬掰。」

「可妳剛才就是笑了。」仇正卿摸她的頭。

「好吧，如果你想用它們來形容我們兩人的話，我要求做糖果。」拖鞋是他。

仇正卿沉默兩秒，不太甘願，「我好歹也要是雙皮鞋。」

尹婷再次哈哈大笑起來，「你很煩耶！」明明是沒什麼幽默感的人，為什麼在這種本該悲情的時候讓人這麼開心？

「我想告訴妳，不分手。」

尹婷不笑了，抬眼看他。

「從好的一面看，妳爸今天的反對對我們是有益的，我們提前看到最壞的結果，就能做最壞的打算，當然就會找到問題，然後解決它。這比沒有防備，最後變成悲劇的強。」

尹婷看著他。

「妳知道嗎？我定下目標後就從來沒有放棄過。小時候讀書是這樣，後來工作是這樣，現在對妳更是這樣。別擔心，我不會被妳爸爸嚇跑的。」

尹婷窩在仇正卿懷裡沒說話，好半天，輕聲問他：「那我們該怎麼辦呢？」

仇正卿沒馬上回答，尹婷又搶著說：「我、我再也不規定你下班的時間了。」

「那也不能讓妳傻等。」知道她在家裡等他吃飯，他在公司也不能安心加班。

「那我就不去了吧。」尹婷說。

仇正卿語塞，她不來了，他又覺得心裡不舒服，果然人是犯賤的。這不行，那不好。他嘆氣，真是死棋？

「要不，我們這樣，約會少一點好了，不要像從前那樣定規矩了，順其自然。你哪天不加班了，提前告訴我，我們一起去吃個飯，可以在家裡，也可以在外面，看時間看情況，就跟所有其他的情侶一樣。有些人，可能一星期也見不上一面呢。」

「嗯。」仇正卿點點頭，轉而一想，「其實我們原來也沒有太常約會。」只是一開始的時候多，後來春節前那段時間，真的各忙各的，計畫早亂了。

尹婷也想到了，「之前是不是我們要求和期待太高了，所以會沒處理好？」想得太好，做得太少，或者該說，做得沒有預期的那樣，所以心裡會有怨，會覺得不滿意和委屈。

「我的要求就是妳是我女朋友。」仇正卿說：「其他的妳看著辦吧。」

尹婷哈哈笑，「沒要求的人，其實要求才高呢！」她清清喉嚨，學仇正卿語氣：「我的要求就是你把工作做好就行，其他你看著辦。」她嘻嘻笑，「你聽聽這語氣，這內容寬泛得，要求多高。」

仇正卿想想，也笑了。

「那就順其自然吧。有空就約會，沒空就各自努力。反正現在最壞的結果都擺在面前了，沒什麼比那更糟了。」仇正卿說，其實正如他對尹國豪說的，他沒壓力了，因為尹國豪沒給他退路，他直接要求他們分手，沒有餘地，沒有比這更壞的情況了。所以，就算不能常見面，就算尹婷說不定規矩讓他有些失落，但都沒關係。

他們還在相愛。

「妳爸爸有沒有要求妳什麼？比如不許見我之類的？」

「沒這麼說，就是說不同意我們倆在一起。他一向不管我們的，這麼說已經很嚴厲了。」

仇正卿沉默了一會兒，分析對手的意圖很重要，看他的要求到底是哪一步。他知道尹國豪當然也沒這麼蠢，一上來就逼著他們永不相見，但既然提出了不同意，要求他們分手，那麼對他們見面的管制應該還是會有的。

他正在想，尹婷說話了：「我……呃，你不要不高興啊，我是想說，這週末咱們暫時先不要見面了，我爸剛提出這事，我們馬上使勁約會，讓他老人家下不了臺，這樣不好。老人家要哄的嘛，我們知道對方還在堅持就好。可以先穩著他，等他對這事不太在意了，我們再慢慢用行動證明給他看，我們能夠在一起的。」

「嗯。」仇正卿也是這樣想，不過他的想法是不要跟持不同意見的對手正面衝突，這樣反而激化矛盾，沒了斡旋的餘地。先避其鋒芒，換一個角度慢慢讓對方改變主意，從而取得勝利。

「那你不要生氣啊！」尹婷確實被父親的話影響了，但一聽到仇正卿居然就在樓下等她，她什麼想法都沒了。等見了面，她又能哈哈大笑，又覺得歡樂都回來了。她想，必須再試一試。從前她做得不好，那她再換種方法。她不想磨滅掉仇正卿的光輝，也不想讓仇正卿討厭她，但她也不能就這麼草率地放棄他。

如果愛情能夠被說服，那就一定不是愛情了。

「我不生氣，我們還有很長很長的路要走。再說，我比妳爸更講道理。」他真的不服氣。

尹婷大笑，抱著仇正卿的腰，「見到你真好，不然真不知道今晚要怎麼過，明天要怎麼過，以後要怎麼辦，我腦子裡一團亂。我爸說得有道理，我真的快被說服了。」

「所以我一直在等。」如果今晚見不到她，他也會不知道要怎麼過。

「幸好你就在這裡。」尹婷抱著他的腰撒嬌。

仇正卿低頭親親她的髮頂。尹婷抬起頭來看著他，在他唇上啄了啄，笑嘻嘻地伸出手指，煞有介事地道：「好了，我們的戀愛，接下來實施B計畫。」

仇正卿哈哈大笑。

尹婷又道：「B計畫還不行，再來C計畫。總之，車子為什麼會轉彎？」

她等了兩秒，沒等到仇正卿回答，就用手肘撞了撞他的肚子，「快配合一下，一問一答會比較有趣。」

仇正卿很無奈，那答案是什麼來著：「因為該轉彎了？」

「對。」尹婷的表情相當生動，「目前A計畫行不通，那麼咱們要機智靈活，換B計畫。」

仇正卿又笑起來，被尹婷瞪一眼，「人家在說很嚴肅的事！」

仇正卿笑得更厲害，很嚴肅的事被她說得一點都嚴肅不起來，「我只是想到那一天，我在路邊撿到妳。妳腳踏車壞了，妳也是說妳有ABC計劃什麼的。」

「那當然。」尹婷抬下巴，「我告訴你，女人沒有笨的，只是看她們願不願聰明給你看。」

「是啊，妳最聰明。」仇正卿拍馬屁。

尹婷靠著他的肩膀，忽然看到車窗上的玻璃，她看了好一會兒。仇正卿以為她看到什麼影像，難道是她爸來了？他後頸的汗毛都豎了起來，轉頭一看，窗外什麼都沒有。

「會被妳嚇死。」他抱怨她。

「嚇什麼？」

「沒什麼。」對著岳丈大人膽子會變小這種缺點不能告訴她。

「求正經，你說，在愛情裡，玻璃是什麼？」

「同性之戀。」仇正卿回答得很快，完全不用想。

尹婷拍他一下，「雞湯型腦筋急轉彎。」

又來雞湯了？仇正卿再看看車窗，「擋風遮雨，這就是愛情？」

「不是，是理智。它讓你看到外頭和遠方的景致，又保護著你不受風吹雨打。」

「嗯，跟我說的沒什麼區別。」

「可是，它也阻擋了你前進。如果你要出去，就得打碎它，一旦碎了，它的尖角會傷害你，也無法再為你遮風擋雨。」

「那就換鋼化玻璃。」仇正卿發表建議，被尹婷瞪了。

「別挑刺，而且那樣不好打破，會把你困在保護罩裡。只能看到景色，卻走不進美景裡。」

「哦。」

男人就是不解風情！尹婷撇撇嘴，「就像只會看到別人談戀愛，但自己談不上似的。」

「嗯。」

「我們現在，像不像這種情況？」

「不太像。」仇正卿覺得他家天使真的太愛編雞湯小段子了。在尹婷的瞪視下，他重新認真想，「好吧，是有點像。」

理智保護著他們，但要打破理智奔向夢想的美景，卻又可能受傷害。

「所以我們需要想一個辦法，這就是我們要做的事。」

「我們要做的事，就是處理好我們的差異化矛盾，還有搞定妳爸。」仇正卿覺得現實層面的問題更直觀。

「對了，第一步，我先把所有的日誌都交給你，不再玩什麼存稿見面交貨了。」尹婷長嘆一聲，「我本來很認真的，結果被我爸這麼一分析，覺得自己還真是幼稚。而且這些做法，就是在給你壓力。時間久了，我們不遵守了，形同虛設，像扮家家酒，原本的初衷早就不存在了。」

「那我幫妳保管著。我們約好了，一年後一起看本子。然後，一年一本，這些計畫不變，好嗎？」仇正卿道：「我很期待讓這些本子堆滿一櫃子。」

「好。」

話剛說完，尹婷的手機響了。一看，是尹國豪。

「是我爸。」尹婷說著，跟仇正卿兩個人同時垮臉，然後看到對方這樣，又都笑了起來。

尹婷接電話，尹國豪問她在哪裡，催她快回去。尹婷答應了。

「我跟妳過去吧。」仇正卿說。

尹婷戒備地看他。

「好了，不是要跟妳爸示威，我沒這麼無聊好嗎？」仇正卿揉她腦袋，「妳去拿妳寫的日誌給我，我今天帶回去，反正週末不約會了，我要弄日誌。」

尹婷笑起來，「像小孩子。」笑話仇正卿有些賭氣的語氣。

最後尹婷把仇正卿領到樓上，她進房去拿那幾頁日誌給他，趁他低頭看的時候，偷親了他一下。想跑，被抓住了，拉回去認真吻了，然後再放開。

尹婷紅著臉含笑跑回家，看到尹國豪站在客廳瞪著她。尹婷正了正臉色，對尹國豪道：「爸，別生氣，我跟求正經談了談。你提醒得特別對，我們會注意的。」

就是沒說人家要求的是分手，卻說提醒得對。尹國豪「哼」了一聲，尹婷又說：「我們會彼此冷靜思考。不約會了，明天我陪你去釣魚吧。」

尹國豪不說話，看了她一會兒，道：「釣什麼魚？跟妳釣魚沒意思，明天去看電影。」

「好。」尹婷笑嘻嘻地應。

「後天去逛街，幫我買兩身衣服。」

「好。」尹婷繼續笑咪咪。

尹國豪看了她半天，終於不再說孩子氣的話，轉身回房去了。

尹婷回房間火速打電話給仇正卿：「你開車了嗎？還沒啊？我跟我爸剛才短暫交鋒。」

「怎樣？」

「他說明天要去看電影，後天要去逛街。」

仇正卿笑了，「宣戰嗎？」

「估計他也有B計劃。」

「是呀。」

「求正經，小小的挫折等於激勵。」現在的尹婷再沒有灰心喪氣了。

「妳能這麼想最好。」

「求正經，你知道汽車為什麼動力是汽油或柴油嗎？」

仇正卿哈哈大笑，「小婷啊，人家有點什麼挫折感悟憂傷歡樂的，是詩興大發，妳是雞湯段子大發嗎？」

「錯，我這是腦筋急轉彎。」

「好吧，為什麼要用汽油？」是氣著氣著就能開動了嗎？

「這樣才能大叫加油！加油！加油！」

仇正卿大笑，「好幼稚！」

「才沒有！」

「這條真的幼稚！」

「才沒有！」

仇正卿在開車回家的路上還是忍不住笑，那樣就可以大叫加油！加油！加油！

不過未來岳丈大人也開始B計畫了，看來他們得努力加油才行。

第二天，尹婷陪尹國豪去看電影。

老人家選的是上午十點多的那場。愛情片，講的是一對男女偶遇，一見鍾情，愛火迅速燃燒，一夜激情，有了孩子，於是很快結婚。婚前兩人滿懷著對未來的憧憬，又覺得孩子是上天的恩賜，但婚後的現實生活讓他們的激情慢慢消退。他們從一開始的爭吵到冷戰，從對對方的大計畫有異議，到對對方生活小細節嫌棄。互相埋怨，互相指責，最後因為丈夫的疏忽、母親的頑固，使得孩子流產，兩人終於無法再忍受，分道揚鑣。十年後，他們各自組建了新的家庭，再度重逢，回首往事，不勝唏噓。

尹婷看他爸選的這個片子完全無語，這簡直就是教育片啊，意有所指。

尹婷在心裡嘆氣，拍下了電影院門口那部電影的海報，告訴尹國豪說：「我發個微博啊！」

尹國豪沒吭氣，尹婷迅速發了出去：「我爸帶我看電影，選了這部片子。」她想仇正卿應該能看到，他也應該會明白是什麼意思。

進了電影院，尹婷和尹國豪坐下看電影，可尹婷沒法專心，她把手機調了靜音，時不時刷一下，想看看有沒有仇正卿的回覆。結果刷了好幾次都沒有仇正卿的蹤影，反而好些網友紛紛來點讚，誇尹婷爸爸時髦，居然會看年輕人的愛情電影。

尹婷心說這裡頭的深意你們不懂，看來只有她家求正經能懂，可是求正經怎麼不出現呢？

又過了十多分鐘，尹婷再刷手機，這次看到仇正卿寫的內容了。不過他不是在她的微博下面留言，而是自己發了一條新微博。

這條新微博的配圖是加油站，工作人員正在幫他的車加油。他寫著：「知道為什麼汽車要靠汽油發動嗎？」

「噗！」尹婷忍不住噴笑出來。

電影院裡非常安靜，螢幕上正演到男主角深情款款地向女主角下跪求婚，女主角含淚答應，非常感動。所有人都沉浸在這美好愛情的氛圍裡，而尹婷噗哧一聲狂笑出來，惹得周遭人側目。尹國豪也瞪了女兒一眼，很丟人知不知道？

尹婷捂著嘴，還是忍不住一直笑。

為什麼靠汽油發動？因為可以大叫加油！加油！加油！

尹婷越想越好笑，昨天那個男人還嫌棄她這條雞湯幼稚，結果自己今天就用上了。很可愛！她覺得他非常可愛！

看到這條微博，尹婷安下心來，開始認真看電影。其實這部片很不錯，雖然節奏慢了點，但文藝唯美。男女主角都很養眼，愛情的狂熱襲來與消退一樣迅速。故事說了許多現實層面的細節。最後女主流產，兩人感情碎成粉末，在砸壞了家具的房子裡歇斯底里對罵，那一場戲拍得相當有張力，配合他們之前熱戀新婚時布置房間的回顧鏡頭，令人心酸又唏噓。

那個階段他們做的最理智的事情就是去簽了離婚協議書。從律師辦公室走出來，不同的時間各自回頭，卻錯過彼此的目光。雖然怨與恨深埋心底，但愛火燒過的痕跡依舊存在。只是過去了的，就已經過去了。

許多觀眾在落淚，有抽泣的聲音。尹婷沒有哭，雖然她對這種感情片向來是沒有抵抗力，但因為她看這部片的心態不一樣，並沒有完全投入到劇情裡，反而思考更多的是她和仇正卿的情況，所以這部片給她帶來更多的是戒心和啟發。

她再刷了一下微博，發現仇正卿又更新了一條。

這一條內容的主角是喵大大。牠穿著小衣服，戴著頂小帽子，非常可愛。被仇正卿抱在臂彎裡對著鏡子拍了一張照片，照片中喵大大睜著大眼睛一臉無辜。眼睛圓圓亮亮的，滿是好奇。

圖片配上的文字是兩個字：人質。

尹婷又噗哧一下大笑了出來，笑完後驚覺打擾了別人，趕緊捂嘴，但是已經來不及，周圍正在被電影感動著的觀眾都怒目瞪著她。

這次尹國豪已經不看女兒了，太丟人，索性裝作不認識吧。

尹婷縮了縮肩膀，把自己往下滑一點，儘量在椅子上縮小身影。她捂著嘴再看一遍那條微博圖片，喵大大那無辜又可愛的表情，真是越看越像人質啊。

尹婷捂著嘴笑，憋得好辛苦，笑得肩膀一抽一抽的。鼓勵她還不夠，還要拿人質威脅她嗎？

仇正卿真是太可愛了！

晚上，兩個人上視頻聊天，互相訴說了今天一整天各自都做了什麼。尹婷就是陪著爸爸看電影吃飯，又陪他去探望了一位老朋友，然後就回家了。仇正卿在健身房運動，回家幫人質鏟屎放糧，然後工作。

聽起來過得都不錯，兩個人哈哈笑。其實事情還是跟以前一樣，只是當初若不能約會就會覺得遺憾，還有沒能完成任務的感覺。現在把約會這件事放開了，反而會覺得其實這樣也不錯，大家過得都很充實。尹婷開始跟仇正卿講電影的內容，加上她自己的看法。仇正卿一邊聽著，跟她討論，一邊手上在忙乎著什麼。

等尹婷說完了，他傳了一個壓縮檔給尹婷。

尹婷下載打開一看，非常驚喜，是她給他的那些日誌頁。

他一頁一頁掃描了下來，做成電子版，還編了號，寫上了自己的註解。

尹婷一頁頁看著，津津有味，不時感動落淚。真是比電影強多了，她想。

這是現實生活，是另一面。

仇正卿在電腦那邊說：「好了，現在我們兩個都各存了一份，誰也不會忘記了。」

尹婷含淚笑了出來，「你的B計畫好複雜啊！」又是加油鼓勵，又是人質威脅，又是溫情感動的。

「一點都不複雜，這才剛開始。」仇正卿一本正經。

尹婷吸吸鼻子，告訴他：「我的B計畫就簡單多了。」

「有多簡單？」

「就是好好好。對我爸，對你好，好得讓你們大呼受不了，然後就都聽我的了。」

「聽起來挺幼稚的。」

「完全不會。」

「妳搞定妳爸就行，妳對我的好我都記得，不用再好了。」仇正卿說。

尹婷笑，哪有會嫌「好」這種東西多的？而且她從前做錯了，她認為的「好」未必是真好，她會想辦法改進的。

第二天週日，尹婷陪尹國豪去逛街。換季了，幫他買了新衣服、新鞋。她暗地裡看了年輕男士的款，有喜歡的就記下來，不敢當著尹國豪的面為仇正卿張羅，她打算等有機會帶著仇正卿再來逛一次。

而仇正卿這天讓尹婷很意外，他去看了那部電影，獨自一人。晚上在視頻聊天時，仇正卿跟尹婷討論了劇情，他說他要去證實一下那部片是不是如尹婷所說的那樣。結果討論下來，兩個人立場觀念果然有些不同。

「挺有趣的，下次我們找部片一起去看。」仇正卿說。他看電影的機會真的不多，長這麼大，除了合作方的首映應酬，從來沒有主動進影院看過。現在才知道，原來因為劇情跟女朋友拌拌嘴，還挺有趣的。

「好。下一部目標，恐怖片。」尹婷摩拳擦掌，恐怖片討論起來才過癮呢，看的過程中還能趁機抱住男朋友撒嬌！雖然她一點都不怕，但撒嬌是一定要的！

這天的「情書」日誌，尹婷寫道：「你獨自去看了電影，雖然沒帶上我，但我還是很感動。我們在對劇情感受上有不同，觀念有差異，討論的時候互不相讓，這是第一次。我們約好了下次去看恐怖片，你擻眉頭的樣子好好笑。你讓我知道，有時候改變和感動的表現不是激動和眼淚，而是簡單地去做，然後一起笑。」

第二天週一，上班了。

仇正卿一如既往，開會、看郵件、審報告、簽字、約談、下決策。

尹婷打電話過來說這幾天恐怕都沒辦法見面。

「我爸說了，讓我這段時間不要出去玩，現在流感病毒很厲害。」

「嗯。」這裡頭什麼意思仇正卿當然也清楚。家長的B計畫果然是這種我不罵你吼你，但就是限制你，不讓你們見面。如果小輩執意違抗，跟他吵起來，反而引發矛盾衝突，「那妳先聽他的。」

「我也是這麼想的。」尹婷輕聲細氣，聽到仇正卿想法跟她一樣，鬆了一口氣，之前還擔心他會不高興，「那你今天會加班嗎？」

「嗯，加班。」週一都比較忙，下午還有兩個會議，他的檔案一定會積著看不完。

「那我幫你訂便當好不好？」

「好。」她不介意他加班就好。

六點半左右，仇正卿結束了最後一個會議回到辦公室，看到他桌上有個大包裹。

祕書說：「尹小姐讓人送過來的，說是你的晚餐，讓我代收，她還說有發郵件給你。」

仇正卿看了祕書一眼，想起尹婷說過的話：「那下一步就是我打入你的朋友圈了，比如說你的祕書什麼的。」

仇正卿失笑，跟祕書說謝謝。祕書問他還有什麼事，仇正卿把開會中涉及的工作交代了一下，然後讓她先下班了。他回到位置，打開包裹，知道是便當，卻沒想到是家用餐盒。有兩個，一圓一方，很大很漂亮。

他收郵件，看到尹婷的信了。她說不打擾他開會，就沒發簡訊。說便當可以用微波爐加熱，別吃涼的。方盒的兩層是飯菜，圓的是湯。吃完了，便當洗乾淨放著，別丟。

信的最後一句說：雖然我不能陪你吃飯，不過還是希望你能吃上熱呼呼的好飯好菜。加油哦，吃飽飽才能好好工作。

這天仇正卿吃得很飽，全是他喜歡的菜色。公司裡有微波爐，飯菜都是熱的，湯有兩大碗，喝下去胃和心都暖洋洋的。

仇正卿跟尹婷見不上面的日子持續了兩週多。

尹國豪將尹婷管得很嚴。他不罵人，也不說硬話，只是有各種理由和藉口不讓尹婷出門。尹實想幫妹妹，還開玩笑地說了句仇正卿這男人很好啊。結果尹國豪答：「是個很好的男人，不過我並不希望他做我的女婿，我也覺得他不會喜歡男人。」

尹實碰一鼻子灰。被老爸調侃了不算，又讓妹妹再聽一次老爸不同意仇正卿的言論，他覺得很是內疚。

尹實跟尹婷商量：「實在不行，我掩護妳，妳偷偷跑出去好了。」

尹婷眨巴著眼睛問他：「還回來嗎？」

「那當然！」尹實一臉黑線。難道還就此私奔了？要是她離家出走，爸爸會打斷他的腿。

尹婷繼續眨眼睛，「那跑掉一次兩次有什麼意思？」

「啊？」尹實呆愣愣，要求這麼高？久久見不上面不能約會，不是應該趕緊偷溜去約會，然後回來任打嗎？當然老爸也不會真的打，罵幾句而已，沒關係。

「我不用你掩護也能跑啊，又不是被軟禁了，可是出去約會一兩次有什麼用呢？讓爸生氣多不好。我跟求正經現在每天都在網路上視訊，也不錯。我們能堅持的，堅持到爸改變主意的那一天。等他心軟了，或者有合適機會，我們再見面。」

「爸很固執的。」尹實覺得妹妹這樣怪可憐的。

尹婷笑咪咪，「我也是。」

好吧，這笑容讓尹實覺得，其實不用可憐她。

尹婷回頭跟仇正卿說了哥哥要幫忙的事，仇正卿哈哈大笑。之後有一個晚上，他特意去了尹實的酒吧，說謝謝他。尹實陪仇正卿喝酒，兩個人聊了許多，共同的話題就是尹國豪和尹婷。

尹實這次發現了，有些男人的友誼原來不是建立在共同吐槽好友和親人上，而是共同討論和肯定愛的人身上。

尹實想勸仇正卿說別怪他爸，他爸也不容易，雖然是個怪老頭，但這些年，老頭也一直盡力在做一個好父親。結果仇正卿不用勸，他跟尹實說了尹國豪跟他見面的過程，還有他跟他說的話。

老人家有老人家的道理，他能理解，而且他琢磨了這麼久後，覺得其實尹國豪並不是一點餘地沒有留給他們。最起碼，他沒有用什麼太激烈的手段，所以他跟尹婷有共識，在處理方式上也避免跟老人家硬碰硬，避免矛盾升級。只要大家都還在用溫和的處理手法，那還是有空間的。

其實尹國豪在觀察他們，他們也在觀察尹國豪。

尹婷每天讓人送飯給他，三套便當輪流換。要定菜色，要聯絡餐廳，這肯定是得花時間和精力。仇正卿覺得尹國豪一定知道，而他沒阻止。

那天週末，尹國豪再次以逛街的名義占用了尹婷的時間，尹婷便試著在幫爸爸挑皮鞋時，也買了一雙給仇正卿，而尹國豪沒有阻止。

現在仇正卿穿在腳上的就是尹婷買的新鞋，他覺得尹國豪的心思也許並沒有他和尹婷堅定，但他還是制止尹婷跟他見面，所以他們也不打算現在就去嘗試試探尹國豪的底線。配合他的方式，然後用行動告訴他，他們真的做得到。就算個性不同，夢想不同，生活方式不同，但他們有心，就可以調整自己，成為讓對方幸福的那個人。

他們會找到方法的，也會調整好生活方式。這一切，都會做給尹國豪看。

尹實嘆氣，「跟未來大舅子見面，比跟未來老婆見面多，這真是不合適啊！」

仇正卿大笑。

尹實又嘆氣。還笑？尹婷也笑，仇正卿也笑，到底老頭子在反對誰啊？這兩個一點都沒有傷心難過，老頭子像在唱獨角戲，真是怪可憐的。

尹實問仇正卿：「你有什麼需要我帶給我妹的嗎？我當個快遞還是沒問題的。」

仇正卿想半天，「要不，你把我快遞回去？」

「……」尹實一臉黑線。媽的，剛才是誰在這侃侃而談說不見面沒關係，不要跟老頭對著幹，大家都用溫和的方式，等軟化了再來溫柔一擊？現在一開口就要求他這親生兒子帶著敵軍殺回家裡，老頭是不會揍妹妹，但是會揍他啊！

半小時後，尹婷手機響了，一看，是尹實的來電。

她接了：「哥！」

「妳哥喝醉了，妳下來接他一下。」那邊的聲音不是尹實，是仇正卿的。

尹婷愣了愣，趕緊道：「你喝醉了？行，我下去接你。」她走出房間，對守在客廳看電視的尹國豪道：「我下去接哥哥，他喝酒了。」

尹國豪點點頭，尹婷換了鞋就下去了。

出了家門，尹婷就開始傻笑。想到仇正卿的聲音，想到他就在下面，她咧著嘴，根本合不上。

電梯上來得很慢，真是讓人著急。好不容易上來了，下去得又很慢，真著急。

出了電梯，直奔外頭，一眼就看到了站在那裡的仇正卿。

尹婷眉開眼笑，直直地撲了過去，撲進了仇正卿懷裡。

尹實看到妹妹下來，正揚手想招呼兩句，解釋一下仇正卿怎麼會在這裡，說兩句你們好好聊之類的感性話。結果手舉了一半，尹婷眼角都沒瞥他一下，就直奔仇正卿而去。

仇正卿也沒客氣，一張臂就把尹婷抱住了。

尹實在旁邊垮臉。兩位，有看到親哥在旁邊嗎？

那兩位明顯沒看到，因為他們開始親吻了。

尹實實在沒眼看，背過身去了。行！你們行！他體積這麼大，電燈泡瓦數居然還不夠？他壞心地想，他去把爸爸換下來，等妹妹吻完了，一回頭，哎呀，哥哥怎麼變爸爸了？

當然，他只是想想，不會這麼幹。不然被爸爸揍一頓，再被妹妹揍一頓，很不划算。

仇正卿跟尹婷捨不得分開，也不能賴太久。吻了又吻，一嘗相思，最後也只得說：「我去妳哥那裡喝酒來著，代駕還在車上等呢，我先回去了。」

尹婷點頭，用力抱著他。沒見面的時候覺得沒關係，見了面才發現真的很想他，很想很想。

「要堅持，別著急，慢慢來，我們有很多時間。」仇正卿又說。

尹婷又點頭。

兩個人你看看我，我看看你，不說話了，只看著對方笑。

其實他們每天都在網路上說很多話，在電話裡說很多話。見了面，卻覺得還有很多話想說。

仇正卿低頭又親親仇婷的唇，輕聲道：「上去吧。」

尹婷抿嘴笑，踮起腳還他一吻，「回去早點睡。」

尹實走遠幾步，看不見還不行，還要讓他聽到。對話很無聊，完全不想聽。

然後他後背被拍了一下，回頭看，是尹婷粉紅色的臉蛋，調皮的笑容。

尹實再轉頭，仇正卿在不遠處對他揮手，「多謝！」

仇正卿走了，尹婷抱著尹實的手上電梯，在電梯裡還止不住在笑。

尹實嘟囔著抱怨：「不要笑得這麼噁心。」

尹婷回他：「哥，我真愛你。」

「不要用對付男朋友的肉麻招數對付妳哥。」尹實翻白眼，看來他也該找個女朋友了，然後帶女朋友到這兩人面前秀恩愛，閃瞎他們的眼。

這次見面，仇正卿從尹婷的吻裡獲得了能量，他又覺得信心滿滿了，以致於第二天，靈感大神突然拜訪。那時他正在開會，祕書推門進來遞了一份文件。他看著那動作，突然想通了尹婷說的那個玻璃的問題。

而靈光一現的不止玻璃的雞湯亂燉，還有這場會議的討論主題：永凱旗下「秀」品牌女鞋的下半年行銷方案。

「秀」是永凱旗下最有口碑的品牌之一，專做女鞋。仇正卿之前聽尹國豪的往事時才知道，這個品牌當初是尹國豪創下的，而尹婷的母親，叫余秀萍。

這個品牌為什麼取名「秀」，永凱的市場宣傳定位一直是「女性的美麗與展現」。

而仇正卿卻是猜想，當初尹國豪在做這個牌子時，大概只是簡單取妻子名字裡的一個字。

「秀」女鞋其實並非仇正卿直接監管的業務，它是獨立子公司運營的，但所有子公司的大計畫都需要報集團業務分管的副總，以取得集團的資源支持和行銷配合，而這部分歸仇正卿管。

「秀」的產品過硬，管道成熟，品牌美譽度高，業績一直很穩定，仇正卿對他們的計畫向來是放心的。現在是三月，分公司總經理在報告下半年度的品牌大計畫。

「秀」下半年將重點推休閒平底鞋，主打舒適和百搭的產品特性。分公司的計畫包括明星代言、網民試穿體驗報告活動、商場新品促銷，還有幾個贊助宣傳方案。

仇正卿一邊聽著報告，一邊為腦子裡突然冒出來的念頭興奮著。分公司這邊的報告很詳細，仇正卿腦子裡的想法也很快完善起來。

品牌的宣傳點仍然是「秀」，美麗和秀出美麗。

報告裡，所有的創意和方案都緊緊圍繞著這個主題。

仇正卿等分公司的人說完，也聽了大家的討論，才說：「我有一個想法。」

會議室頓時靜了下來，等著仇總大人的意見。

「女人，是夢想家。」

分公司的代表有些驚嚇，嚴肅的工作狂仇總大人吃了「我今天很感性」的藥了嗎？而集團這邊同一層辦公室的同事有些感動，連仇總都被調教成這樣了嗎？女人不止是夢想家啊，簡直實幹家！

「那個試穿體驗活動很有意思，覆蓋面應該會很廣，但我覺得不夠轟動，不夠有影響力。」仇正卿說：「不要讓任何人都有機會試穿，那樣沒有門檻，不值得稀罕，但也不能有門檻，讓人覺得沒好感。」

所以呢？大家等著聽。仇總大人的作風不是提一堆似是而非的理論，然後說你們再好好想想這種類型。他說了想法，就是真的有具體想法。

「一雙舒適和百搭的鞋，女人應該穿著它去實現夢想。這個過程，展現給所有人看。我們提供平臺，提供獎勵。」

「競賽類的活動？」有人問。

「對，這樣才會有追逐性，擴大影響力，就用網路平臺做就可以。主題是：旅行家。什麼是旅行家？就是發現美，然後展現給其他人看，傳播給其他人的人。只要女性能穿上『秀』的都可以參與，地點任選。想去美國，去埃及，去任何地方，做任何事都可以，我們提供資金支持。前提是，她們需要提交她們的計畫，讓大家評選最感興趣的旅程。不是妳想展現，別人就願意聽願意看。然後入圍的人選穿著『秀』，開始她們的夢想。她們自己撰文，自己拍照片，自己展現。最後最受歡迎，人氣最高的旅程，就是獲獎者，我們發獎金。」

與會人員聽懂了，「從提交計畫開始，就是一個個故事。」

故事是吸引大眾注意的有力手段。不是美景，不是美女，而是故事。

「對，就是讓她們『秀』就好。」仇正卿總結。

「這個確實比試穿體驗活動來得有意思。」

「可是『秀』不是旅遊鞋。」

大家開始討論起來。

「我們的主題又不是旅遊，是夢想，不一定非得旅遊，生活的旅程也可以，是吧？」一個女同事很喜歡這個計畫，「再說，舒適的平底鞋也可以旅行的時候穿。要穿得美美的，百搭平底鞋最合適，配褲子配裙子都好。我去旅行就不穿旅遊鞋或是運動鞋，也是穿個平底鞋就好。而且，這正好也可以體現我們的鞋的特點，舒適和百搭。我喜歡這個主意。」

另一個同事道：「這個活動號召上會比試穿那個更容易些，因為目標人群好控制，數量不求多，求精。網路上有名的旅行達人也很熟悉商業合作，應該好談。跟她們合作，讓她們來參加。依她們的人氣，初選比拚計畫時她們一定可以勝出，然後借她們的人氣，一路進行到決賽，活動的影響力也能保證。」

是嗎？仇正卿不太懂什麼網路旅行達人，他只知道他家小婷天使很厲害。

在他心裡，再沒有人會比她更懂得尋找美好和傳播美好了。

她有一個夢想，她想做旅行家。他不愛旅行，但他很想幫她實現這個夢想。

她說旅行家就是看到美，然後告訴大家的那個人，那麼他就提供這個平臺給她，讓更多人能看到她所看到的美。

他也想做給尹國豪看，完全不同的兩個人，能做的不止是遷就，還有互相推動。他不會綁住尹婷的翅膀，他要用她母親名字的品牌，幫助她飛翔。

「那個『空氣球』有二百多萬粉絲，『愛走路的女人』有一百多萬……」同事們還在討論。

仇正卿回過神來，什麼，那些達人動不動就一百兩百萬粉絲？他家小婷有多少，二萬還是三萬來著？

仇正卿先把人氣比拚拋到了腦後，現在最重要的是把形式定下來。事情能做，其他的細節都可以再商量。

半個小時之後，經過與會人員的熱烈討論，方案框架基本確定。分公司代表回去後，會儘快整理執行細節出來，尋找適當的合作對象。

「秀」美好，尋找夢想的旅程！

這個活動將取代原先報告中的試穿體驗活動。

仇正卿要求四月初把方案定下來，以便各部門後期能有足夠的時間配合進程。

散會後，仇正卿仍很興奮，恨不得馬上把這個消息告訴尹婷。他想告訴她，妳選一個地方，隨便一個地方，妳想去的，穿著妳父母創下的品牌的鞋，去吧。做妳想做的事，把妳發現的美記下來，告訴大家。

但他知道，現在還不能說，企畫尚未塵埃落定，他希望當他告訴尹婷時，是什麼都確定好了，她只要高興地點個頭說「好」，就能買張機票，去她最想去的那個地方。

而要做到這程度，除了官方的活動細節和流程，還有一個重要的人他得搞定。而他覺得，一定能搞定。

尹國豪接到仇正卿邀約的時候，並沒有很驚訝，他很淡定地聽著仇正卿說想再跟他見一面聊一聊，然後他答應了。兩個人約在了上次見面的地方，依舊是週五，依舊是晚上七點。

仇正卿到的時候，尹國豪已經在那裡了。

兩個人客氣打了招呼，如上回一般，先吃飯。吃完了飯，才開始正題。

「你想跟我聊什麼？希望我改變主意同意你和小婷的事？」尹國豪喝口茶，先發制人，「我還是那些話，觀點完全沒有變。」

「我不是想說那些，因為老調重彈解決不了問題，還浪費時間，沒效率。」仇正卿微微笑，「我想我們需要從另一個角度來進行，才能解決這個衝突點。」

「比如說？」尹國豪冷靜又冷淡，沒有半點好奇。

仇正卿又笑了笑，沒有直接回答他的問題，卻道：「你說反對我們交往的那一天，小婷出了一道題給我。她說，玻璃就像是理智，保護著我們的感情。我們在玻璃牆後面，免受風吹雨打，卻又能看到遠處的美景。但有一點不好，就是當你想走進那美景裡，卻被玻璃擋住了。要越過它，就得將它打碎。可是打碎後，雖然能走進美景，卻再沒有保護。甚至，我們還有可能會被玻璃碎片扎傷。她問我，該怎麼辦？」

尹國豪沒說話。

仇正卿繼續說：「她說這些話的時候，我腦子裡有個畫面，我站在玻璃牆的這邊，小婷站在另一邊。我們能夠清楚地看到對方，卻觸摸不到，玻璃牆將我們隔開。打碎它，碎片傷人，風雨侵襲。不打碎，我們永遠相隔一方。我想到你說的那個詞，死棋。」

他說到這裡，頓了一頓，「死棋，我雖然不認同，但我想了很久，居然沒有想到最佳答案。直到那天，我在開會，祕書推門進來遞一份文件給我，我忽然如醍醐灌頂，茅塞頓開。」

他看著尹國豪。尹國豪不喝茶了，停下來，也認真看著他。

「為什麼要打碎它？給它開一扇門不就好了？這麼簡單的答案，我居然會想不到。我平均每天至少一次要坐在會議室裡開會，我推開玻璃門，看到別人推開玻璃門的次數數都數不清，我居然會想不到。後來我明白了，我為什麼沒想到。」

尹國豪彎了彎嘴角笑了，又繼續喝茶。

「因為小婷對我提這個問題的時候，我腦子裡依據她說的話出現了一個畫面，那畫面是我認為的場景，我沒有跳出那畫面想。這種情況，叫成見。我帶著成見去想那玻璃牆，只考慮碎與不碎的衝突，卻漏掉最簡單最常見每天都能看到的情景。」

尹國豪問：「你想說我對你們有成見？」

「你腦子裡的小婷，就是天真浪漫，想當旅行家的小女生。你腦子裡的我，就是個不工作就會暴躁的工作狂。你想像著我們的矛盾就是娛樂和工作的矛盾，我們的相處就是誓必得犧牲一方的利益。」

「難道不是？」尹國豪又問。

「不完全是。」

「所以你要怎麼說服我？你剛才說了，老調重彈不管用。」

仇正卿點點頭，「我覺得，我們應該都換一換思維。我跟小婷每天說很多話，互相了解不少，但我與你之間的溝通卻很少。你為小婷母親的離世自責，又為小婷陪伴你而放棄夢想內疚。你覺得我像過去的你，所以會走上你的老路，又覺得我的存在似現在的你，綁住了小婷的手腳，會令她失去她嚮往的生活。」

「確實是這樣沒錯。」

仇正卿微笑，「過去的你已經隨時光過去了，無法再改變什麼。那麼現在的你和現在的我，為了我們共同愛著的女人，是不是也可以改變一下？」他頓了頓，解釋道：「不是遷就的生硬的改變，而是我們可以嘗試著，稍稍調整自己。」

「比如？」

「比如我們週末可以一起釣釣魚，可以一起吃吃飯，可以一起逛逛街，喝喝茶，聊聊天。我不會下象棋，你可以教我，我們可以談論些共同感興趣的八卦，你也可以跟我吐槽抱怨你的朋友們。還可以一起去看電影，討論劇情。我們也可以一起逛書店，聽講座。」仇正卿停下來想了想，「我父母走得早，我沒什麼跟長輩相處的經驗，還有什麼可以一起做的事，可以再想想。」

尹國豪有些愣，沒想到仇正卿出這招。他直截了當問：「你現在的意思，是在討好我？」

「不，你並不討厭我不是嗎？你只是不想讓我當你女婿。我們可以試著多相處一下，我代替小婷來陪伴你，她不就可以放心去做她想做的事了嗎？放下腦子裡畫面的成見，把最平常的情景拿出來用，不是挺好？」

尹國豪又有些愣。仇正卿要代替小婷陪伴他？

不在碎與不碎之間掙扎，而是打開一扇玻璃門。

尹國豪笑了，「我自己有兒子。」

「可是阿實不喜歡商業的話題。他不知道你之前賣掉的那些品牌現在怎麼樣了，他也不知道你的那些商界老朋友現在的作為如何，公司的規模和進展如何。他不知道商業圈裡的案例，不知道哪哪換了主事者。還有就是，你跟他相處了二十七八年，成見會比對我的更大。再有就是，你和我相處得好，小婷會放心。她放心了，自然就會安心做她想做的事了。而你，也會更清楚地看到我與小婷是如何相處，如何幫助對方獲得幸福。」

尹國豪道：「說起來總是容易的。」

仇正卿說：「所以，十天後就是小婷的生日，我們一起過吧。」

尹國豪看著仇正卿，眼睛裡露出了笑意。

他真是聰明，果然很聰明。他沒有要求他同意他與小婷在生日那天約會，卻提出他們一起幫小婷過生日。

「好。」

仇正卿等了半天，終於等到尹國豪的答案。他頓時鬆了一口氣，興奮之情溢於言表。

「我想你一定有什麼禮物要送給小婷。」

「是的。」

「但我醜話要說在前面，我答應讓你一起幫小婷慶祝生日，不代表我已經同意你們了。」

「這表示我得繼續努力。」仇正卿並沒有氣餒或失望，這答案他早預料到，而他信心滿滿。

「你連陪我女兒都沒時間，還說陪我，這話說得太大了。」

「我說的是小婷外出遠遊的時候，我下了班和週末的時候可以陪陪你，當然沒可能像小婷那樣全天陪著。」

「那跟沒陪有什麼區別？」

「有啊，關心與不關心的區別。」仇正卿不介意老頭子故意挑他的刺，他倒茶給他，微笑著說：「我關心你，照顧你，你了解我，接納我，那小婷的翅膀，還會被什麼綁住呢？」

尹國豪不說話，他答不出來。

晚飯結束，尹國豪上車之前，回頭對仇正卿說：「有件事你錯了。那玻璃，不破是不可能的，你要裝門上去，也得把它割開不是嗎？」

仇正卿一愣，尹國豪已經笑著上了車。

仇正卿第一次覺得，也許尹國豪並不是真正反對他和尹婷。

第五章

光明正大秀恩愛

四月十三日很快就到了。

這天仇正卿先做了一件事。他發了一條微博，寫著：「生日快樂！」

「婷婷玉立413」很快趕到。

「沙發！」照慣例跟著五個大大的驚嘆號，配上得意洋洋跳舞的小表情。

仇正卿回她一個大笑臉。

許多人反應過來是婷婷玉立413的生日，紛紛送上祝福。差不多過了半小時，仇正卿接到了尹婷的電話。

「啊啊啊啊啊，我才發現我才發現！」她在電話裡很激動地叫。

仇正卿笑，「我就在等你什麼時候發現。」

「求正經，你快過來，讓我咬一口！」

仇正卿大笑，「晚上就過去。」尹婷的生日宴設在她家裡，只有她的家人和他，仇正卿對這個安排非常滿意。他再一次覺得，其實尹國豪也許真的不是這麼反對他們。雖然到目前為止，他還沒有開口同意尹婷跟他見面，也沒有答應他一起去釣魚的邀請。

「求正經，我好愛你，你還把我放前面了！」這是她剛剛才發現的。仇正卿的網路ID換了。仔細一看，原來是413510，前面是她的生日，後面是他的。

「是啊，把妳放前面了。妳知道，人的注意力會偏重在尾數上，我這是提醒妳，不要忘記我的生日。」

尹婷大笑，「不要改，以後一直用這個。」

「好。」仇正卿答：「這是我送給妳的第一個生日禮物。」

「還有第二個？」

「是啊，晚上給妳。」

晚上，仇正卿自春節後，再次踏入尹家的大門。他遞給尹婷一個盒子，裡面有一整套的筆記本文具。有筆記本、貼紙、彩色筆、筆記本配套的筆，以及書籤、尺等。

「哇！」尹婷驚喜。這一整套東西真是齊全，還粉粉綠綠的，是她喜歡的顏色，「你居然會買這個！」真的很意外，她以為他會買一些小飾品之類的。

「這是第二件禮物。」仇正卿一本正經。

「還有第三件嗎？」尹婷隨口問。

「是啊。」仇正卿答。

尹婷看看他手上，只拿著公事包，她狐疑地看他。

仇正卿笑笑，「唱完生日歌再給妳。」

「不會是你這個人吧？」尹婷很故意地睜圓眼睛，悄悄問。

「妳爸在呢，這麼不正經。」仇正卿很嚴肅地看了看尹國豪的方向，然後飛快地道：「他現在沒看我們，妳可以親我一下。」

尹婷大笑，拿筆記本遮著臉。

完蛋，笑這麼大聲，當爹的一定看過來了。仇正卿一看，果然尹國豪已經轉頭看向他們這邊。

仇正卿輕嘆一聲，譴責地看了尹婷一眼。尹婷嘻嘻笑，猛地抱著仇正卿的脖子，踮腳用力在他臉上親了一大口，然後歡呼著轉身奔向她爸。

「爸，你看，求正經送我的，很漂亮對不對？」

「還好吧。」尹國豪反應普通，進房去拿出個盒子來，「這是爸爸給妳的生日禮物。」

尹婷看看仇正卿，招手讓他過來一起拆禮物。

包裝紙拆掉，大盒子打開，裡面是兩個盒子。還沒打開盒子，尹婷已經開始尖叫。相機！相機！還有她一直想要的鏡頭！她現在手上這款用得很順手，當初好幾萬買的，所以她也沒捨得換，但心裡對最新款的早就癢癢了，沒想到爸爸居然會知道！

尹婷很激動，抱著尹國豪一個勁兒說：「謝謝爸！」

尹實在餐桌旁實在忍不住了，「你們到底要不要開飯啊？」兩個大男人在一個女人面前爭寵這種戲碼，他一點都不想看好嗎？他坐在餐桌邊這麼用力暗示了，這些人居然都沒點眼力。

吃飯吃飯！尹婷收好禮物，一手挽著爸爸，一手挽著仇正卿，送到餐桌邊。

一頓飯沒什麼特別，吃吃喝喝，說說笑笑，最後到了切蛋糕的時間。

蠟燭點上，燈一關，大家開始唱生日歌。

仇正卿為了這一刻，可是練了頗長的時間，但他還是不敢放聲唱，所以尹實一喊「祝妳生日快樂，預備起」，仇正卿就小小聲地唱，打算混在尹國豪和尹實的歌聲裡，蒙混過去。

結果一開口，發現糟了，那兩個人根本就沒唱，

他一人唱得小小聲，像作賊一樣，太搞笑。他發現被整了，一緊張，還走音。

尹國豪低著頭，尹實肩膀狂顫，笑成這樣了，還憋著不出聲，真的不會憋出病嗎？

仇正卿心一橫，不管了，他自己唱就自己唱，還大聲起來了。

尹婷笑得倒在他懷裡，抹著眼淚，「我第一次聽到走音的生日歌，好感動！」

仇正卿很嚴肅地眨眨眼，「我可以再唱十遍，請你們不要離席。」

尹婷笑得更厲害，尹實跳了起來：「男子漢大丈夫，怎麼能這麼記仇呢？還有，妳啊……」他指著尹婷，「笑什麼笑，禮貌呢？」

仇正卿白他一眼，笑得最誇張就是你好嗎？不經意轉眼，看到尹國豪也在笑，笑意盈滿了他的

雙眼，笑得臉上的皺紋都摺了起來。

簡單分完了蛋糕，四人移座客廳，尹婷泡茶給大家喝。

這時候尹實把他準備的禮物拿出來了，是一臺筆記型電腦。

「哇！」尹婷大叫：「你們今天送的禮物都讓我好意外！」

尹實笑了笑，看了仇正卿一眼。

尹婷轉向仇正卿，仇正卿拿過他的公事包，從裡面掏出一份企畫書遞給尹婷，「我的第三份禮物。」

尹婷狐疑地接過去了，居然給她一份文件？不會是婚前協議書吧？如果是，她爸爸會打斷他的腿嗎？

結果不是。

尹婷往下看，看著看著，眼眶熱了。

「我的夢想呀，是做一個旅行家。」

「什麼是旅行家？」

「就是去不同的地方，看到很多美麗的景色，再把這些美麗分享給別人的人。」

尋找夢想的旅程。

尹婷認真看，看完每句話，看到最後一個句號。緩了緩情緒，不捨地把企畫書合上了。

她吸了吸鼻子，忍住淚意，這才抬眼看了看面前正在看著她的三個男人，然後對爸爸和哥哥笑道：「你們都知道了，是不是？」所以才會送她那樣的禮物。

尹國豪和尹實點頭。

尹婷看著他們，再看看仇正卿，眼淚還是忍不住落了下來。「你們對我太好了！」她說著，抱住了尹實。

尹實摟著妹妹，暗暗撇眉頭。哪有這麼狡猾的？抱爸爸怕仇正卿吃醋，抱仇正卿怕爸爸不高興，所以轉而抱他嗎？好吧好吧，那麻煩抱久一點，這樣他被瞪了也不算吃虧！

尹婷把腦袋藏尹實懷裡，待心情平復了，坐直起來，對仇正卿說：「我要參加！」很乾脆，很堅定。

「好。」仇正卿微笑。他就知道會這樣。「五月一日會開始在各大媒體宣傳，主要的平臺是手機和網路，平臺合作方已經談得差不多了，只差簽約。活動專區平臺正在建置，一號那天就能報名了。進活動專頁提交自己的計畫，可以綁定微博或是部落格帳戶，表現形式可以是文字、圖片、視頻。報名和初選一起進行，七月複選，八月決賽，正好在暑假。複選和決賽會有攝影組跟拍，留些影像資料作為宣傳用。」

這些尹婷剛才在企畫書裡都看到了，但聽仇正卿說一遍還是覺得很興奮。她興高采烈地說：「我贏了之後，那五十萬獎金不要，我拿一半捐給山區小朋友當餐費，拿一半供育幼院的小朋友念書當學費。」

尹實吐槽：「說得好像妳肯定會贏一樣。」

尹婷一抬下巴，「那當然了！」她轉向仇正卿，「你不用幫我，我肯定沒問題。」

仇正卿笑，「我怎麼幫妳？這沒辦法走後門。活動全程有公證，資料管理也在平臺合作方。多方合作，有牽制的，而且這是子公司主辦的活動，我們集團這邊只是提供資源整合的協助。所有的執行在那邊，我也只是看看報告，然後跟其他人一樣刷刷網頁罷了，不好插手。」

「那太好了。」尹婷晃腦袋，「我可不想要你幫忙。不過你們的獎金是不是少了點，最高獎金才五十萬。」

仇正卿揉揉土豪小包租婆的腦袋，「哪裡少？我們還要負擔參賽者的所有行程費用，攝影組和隨行工作人員的行程費用，大大小小一堆雜費，活動成本很高的。」

尹婷皺鼻子給他看，「你們的機票飯店這些肯定全找贊助了。」

「贊助哪這麼容易找？」仇正卿揚眉毛，尹婷撇眉頭，仇正卿改口：「就算容易找，那也是永凱的品牌效應和營運多年的合作信譽、商業積累，以及活動宣傳回報，這些全部折算起來，成本更高。」堂堂永凱副總在女朋友面前為公司哭窮，一點都沒有不好意思，能這麼歡快地鬥嘴真是高興。

「反正就是少。」尹婷被他那些說辭繞得頭暈，說不過他就來一句總結的「反正」就對了。

「妳拿到了再嫌少吧。」仇正卿一直笑，很喜歡她眉飛色舞、神氣活現的調皮樣。

「我當然能拿到！」尹婷抬下巴，自信滿滿。

「聽同事說，他們已經聯絡了幾位網路旅遊達人，邀請她們參加，什麼『空氣球』、『愛走路的女人』、『花兒不綠』……」仇正卿報了幾個他記得的名字。

尹婷開始尖叫：「啊啊啊啊啊，這幾個我都知道，我是她們的粉絲！」興奮地彎了眼睛，粉絲嘴臉顯露無遺。

「嗯，聽說她們裡面粉絲數最高的有三百多萬，最少的也上百萬。」仇正卿慢吞吞地說。

「呃……」尹婷終於意識到問題所在了，「那什麼……輸贏不重要，重在參與嘛！」

尹國豪和尹實都笑起來，尹婷對著仇正卿皺鼻子，仇正卿攤手，一臉無辜，「我沒有笑。」

尹婷紅著臉瞪他，一副「反正就怪你」的表情。

仇正卿縱容地笑，溫柔地道：「選一個地方吧，選一個妳最想去的地方，哪裡都行。可以隨意寫妳想寫的雞湯小段子，寫妳想表達的東西，拍很多漂亮的照片和視頻，我們用最大的平臺幫妳推，讓更多的人看到。另外還會出攝影團隊，如果效果好，可以做成真人秀紀錄片。妳的夢想，會有很多種被記錄的方式，傳播給大家。」

尹婷又想哭了。

仇正卿繼續說：「不過，做這件事會很辛苦，需要準備很多，花費的時間也不少。如果遠行，大概需要一兩個月，妳要有心理準備。」

尹婷抿了抿嘴，轉頭看向尹國豪。尹國豪淡淡地說：「家裡沒什麼好擔心的，除了妳哥。」尹實不說話，關他什麼事啊？他不是愛鬧彆扭的老頭子，也不是生病不愛吃藥，想著偷偷等死好去見老婆但是忘了發燒死不了人的老頭子，更不是看女兒很晚沒回家就惦記得不行，非要打電話催女兒快回家的老頭子。

「我會幫你看著他們的。」仇正卿說。

尹國豪和尹實都垮臉給他看，誰要他看著啊？

尹婷笑了，「我要好好想想，選個好地點，想個好故事。複選才五個，決賽才兩個，我不一定有機會進去呢。我要抓住初選的機會多多展示，然後把攢下來的粉絲留著，她們去比拚冠軍，我繼續慢慢跟大家一起燉雞湯。」好高興，有這麼大的活動平臺幫她攢粉絲，她覺得自己占了大便宜。

稍晚，仇正卿得告辭了。尹婷下去送他，兩個人在社區裡散步，走了一圈又一圈。

仇正卿跟尹婷說了他跟尹國豪的見面，說了這個活動點子的由來。他知道她的夢想，也理解她的顧慮。他和尹國豪在這方面的想法一致，希望尹婷放手去做自己想做的事。

「我希望這次活動是個開始。妳知道，每個人的事業都有一個開始的契機，很多事情想做，但好像沒有一個驅動和促使他投入的時機就總是開始不了。而一旦開始，就會是一個全新的開闊世界。我希望這個開始能帶給妳動力，能讓妳走出去，成為一個旅行家。」仇正卿看著尹婷的眼睛，柔聲說。

尹婷也看著他，看著看著，投進他懷裡，緊緊抱著他。

「小婷，妳是個聰明的人，妳的聰明和才幹不是困在辦公室裡做上班族，妳有妳的天賦。」

「我如果到處跑，誰送飯給你呢？」尹婷在他懷裡悶聲說。

「妳又不是不回來，送飯不是餐廳的事嗎？」仇正卿撫著她的頭髮，「不過這一星期的飯菜水準不如從前了，是不是換廚師了？」

尹婷猛地站直了，瞪他。

仇正卿笑，「妳做的嗎？」

「我做的一點都不差，是餐廳喜歡放很重的調味料，我做的比較清淡，更健康。」

「是，是，妳說的對。」仇正卿再把她拉進懷裡抱著，「我是說真的，別擔心家裡。如果妳出遠門了，我會每天打電話給妳爸和妳哥，會經常過來看他們。週末約妳爸出去玩，雖然他比較難約，不過我會繼續的。」

尹婷大笑，「那誰來看著你？」

「妳爸和妳哥嘍！」仇正卿親親她的髮頂，「我有努力協調工作的事了，會努力下放一些權力，調整工作的方法。妳說的話，我有聽進去。」

「我知道，我知道你很好。」尹婷很感動，「現在想起來，我那時候規定你必須六點半離開公司，還覺得自己好幼稚。」

「不會。」

「其實現在這樣我覺得挺好的，不應該強迫對方一定要陪自己做什麼事，只要對方能開心做自己的事就好。你需要工作，就安心工作，有好好吃飯休息就很好。你不會唱歌，不愛看電影，我跟朋友去也不錯。大家有各自的空間，然後有空的時候就膩在一起，這樣多好。」尹婷歪歪腦袋，「不過我們都沒機會膩在一起，我爸比較頑固。」

「他也不算太頑固。」

「也是。」尹婷高興地跳著走，拉仇正卿去長椅那裡，「我覺得我爸已經軟化了，他答應你來我家為我慶生呢。只是他臉皮薄，不好意思，慢慢就會好了。啊，對了，想到了，如果我要出門呢，就讓我爸囑咐傭人做飯給你吃，請人送飯給你。你要是有空，就來我家陪我爸吃。要是你也要出差，就讓我哥去你那裡餵大大，幫大大鏟屎。哇，配合得多好！你看，家人多就是好辦事吧？」

仇正卿笑，靠在椅背上，抬頭看天上的星星。尹婷描述的生活，他從前想都沒想過，而現在，他卻不想去想從前孤單單一個人加班工作、工作加班，然後獨自走回空蕩蕩的房子的情形。

「我覺得很幸福，小婷。」他說：「我希望妳也覺得幸福。」

「我是啊！」尹婷答。

「我想，這個活動妳能贏，我覺得妳會贏。妳很優秀，妳是有天賦的旅行家，妳一定不會被埋沒的。」

「好，你把我送去加油站！」尹婷握拳，「不過我還是覺得你們的大獎獎金有點少。」

「喂！」

尹婷哈哈大笑。

從這天起，尹婷開始認真做準備。她把從前旅行拍下的照片和做的記錄一本本翻了出來，整理資料，尋找最佳的活動切入點。

「秀」是女鞋，主角是女性，所以她打算找的故事主角也是女性。

在希臘的時候她去過一家餐廳，老闆娘是華人。她很有故事，很讓她感動。還有去埃及的時候

遇到過一位女學生，她熱愛埃及的文化，希望讀完書能留下來做導遊。也許可以再聯絡一下，看看她現在怎麼樣了。還有在華山時，認識了一位女道姑，也很有故事……

尹婷定好了她自己的主題，她的夢想是成為一位旅行家，傳播美與愛的旅行家。她的夢想之旅，就是找一個愛的故事，主角是女性，然後把這個故事告訴大家。

她花了兩週的時間整理資料，聯絡了一些旅途中遇到的人，寫了很多方案。大家的故事都很精采，尹婷很猶豫，不知道選哪個好。

她拿著方案去徵求大家的意見，每個人的看法都不一樣。

尹國豪覺得這些故事都太平淡，不夠煽情。尹實吐槽說：「那是你們老人家的口味，電視劇看太多，整天煽情太煩了，看到抹眼淚就想點叉關頁面了！」

尹婷問尹實：「那你覺得哪個好？」

尹實說了：「妳這些地點都不新奇啊，妳要不再去一趟南極？妳那堆旅行照片裡，也就南極的那些我覺得新奇有趣。總之，就是大家覺得新鮮，才會有興趣。」

尹國豪吐槽：「那是你少見多怪，新聞上常常有什麼南極科研隊。你上網看看，哪個角落的資訊是沒有的？你自己成天就只看女明星，才會覺得南極新奇。」

仇正卿看完所有尹婷準備的資料，評價道：「沒什麼炒作的點，缺少商業價值，後續營運會比較困難。」

尹婷垮臉給他看，商業價值是什麼鬼？不是夢想的旅程嗎？

好吧，她決定先看看別人的，反正報名時間很長，來得及。

五月一日，活動廣告如期推出。

五月二日，網路旅行達人「空氣球」發微博，宣布自己加入「秀」品牌女鞋尋找夢想之旅活動。她要去的地方，是上次她遇險獲救，卻還未找到恩人的舊地希臘。

「空氣球」的這件事當初在網路上曾經爆紅，她還拍了那個年輕男子模糊的側影，但一直沒有找到那人。後來她因為簽證到期，旅遊資金也不夠，出院後就離開希臘了，但英雄救美的浪漫故事引發了無數幻想和祝福。「空氣球」這次宣布要重返舊地尋找恩人，立即引發了熱烈討論。

好吧，尹婷這下知道什麼是煽情、新奇，又有商業價值的故事了。

她默默在自己筆記本上的「希臘」那欄打了個叉。

五月四日，另一位網路達人宣布加入「秀」尋找夢想之旅活動，這次是「花兒不綠」。她想去的地方是杜拜。兩年前她的一位閨蜜要創業，寫了一堆地名的字條，與朋友打賭說抽到哪裡就去哪裡。「花兒不綠」偷偷寫了杜拜丟進紙堆裡，想跟閨蜜開玩笑，結果這麼不巧，閨蜜就抽到這個。大家大笑，以為那閨蜜會重新抽，結果她竟然義無反顧真去了杜拜創業，開了家餐廳，還成功了。

「花兒不綠」要藉著這個活動去杜拜找她。

「她是我的偶像，做什麼都成功。」「花兒不綠」在微博上這樣寫，還翻出了當年閨蜜抽字條決定創業地點的直播微博。當年的玩笑，今天的輝煌，地點還是杜拜，粉絲們都很瘋狂。

好吧，尹婷覺得這個故事很有群眾基礎，地點也很刺激。

五月七日，又有一位網路達人宣布加入「秀」尋找夢想之旅活動。網路ID是「愛走路的女人」，她要去的地方是南極。

選擇這個地點的理由很簡單：「沒去過，就想去，看看極光。」

語氣一如「愛走路的女人」的一貫風格，簡潔豪氣又乾脆俐落。

尹婷發愁啊，挑南極最冷的時候去，也太拚了。她看到活動頁面上，許多人都報名了。不管大達人小達人，大家的地點和故事好像都很有意思。百萬粉絲以上的報名者，她看到的就有五個了，十幾萬到幾十萬粉絲的更是數不清，十幾二十個肯定也有。

「你們的行銷團隊也太賣力了吧？」尹婷咬著筆頭喃喃自語：「你們的鞋去南極不靈光啊，這樣算犯規嗎？」那她去哪裡好呢？

就在尹婷猶豫不決，不知道該選擇哪個地點的時候，尹國豪生病了。

那是五月九日的週六。

尹實前兩天去了外地，還沒回來。尹婷這天約了幾個姊妹一起去探望秦雨飛，這位孕婦聽說最近心情不太好，顧英傑打電話給尹婷，希望能有朋友來看看她，陪她說說話。尹婷也想著正好把她的計畫跟大家都說說，讓姊妹們幫她出出主意。於是左右一招呼，探望孕婦姊妹團就成行了。

尹婷出門前還跟爸爸說了：「明天是求正經的生日，要不，我們一起在外頭請他吃個飯就當慶祝了，行嗎？」

尹國豪答：「我又不是他爸，他生日我請他吃飯算什麼事啊？」

尹婷有些失望，不會連仇正卿的生日都不讓她幫他過吧？早知道這樣，就應該把探望活動挪到明天，這樣她就可以藉著看秦雨飛的名義在外頭待久一點，跟仇正卿約會。

結果尹國豪又說了：「年輕人的活動年輕人自己安排，非要拉上個老人家算什麼事？」

咦？尹婷精神一振。那意思是可以約會？還不用帶上爸爸牌電燈泡？

「哦哦。」尹婷趕緊說：「爸，你說的對。」

「我說什麼了？」尹國豪一臉不高興。

尹婷嘿嘿傻眼，抱著尹國豪的手撒嬌。尹國豪道：「我還沒同意你們呢，別以為會耍嘴皮子，說好聽的就行。拿商場談判那一套對付妳爸，不管用。」

「是，是！」尹婷很狗腿。

「但既然話敢說出口，就得拿出行動來。」

「對，對！」尹婷繼續狗腿。看看時間差不多了，她親了老爸一下，「那我先出門了，回頭明天活動安排好了再跟您老人家請示。」

「我老嗎？」尹國豪還要傲嬌一下。

尹婷大笑，再親他一下，「我走了！」

尹國豪看著女兒出門，臉色終於垮了下來。其實他今早一起床就覺得胃不太舒服，但上次入院把兒女嚇死了，而且他真的非常不喜歡醫院，一進去就會想到妻子生命中最後的時光，再看到穿著白大褂的醫生他就暴躁。尹國豪決定今天把一直沒吃的藥翻出來吃兩顆，喝點粥，睡一覺熬過去。

中午的時候，仇正卿打電話給尹國豪，問他吃飯了沒？又問他傭人做了什麼飯？又說尹實和尹婷都不在，問他悶不悶，睡午覺嗎？下午有什麼安排沒有？

尹國豪身體不舒服，所以語氣有些不好。仇正卿沒介意，聊了幾句，兩人掛了電話。

其實傭人做完飯就走了，尹國豪獨自在家，身體又不太舒服，還真是有些難受。他自己弄了個暖水袋，上床躺著，用暖水袋壓著胃，打算能睡一會兒就一會兒。

仇正卿自從上次說要多陪陪他之後，就真的是經常打電話噓寒問暖，有時會找些商業話題跟他聊幾句，也會約他出去走走，或者全家活動也不錯，但尹國豪都沒有接受邀請。他不討厭仇正卿，甚至他是非常欣賞他的，只是他知道女兒跟他之間的問題。為了女兒的幸福，他必須做壞人。不過仇正卿的表現比他預期的好，他沒有這麼快就軟化是因為他覺得，太容易到手的東西不值得珍惜，考驗太輕易過關就不叫考驗了。

尹國豪躺在床上沉思，如果仇正卿真的能讓女兒放開包袱，真正做到自己想做的事，他能夠支持她，愛護她的夢想，為她創造她想要的生活，那他就同意他們。現在有個好的開始，他需要再觀察下。

可是胃部越來越不適，尹國豪沒忍住，爬起來去洗手間吐了。而後胃開始抽搐，痛得厲害。尹國豪想了想，終於妥協，打了電話給仇正卿。

仇正卿聽了情況，很鎮定地問：「你身邊有人嗎？傭人走了？司機呢？」

尹國豪說他今天不用車，所以司機帶家人開車出去玩了。

「你還能堅持嗎？需不需要叫救護車？」仇正卿一邊問一邊拿了車鑰匙出門。

「沒這麼嚴重，只是需要去醫院掛個急診。」

「那你準備好病歷，穿好衣服，把吃過的藥藥瓶拿上。我到停車場了，二十分鐘後到你那裡。你就先好好休息，等著我。」仇正卿的冷靜讓尹國豪稍稍安心，若是小婷，一定會慌亂緊張。

「別告訴小婷，她很久沒出去玩了。」尹國豪說。而且很久沒能出去玩是他造成的，當然這點他不能跟仇正卿承認。

「好。」仇正卿也覺得現階段不用通知小婷，到了醫院確認情況再說。

二十分鐘後，仇正卿到了尹家的社區，尹國豪穿戴整齊在社區門口等著。仇正卿皺眉頭，老人家還真是要面子，倔老頭果然名不虛傳。

上了車，尹國豪堅持要坐後座，仇正卿隨他。半路的時候尹國豪又吐了，他自己拿了塑膠袋接著。仇正卿這才明白他堅持坐後座的原因，真是要面子的倔老頭。

到了醫院，仇正卿跑前跑後幫尹國豪掛號，又倒了熱水讓他漱口暖胃。醫生看了病歷，問了尹國豪的飲食和吃藥情況，針對不吃藥責備了幾句，建議住院觀察。醫生說尹國豪的胃炎相當嚴重，就靠平時好好保養，得堅持吃藥。現在他不吃藥，發作起來只會一次比一次嚴重，而且他年紀大了，穩妥一點還是入院再做次檢查，看是不是情況有惡化。

尹國豪發脾氣，說不住院，開點止痛藥胃藥就好，打個點滴，快速穩住狀況就行。

「聽醫生的。」仇正卿說話，語氣甚有威嚴。

尹國豪瞪他，還沒說話，仇正卿又說了：「好好治病，小婷才能安心。我不想一會兒給她電話的時候說妳爸爸病了還鬧脾氣不肯治。」仇正卿在公司訓人訓習慣了，雖然是對著尹國豪說話，但口吻也控制不住。又搬出小婷壓鎮，尹國豪一時也閉了嘴。

仇正卿去幫尹國豪辦住院手續，正好單人病房有空的，當天就進去了。

尹國豪難受得臉色蒼白，一直強忍著不適。仇正卿又去找醫生，問開藥的情況，能不能先用藥讓老人家舒服一些。住院部的值班小醫生不敢定，說要等主任來。仇正卿就去急診室找看診醫生，又問了主任醫生的電話，一個接一個地聯絡。他表情嚴肅，說話又有氣場，壓得住場面。一小時後，幾個醫生一起站在了尹國豪的床前問診，開出了藥方。

仇正卿去找醫生問飲食禁忌事項時，聽到那個小醫生跟護士說：「那老頭又進來了，這次居然沒發脾氣沒罵人。」

仇正卿一臉黑線，尹國豪在這裡的名聲還真響亮啊。仇正卿問到了各類注意事項，跟尹國豪要了傭人的電話，打過去給她，讓她下午幫忙準備肉粥，又聯絡了尹婷和尹實，向他們說明了尹國豪的狀況。

尹實聽得有仇正卿照看，安心不少，他說明天才會回來。仇正卿讓他不必擔心，有情況打電話聯絡。尹婷是嚇得說她馬上過來，仇正卿讓她不要著急，還是先回家一趟，拿些衣物和日用品等等。他的話很有安撫作用，尹婷鎮定下來，答應照辦。

幾個電話打完了，事情也都安排好。尹國豪靜靜躺床上，也不知道在想什麼。仇正卿拉了椅子坐在他床邊，也沒說話。

過了好一會兒，尹國豪睜開眼，看了看仇正卿。他正拿著手機低頭看著，見尹國豪望過來，問他：「覺得好點了嗎？」

「嗯。」尹國豪應著，吃了藥確實舒服一些了，但噁心的感覺還在，胃燒得疼。「你在做什麼？」他問仇正卿。

「看郵件。」仇正卿實話實說：「現在手機很方便，隨時可以處理公事。」

尹國豪不吭氣了，閉眼繼續睡，仇正卿繼續看郵件。

又過了半天，尹國豪似是睡了一覺，迷迷糊糊再睜眼，第一句問的是：「小婷來了嗎？」

「還沒到，別著急，她得回家幫你收拾一些東西。」仇正卿很鎮定。他打電話時尹國豪是聽到的，所以現在他大概只是煩躁而已。

「都是躺床上，回家躺不是更好？」果然尹國豪忍不住發了脾氣。

「醫院要幫你做檢查的，回家不方便。」

「你住過院嗎？」尹國豪問他。

「沒有。」

「那你是不知道住院的難受。」尹國豪皺著眉頭。

「現在我不是知道了嗎？」仇正卿很耐心，「難受是因為生病，不是因為住院。住院是要把生病的難受治好，讓你不再難受，這才是正確的邏輯。」

尹國豪瞪他。

仇正卿不怕他瞪，又說：「你要看到好的那一面，醫院雖然沒有家裡方便，但它能讓你恢復健康，對它不要有成見。」

尹國豪繼續瞪他。

尹婷這時剛到門外，還沒推門，就聽到他們倆的對話，而仇正卿繼續跟尹國豪說：「如果不想住院，平時就要多保重身體。你想想小婷，她多擔心你。」

尹國豪不說話了。

「你任性鬧脾氣，她哪裡走得開？」這句話直戳尹國豪的痛處。

尹婷在門外忍不住笑了，求正經那語氣是訓孩子嗎？她爸居然沒有跳起來罵他個狗血淋頭。尹婷用力踏了幾步，裝作剛來，推開門，露出笑臉，「爸。」

尹國豪看女兒來了，精神頓時好了一大半，抱怨道：「你爸我是躺病床上，不是住在飯店房間，妳還笑得這麼開心。」

「我去買兩束花來擺一擺好了。」仇正卿說。

尹國豪父女都愣了愣，然後反應過來仇正卿的意思是擺了兩束花，這房間就有點氛圍，假裝一下是飯店了。

「一點都不好笑！」尹國豪抱怨。

尹婷哈哈大笑。

「我沒說笑話。」仇正卿正經嚴肅。他認真覺得，有兩束花應該會給房間加分。

尹國豪無語，尹婷笑得更厲害。

「哪裡好笑？」仇正卿對尹婷撇眉頭，接過她手上的東西，整理到衣櫃裡。

尹婷湊過去，偷偷在他臉上親了親。

身後傳來尹國豪用力的咳嗽。仇正卿和尹婷對視，同時撇眉頭，笑了起來。

「爸。」尹婷嘻嘻笑著轉身去尹國豪床邊，「你覺得怎樣，好點了嗎？」

「我沒事。」尹國豪看了看女兒，這次他住院，女兒鎮定多了。淡定自若，談笑風生，這樣還真挺好的，「不就是老毛病，沒什麼大事。」

「飲食要忌口。」仇正卿對尹婷說：「這次好好檢查一下，該怎麼治就怎麼治，回去得好好保養。妳不要太寵著妳爸，辛辣酸最好都不要吃了，酒和茶也不要喝了。」

尹國豪抗議：「那豈不是什麼都沒味道？」

「阿實和小婷都還沒結婚生子呢！」仇正卿冒出這句。

尹國豪愣了愣，而後又反應過來。這是拐彎教訓他，不好好保重身體，將來怎麼抱孫，享受天倫之樂。他從前完全沒想這個，他從前想，病了就病了，去了就去了，正好陪老婆。

仇正卿訓完話，像個沒事人似的，還真出去找護士問附近哪裡有花店了。

尹國豪看了看女兒，尹婷正看著門口，該是盯著仇正卿的背影。她臉上掛著笑，笑得很溫柔。

尹國豪曾經在妻子臉上看過這樣的笑容，那時候，妻子正看著自己。

尹國豪捂著胃，想了半天，忽然嘆了一口氣，對尹婷道：「明天是母親節了，妳帶正卿去給妳媽媽上個香吧。」他頓了頓，「他媽媽不也在那裡嗎？一起上個香。」

尹婷愣了愣，而後狂喜。她爸的這個意思，是同意了嗎？

可是尹國豪又不說了，只嘟囔著抱怨住院真討厭，醫生有什麼用，做個檢查還要住院做，做完檢查又沒用。床這麼硬，被子這麼硬，枕頭這麼矮。尹婷哄著他，尹國豪還是生氣。仇正卿從外頭回來，尹國豪卻又不抱怨了。尹婷一想，大概是爸爸不想又被仇正卿訓話吧。

尹婷跑到茶水間偷偷笑了很久，還真是不能光寵呢，偶爾得像求正經那樣嚴肅訓話才可以，不過她來訓大概不管用吧。

第二天一早，仇正卿早早過來，陪著尹國豪做了些檢查，又盯著他吃早飯。尹婷過來的時候，仇正卿和尹國豪正在下象棋。她站在門口看了他們兩人很久，心裡漲滿了溫暖。

快中午時，尹實趕回來了，一下飛機就來醫院看父親。尹國豪假裝生氣，「不知道的還以為我快死了呢，幹麼一個兩個都賴在這裡？行了行了，阿實你留下，小婷和正卿去看看你們的媽媽。小婷記得買點水果給妳媽，她愛吃，再買束花，跟她說我過兩天出院了去看她。」

尹婷帶著仇正卿去了，臨走前看了哥哥和爸爸一眼，心裡忽然有了決定，她知道要選擇哪個地方參賽了。

尹婷和仇正卿去了墓園，祝兩位母親節日快樂。尹婷又跟媽媽說了好一會兒的話，她告訴媽媽她要做的事。

「我想過了，我是不可能會贏得比賽的，與其跟那些達人們比旅途的精彩和受歡迎度，我還是集中精神做我擅長的事比較好。我會抓住這個機會的，我想讓更多人知道我所看見的美。」

尹婷合掌，閉上眼睛，彷彿聽到母親對她說：「加油！」

五月十日，「婷婷玉立413」在晚上的時候發了一篇博文，宣布自己加入「秀」品牌的尋找夢想之旅活動。

「小時候，我的夢想是成為一名旅行家。我爸問過我，什麼是旅行家。我說，就是去很多地方，看許多美景，把這些美分享給別人的人。我很幸運，去過許多地方，看過許多美景，聽過許多故事，但我還沒有成為旅行家。生日那天，我男朋友送我一本筆記本，我爸爸送我一臺新相機，我哥哥送我一臺筆記型電腦。他們跟我說，去實現妳的夢想吧。我認真準備，把我從前去過的地方、拍過的照片、聽過的故事都整理出來，我猶豫不決，不知道該選哪個地方好。」

「這段日子一直在看參加活動的人的報名資料，每一個夢想和地點都很精彩，每一個故事都很讓人期待，我更不知道自己去哪裡才好。直到今天，我做了決定，也必須要在今天做決定。因為，今天是母親節，同時也是我男朋友的生日。這個活動裡，有我母親和我男友給予我的重大意義，這是巨大的幸福能量。」

「我選擇的地點，是我生活的城市。我從未遇過驚心動魄的刺激冒險，也沒有曲折動人的磨難考驗。我的生活平常又普通，但我每天都看到許多美好，所以，我決定，我不遠行，但我依然有夢想，我要跟你們分享我看到的美好。這是……生活的旅行家。」

尹婷在這篇文下面貼了一張照片。是一臺全新筆記型電腦、一個新相機，還有一本粉綠的筆記本。筆記本攤開著，寫著五月十日的日期，貼著可愛的紙膠帶花邊，上面寫了幾句話。

天天都在出發！
每天都有收穫！
今天，報名參加尋找夢想之旅活動！
加油加油加油！

後面畫了一個剪刀手。

尹婷寫完博文後，去活動官方平臺上填寫報名表，發布頭像，綁定部落格帳號。綁定後，她發的文章可選擇分享到活動平臺，在活動平臺上發的內容也會分享到部落格上。

尹婷把那一篇文章設定分享了。

看著活動平臺上，參與者列表裡出現了自己的名字，ID她依舊寫的是：婷婷玉立413。

尹婷又去看了看其他人的文章。空氣球和其他幾位達人這幾天也都有在更新文章，她們寫了她們正在做的準備，寫了有關她們要做的事和進度。比如空氣球，兩三天更新一篇文章，現在已經從她上次希臘之旅的刺激行程寫到她遇劫了。

尹婷看得津津有味。目前人氣最高的幾位達人裡，她最感興趣的就是空氣球的這個故事。剛看完，手機響了，是秦雨飛打來的。

「妳搞什麼鬼？昨天我們提了這麼多建議，妳卻選了個本地？」秦雨飛哇哇大叫。

「本地很好啊！」尹婷從容淡定，「是我的地盤，我有很多東西可以分享。」

過了一會兒，手機又響了。這次是仇正卿，他還在醫院。電話一接通，尹婷就聽見那頭尹國豪的聲音：「讓我跟她說，我來說。」

然後是仇正卿有些無奈的語氣道：「妳等一下，妳爸跟妳說。」

手機傳到了尹國豪手上，尹國豪粗聲粗氣道：「妳爸我還死不了，為什麼選本地啊？妳買不起機票嗎？訂不到飯店嗎？」

「哪有，跟你生病沒關係啊！就算選外地，現在也只是報名提計畫拉人氣的階段，還不到出發的時候，那時候你早出院了！」

「那妳幹麼選本地？本地能說什麼？還發點路邊小花，樹葉上的蝸牛嗎？」尹國豪氣極了，明明她想去哪裡都可以，怎麼就這麼死腦筋呢？

尹婷笑道：「路邊小花和樹葉上的蝸牛也沒什麼不好啊，我覺得很有夢想的感覺呢，而且爸爸，你看，大家對夢想有誤解，為什麼夢想要在遠方呢？」

尹國豪一噎。

「許多人一輩子都沒有離開過自己居住的城市，可他們也沒有失去夢想啊！雖然遠處的美景因為遙遠和神祕顯得充滿誘惑，可是大家看得太遠了，卻會忽略眼前的美景，對吧？」

尹國豪又一噎，然後他想到了，「妳那什麼，老掛嘴邊的，什麼太陽為什麼這麼高這麼遠這麼亮，是不是妳說的？」這下抓到話柄了，不是一直說什麼遠大又光明的目標嗎？現在怎麼原地踏步了？

「前往太陽的航班已經滿載了，沒位置了。」尹婷嘻嘻笑，「知道為什麼地球有花有草有水有空氣嗎？因為它是最適宜居住的星球。」

所以有時候太陽看看就好嗎？尹國豪又是一噎。女兒現在這雞湯段子都信手拈來，不用想邏輯了嗎？

尹國豪把手機粗魯地塞回給仇正卿，「妳跟她說！」

仇正卿接過，尹國豪又問：「可以改嗎？報名資訊是可以改的吧？」

「我先跟她聊聊看，別著急。」仇正卿安撫著氣呼呼的尹國豪，然後問尹婷：「好吧，妳怎麼想的？」

「就是，我覺得我身邊就有很多美好的事，說都說不完，我不想跟別人一樣。那些達人，我是拚不過她們的人氣。她們積累了這麼久，有她們自己的風格和亮點，如果我也一樣，找一個地點，說一個故事，沒用的，大家很快就會忘掉了。而且，說完這個故事，就沒了。我不想這樣。反正我也贏不了，還不如就做我能做的，跟以前一樣，跟以後一樣。」

仇正卿沒說話，似在深思。尹婷又說：「我貪心，想多說些故事。你放心吧，我會跟爸爸好好說說的，不是因為他生病，也不是因為捨不得他所以不遠行，我就是做了我想做的事。不經意間發現的感動，我才能真正有感受。特意去找去安排，我不會是別人的對手的，我也不想做對手。她們展現她們的，我展現我的。」

仇正卿還是沒插話，他耐心聽尹婷說下去。

「我想過了，你們的目的主要還是幫鞋子打廣告嘛，你們的定位比較親民，也不是想走高端路線，所以，我們應該抓住最大眾的人群，普通白領和年輕人。說白了，就是像我一樣的人。能去希臘的，能去南極的，還是少數人。如果大街小巷大家都穿『秀』，都發現最平常的美，那才叫品牌效應，是吧？」

仇正卿輕聲笑。尹婷嘟囔著：「幹麼，我知道我講生意經會被你笑的，我這不是努力選擇你能聽懂的用語嗎？」

「是，是！」仇正卿故意應。

尹婷皺鼻子，「總之呢，我知道自己在做什麼，你放心吧。這是我媽媽名字的牌子，是我爸和我媽創下的牌子，你給了我這麼難得的機會，我很珍惜的，不是偷懶隨便選地方。」

仇正卿嘆氣，「好吧，那這樣，就妳自己決定吧。如果需要幫忙，就跟我說。」

「好。」尹婷語氣一變，小聲神祕又道：「你怎麼還在醫院啊？」明明晚上他們一起離開的，他怎麼又回去了？

「妳爸不同意明早的檢查，嫌麻煩。醫生打電話給我，我就回醫院跟妳爸聊聊，然後我隨手刷了一下妳的微博，就看到妳寫的消息。」

「哦。」尹婷道：「你快回去吧，明天還要上班呢，我明天早早去押著他把檢查做完。」

「好，我一會兒就走。」仇正卿跟尹婷說完話便掛了。

尹國豪吹鬍子瞪眼睛，「你勸她了嗎？你根本沒勸她啊！」不勸就算了，還告他一狀。

「小婷有她自己的想法。」仇正卿心平氣和。

尹國豪瞪他半天，揮手，「行了，行了，你走吧！」這也是個怕老婆的，跟他差不多。

「好，我走了。明天一早小婷過來，你該做的檢查必須做，不要嫌麻煩，排隊就排。你不配合，最後辛苦的還不是你自己，小婷陪著你也會辛苦。」

「好了好了，你是老頭子嗎？快走吧，快走吧！」尹國豪躺下表示要睡了。

仇正卿過來幫他拉好被子，關好窗戶，這才準備離開。

他出門的時候，尹國豪還嘀咕：「真是的，幹麼把你叫過來？我有兒子，我還有女兒！」

仇正卿失笑，對他道：「晚安。」然後輕輕關上了房門。

尹國豪看了看病房門，繼續嘀咕：「我確實有兒子，還有女兒。」也許，可能，還會多一個女婿。尹國豪在心裡嘆氣，秀萍，大概我不會太快去陪妳了。我好好治病，抱上了孫子，到時帶他去看妳。

第二天，尹婷一早去陪尹國豪。她打了電話給仇正卿，說爸爸做檢查很乖，沒鬧脾氣了。又說抽完血吃了一大碗粥，還對她說這表示他被管束得不開心。仇正卿哈哈大笑，讓尹婷轉告說他下班後去陪他下棋。

尹婷轉告了，然後告訴仇正卿：「我爸他撇嘴，說，嘖，就那下棋技術，還敢來！」

仇正卿再次哈哈大笑。

中午的時候，尹實來醫院換班，尹婷出去了。

下午快下班時，仇正卿看到尹婷發的文章。她貼了兩張照片，都是在醫院旁邊的花店裡。

第一張入鏡的是一位三四歲的小女孩，她抱著一束花看著鏡頭甜笑。尹婷配的字寫著：她說，媽媽剛生了妹妹，她和媽媽買花給媽媽。她很愛媽媽，也愛妹妹，所有人都愛她們。她和她的奶奶允許我拍了這張照片放到網路上，她們說樂意跟大家分享她們的喜悅和幸福，我祝她們永遠開心。

第二張入鏡的是一名中年男子，他買了一籃包裝得很漂亮的水果，望著鏡頭憨憨地笑。尹婷在照片下面寫著：大叔的舅舅腫瘤切除手術非常成功。大叔說謝謝醫生，這水果是買給醫生和護士們的。他同意我拍這照片放到網路上，他說，讓我幫他公開跟醫生護士們道個謝。

後面尹婷接著寫：我爸爸也在醫院，他鬧脾氣，說不喜歡醫院，在醫院不舒服。我男朋友跟他說，是因為不舒服才來醫院的，醫院治好你的病，把你的不舒服趕走，而不是來了醫院不舒服，這才是正確的邏輯。我覺得他說的很對。

生命無常，生老病死。醫院裡每天會發生很多讓人難過的別離，但也有無數的喜悅在這裡誕生。生命的奇跡，專業的展現，努力、堅強、勇敢，還有愛與關懷。

好了，今天的問題是：花兒為什麼會有香味？

仇正卿看完了，發現自己一直在微笑。他忽然覺得尹婷的決定是對的，這就是她！就算她去了遠方，大概也是會這樣絮絮叨叨地講這些小事情。沒有驚心動魄，沒有曲折狗血，沒有可炒作的商業價值，可是這就是她。

他再點進尹婷的活動個人頁面看，旅程計畫她寫的是：每天都在出發，每天都有收穫！

仇正卿打了個電話給活動小組的人，讓他們在初選階段把「婷婷玉立413」的主頁在活動推薦頁面適當地掛一掛。他說到尹婷的ID時頓了一頓，這真是個沒有商業價值的ID啊！

仇正卿幫尹婷走完後門，自己投了一票給她。想了想，又撥外線給祕書：「『秀』的活動，讓大家都多多參與，畢竟是一個集團的品牌。」

「有，有！」祕書很興奮，「仇總，你放心，我們早就組織起來了，婷婷玉立413，我們上班第一件事就是投一票給她。」一個IP每天限投一票，他們絕對沒有浪費。公司網路IP重了，投票受限制，他們還用手機接著投。

仇正卿輕咳一聲，被人看穿心思有些不好意思，但掛了電話沒兩分鐘，他又忍不住在網上找了毛慧珠：「Zoe，小婷參加活動，你們幫她投一票吧。」這次乾脆不拐彎抹角，直接提要求。

「有！」毛慧珠飛快回覆：「我們全公司雖然只有七個人，但是投票率百分百，上班第一件事就是投票。」

「……」大家上班第一件事都是幹這個嗎？仇正卿覺得他這個男友好像不夠稱職。不過他當副總是稱職的，他上班第一件事就是開郵箱和看桌上的文件。

仇正卿去看了一眼尹婷的票數，還真是……落後得讓人不忍直視。

結果毛慧珠在那邊說：「小婷更新了，我覺得她寫得很好！時間還長，一定會拉近差距的，我們都支持她！」

「謝謝。」仇正卿回。

毛慧珠對著電腦微笑，她再看了一遍尹婷寫的內容，不自覺地一直保持微笑。

吳飛走進她的辦公室，毛慧珠抬頭問：「怎麼了？」

吳飛道：「妳一下午都沒有出辦公室。」他伸手拿她的杯子，「所以妳一下午都沒怎麼喝水。」杯子裡還剩下半杯，而這杯水還是中午吃完飯他幫她倒的。

「哦哦。」毛慧珠趕緊拿過杯子把那半杯喝完。吳飛又拿起杯子說：「我去幫妳倒。」然後問她：「跟誰聊天這麼開心？」

「正卿啊！」

「哦。」吳飛垂下眼簾。

「小婷更新了。」

「哦。」吳飛拿了杯子準備出去。

毛慧珠卻問他：「你說，花兒為什麼會有香味？」

「因為它就是香的啊！」吳飛想了想，想不到，就硬掰。

毛慧珠哈哈大笑，吳飛看了看她的笑顏。自己創業後，她開朗了許多呢。從前她給人的感覺就很有自信，但現在的自信多了份從容。

「怎麼了？」毛慧珠見吳飛沒走，就問他。

「沒事。」吳飛出去了，倒了一杯茶，再送回她辦公室。

「謝謝。」毛慧珠沒多想，客氣道謝。

吳飛什麼都沒說，出去了。花兒為什麼這麼香？他打開尹婷的主頁看了她最新的文章，然後他想到了，他在下面留言回覆：那是另一種形式的美。

下班時，吳飛再打開頁面掃一眼，發現他的那條留言被點讚，頂到了熱門留言第一的位置，還有不少人轉發。

吳飛很意外。這時候毛慧珠跑出辦公室，對他說：「哇，吳飛，原來你也這麼感性呀！」她哇哇叫完，又回去了。

吳飛愣了愣，失笑。毛慧珠真的開朗了許多，跟尹婷在一起的次數多了，被傳染了嗎？尹婷很可愛，但他覺得他更喜歡毛慧珠。每個人都有不同形式的美，他更喜歡這個堅強獨立、有正義感、有才幹的。他看了一眼時間，起身去毛慧珠辦公室門口問她：「妳晚上要吃什麼，我訂便當。」

「不了，今天不想加班。」毛慧珠關電腦。

「那一起去吃麵？反正總要吃飯，一個人很悶的。」

「我約了小婷，她現在從醫院出來，我們一起去吃飯，然後去商場買一雙『秀』。」毛慧珠笑咪咪的，很有購物前的喜悅。

「哦，好吧。」

「明天見。」毛慧珠拿了包包走了。

吳飛看著她的背影消失在門口，忽然想到，對了，他可以說順路送她嘛。他跑出去，但是毛慧珠已經進電梯了，吳飛有些失望。好吧，不著急，不能著急。

這邊仇正卿在打電話：「所以妳跟別人約會，不管我了？」虧他今天還花時間幫她琢磨怎麼提升人氣。就算決賽進不了，好歹擠進複選。「好了，妳玩妳的。」那他就繼續再研究研究活動好了。他家天使這麼有天賦，應該要贏的。

第六章

綁隻花貓求成親

尹婷和毛慧珠去百貨公司專櫃，一人買了一雙「秀」。兩個人很開心地換上新鞋，伸腳出來拍了照。尹婷還拍了專櫃小姐的照片，以及好幾雙她覺得很漂亮的「秀」女鞋的照片，然後發到了網路上。

「專程和朋友去了百貨公司的專櫃，一人買了一雙新鞋，我們約好都要好好努力。朋友是女強人，跟我完全不同。資深又專業的她，在上一份工作中，因為不願丟失道德與良知，毅然選擇了『寧願失去也要堅持』這條路。現在她重新創業，剛賺到了第一筆錢，又簽了兩份合約。公司規模不大，但她很有幹勁，對未來也充滿了信心。有些時候就是這樣，變化也會很美麗。」

「這位專櫃小姐很年輕，她說『秀』是她的第一份工作，她做兩個月了。每天都是站著，要微笑，要不停說話。有些客人很難纏，有些客人很豪爽，有些客人一眼看中試也不試就買下，有些客人試遍一排的鞋子也沒買。我問她，那妳印象最深的是哪個客人？她說，是一位先生陪著懷孕的妻子來買鞋，試了很多雙，妻子覺得貴，很猶豫，說要花錢的地方還很多，去路邊鞋店隨便買一雙就好。而先生說，不貴，妳辛苦了，該有雙好鞋。最後他們買了一雙鞋。臨走的時候一起對她說：妳辛苦了，謝謝。」

「專櫃小姐說，『妳辛苦了』這四個字，不知道為什麼特別讓她感動。那是前兩個星期發生的事了，而她到現在都清楚記得。於是我問她，妳覺得辛苦嗎？她想了想，然後笑了，她說工作是挺辛苦的，可是她覺得很滿意，我覺得她笑起來很美。她答應讓我拍照放到網路上，還特意整理了頭髮和衣服，說穿著公司制服，一定要有良好的形象。我覺得她很棒，每個努力的女生都很棒，非常美！」

尹婷把這些照片和文字發上網之後，去刷了一下官網，驚訝地發現除了即時更新列表上，自己居然還在官方的推薦頁面上。她打電話給仇正卿：「你睡了嗎？我竟然被推薦了呢！」

「嗯，恭喜妳，不過只能掛一天。他們每天會選一些優秀參賽者的內容做推薦，隔天就會換別人了。」

尹婷愣了愣，然後笑，「是你幫我的啊？哎呀，仇總居然走後門！」

仇正卿輕笑，「聽起來妳精神很好，晚上開心嗎？」

「開心。我又拍了很多照片，不過今天放上去的是『秀』，幫你們打打廣告。過兩天我要寫真正的『秀』的故事，今天做個鋪墊。」

仇正卿沒說話，尹婷又說：「明天我還是一樣，上午去醫院，下午哥會來替我，然後我出去拍些照片。晚上我們一起吃飯吧，你有沒有空？」

「好啊。」沒空也能擠出空來。

「今天醫生說爸爸的情況不是太差，就是以後一定得嚴格執行飲食計畫了。都是我不好，沒照顧好他。明天再做一項化驗，如果沒什麼問題，後天或者大後天就可以出院了。」

「嗯，沒事就好。」仇正卿今天下班去醫院看過尹國豪了，他今天心情很不錯，看來檢查結果出來沒大事，他也鬆了一口氣。

「雖然爸爸這次住了院，不過我覺得是好事。確認一遍沒什麼大問題，大家也安心。而且這也是個警訊，以後要注意身體健康，所以我覺得挺好的。」

仇正卿微笑，在她眼裡，什麼都是挺好的。

「我今天想了個辦法。」仇正卿說：「讓妳短期內快速聚集人氣，贏得比賽的辦法，不過我猜妳應該不會同意用。」

「什麼辦法？」尹婷好奇。

仇正卿頓了頓，「妳知道，有時候出現投訴不是壞事，有事情發生才會引人關注，所以在商場上，有時候會製造一些假投訴的案例炒作，再由官方出面，態度溫和良好地接受投訴並處理，最後由協力廠商和社會大眾查證產品完全沒問題，由事件反向證明了服務品質和產品品質優秀。」

尹婷愣了愣，「你是說，你們找公關打手在網路上黑我一把，然後再找公關救星在網路上捧我一把，炒作人氣？」

「差不多吧。」

尹婷傻眼，「這不是尋找夢想的活動嗎？」

「商業活動。」

「不是處處發現美嗎？」

「有人捧場才能美下去。」

尹婷撇嘴，「你們有用過這招喔？」

「是啊。」仇正卿承認。

尹婷沉默了一會兒，「我不想這樣。」

「我猜到了。」仇正卿道。

「我知道我沒有正經上過一天班，也沒做過什麼行銷，有些理想主義，粉絲數也不高，這方面是沒什麼發言權。不過，我覺得，不高就不高，不進複賽也沒關係。如果這麼做了，我會難過的。你要是找了人到網路上來罵我，就算知道是假的，我也會難過。最後就算贏了，也不開心，我不想這樣。」

「嗯，我明白。」

「當然，你們商場上講究策略，是可以理解的。只要不做黑心商人，好好對待消費者，用誠意和品質來經營，才能長久下去。」尹婷說著說著，聽到仇正卿的笑聲。她臉一紅，嘟囔：「好吧，我也不知道我在說什麼，幹麼要跟一個職場精英說怎麼經商啊……」

她這麼嘟囔，仇正卿乾脆大笑起來。

「哪裡好笑？」尹婷抱怨。

「不是笑。」

「那是哭喔？」

仇正卿又大笑，「不是，我是覺得，妳試圖安慰我的語氣很可愛。」

「哦。」她安慰他了嗎？明明沒有。尹婷對手機扮鬼臉。兩個人又聊了幾句，掛了電話。

仇正卿躺在床上睡不著，想著剛才尹婷說的話，她的反應跟他猜的一模一樣。她是很理想主義，什麼事情在她眼裡都是好的。他真喜歡她，非常喜歡。他閉上眼睛，腦子裡還在想她。最後他忍不住又打了電話給她：「小婷。」

「怎麼了？」

「我忽然想……」他頓了頓。

「想什麼。」

「等這個活動結束了，我們就結婚吧。」他真的很希望想念她的時候，她就在他身邊，而他想念她的頻率是……每天。

「……」尹婷愣了好幾秒。

仇正卿有些緊張了，等了一會兒沒聽到尹婷說話，問她：「怎麼樣？」

「求正經先生啊！」尹婷在那頭嘆氣。

「嗯。」

「你見過哪個男人會在大晚上睡不著的時候突然打電話跟女朋友說，哎，我突然想啊，我們那什麼什麼時候結個婚吧。」

「……」確實沒見過，不過話又說回來，哪個男人的求婚他都沒見過。

「你是不是有時候在家裡突然想到某樣工作的問題，就會打電話跟同事說。」

「是啊。」

尹婷笑了，皺皺鼻子，「求正經先生，你表白的時候就發簡訊傳照片，求婚的時候就大晚上隔著電話，你覺得你的策略合適嗎？」

「就是……想到了，就很想告訴妳。」

明明不是什麼甜言蜜語，不過尹婷卻覺得很值得回味。她把臉埋在枕頭裡偷偷笑，然後說：

「可是你想啊，這麼求婚，沒有戒指，沒有花，什麼都沒有，女生得多傻才會同意！」

「……」好像很有道理。

「女生就算想答應，都沒辦法當著男生的面激動地跳起來，飛撲過去抱著他說我願意，男生得多傻才會隔著電話說這種事啊！」

「……」確實挺有道理，「那……」

「那當然是不行嘍！」

「好吧。」仇正卿承認錯誤，「那下次改進。」

掛了電話，尹婷拉高被子把自己埋起來，高興地嗷嗷叫。笨蛋求正經，太笨了。他的浪漫細胞一定先天性殘缺。她想到居然會有人打電話過來像聊家常一樣說，等活動結束了，我們就結婚吧。這什麼呀？

可是為什麼她會覺得很可愛，真的太可愛了，好傻的求正經啊！

尹婷抱著被子傻樂，一會兒滾左邊，一會兒滾右邊，滾了好半天，終於還是沒忍住，爬起來開

燈寫情書日誌。她要把求正經幹的這件糗事記下來，等到他們老了拿出來看，一定會很有意思。
她在日誌上認真畫了個手機的圖，又畫了美美的花邊，畫上幾個粉紅泡泡的愛心，再加上一個
一臉驚訝的大頭小女生表情，最後把這件事寫上去。寫完看了好幾遍，忍不住又一直笑。
這時候門鈴響了，尹婷嚇了一跳。這麼晚了，怎麼會有人來？
尹國豪住院，尹實在店裡，現在家裡只有她一個人。
尹婷有些警覺，沒動作，但門鈴接著又響。
尹婷穿上件外套，拿了手機，打算在大門貓眼那看一眼。如果有什麼不對勁，就打電話給社區
保全，打電話給哥哥和仇正卿。
她還沒走到門口，手機響了。一看來電，是仇正卿。
尹婷大喜，接了：「求正經，有人按我家門鈴！」
「開門啊！」仇正卿這麼說。
尹婷愣了愣。
「是我，開門。」
尹婷太驚訝了，飛奔到門口，把門開開了。
仇正卿衣冠楚楚站在門外。
「你怎麼來了？發生什麼事了？」尹婷問。
「妳不是說，那種事一定要當面說。」
尹婷愣愣，什麼事？求婚？
「這麼晚了，花店也關門了，戒指也沒地方買。」仇正卿說著，彎下腰去，尹婷這才發現他腳
邊放著一個寵物箱。

仇正卿打開寵物箱，從裡面把喵大大抱了出來。喵大大穿著花衣裳，那是尹婷買給牠的。
「沒有花，讓牠暫時代替一下，行嗎？」
喵大大對著尹婷「喵」了一聲，表情極為無辜。
小花喵穿花衣裳……用來代替花嗎？尹婷還在發愣。
「尹婷小姐！」仇正卿抱著貓，一臉嚴肅，「等活動結束，我們就結婚吧！」
「喵……」
尹婷眨了眨眼睛，終於反應過來了。
然後她開始笑，大笑。
她穿著睡衣，裹了件外套。而他雖然西裝筆挺，但很不和諧地抱了一隻身穿花衣的胖貓。
尹婷笑著笑著，眼睛都濕了。她伸手把喵大大接了過來，把臉埋在牠毛茸茸的脖子上。
他說下回改進，改進成了這樣。
而且這下回，來得也太快了。
尹婷笑哭了，可是心裡覺得一點都不好笑。
該怎麼形容心情？她一時半會兒竟然想不到合適的形容詞。
然後這個西裝筆挺的男人還嘀咕著抱怨：「不是應該抱我嗎？」
尹婷聽了又大笑起來，笑得肩膀聳動。
「好吧，妳現在應該沒手可用了，我抱也是一樣。」仇正卿說完，伸出手臂，將一人一貓抱進懷裡。
尹婷把臉埋進他的胸膛，用力吸了吸鼻子。
她確定他是她見過最優秀最嚴肅最呆最不按常理出牌的男人了。

「妳還沒回答。」仇正卿追著要答案。

尹婷抬頭看著他。他的眼睛真好看，專注又迷人，此刻正盯著她看。

尹婷再吸了吸鼻子，笑道：「我才不要站在家門口穿著睡衣跟你聊這種話題。」

「所以現在可以進門，然後妳去換一套衣服。」仇正卿一本正經提出解決辦法。

尹婷又笑了，重點不是這個，不過她還是把帶進去。怕喵大大亂竄弄得一屋子貓毛，尹國豪回來會受不了，尹婷狠下心，把「喵花」放回了寵物箱。

「為什麼會突然想到這個？」她沒去換衣服，挨著仇正卿坐在沙發上，好奇地問他。

「就是突然想到了。」仇正卿道：「沒有為什麼。我躺在床上，忽然很想娶妳做老婆。這樣我躺在床上的時候，妳就在身邊，那種感覺很好。」

「什麼感覺？」尹婷眨眨眼睛。

「妳在身邊的感覺。」仇正卿一本正經回答，然後看到尹婷臉上的表情，「妳又想歪了嗎？」

尹婷抿嘴笑，抱著他的手臂，把臉埋過去。

「尹婷小姐。」仇正卿語氣更正經了，「身為適婚年紀的男士，又有一個漂亮的女朋友，要他毫無邪念是不可能的好嗎？所以妳也行行好，不要整天撩撥他。」

「哪有？」尹婷臉紅，又忍不住逗他，「原來你有想過啊？我以為你是正人君子。」話沒說完，就看到仇正卿沒好氣的表情。

「好吧，我很正經。」尹婷端正臉色，維持不到兩秒又笑起來，笑得倒在仇正卿懷裡。

「求正經，你真可愛，怎麼會這麼可愛？」尹婷越想越忍不住笑，仇正卿一本正經地說自己也會有邪念的畫面真的很可愛。

她笑著笑著，笑不出來了，因為仇正卿低頭堵住了她的嘴。

這是一個很熱情很纏綿的吻。

尹婷伸手抱住仇正卿的脖子，而他托著她的腰，把她抱到腿上，調整了她的姿勢，形成了更加親密的擁抱。

尹婷的心怦怦跳。不知道為什麼，與仇正卿接吻過很多次，多得數不清，各式各樣的吻，但從來沒有哪一次像現在這次這樣讓她甜蜜害羞又心慌。也許是他求婚了，也許是他們剛剛說到了敏感的話題。

他們停了下來，稍稍分開。她看著他的眼睛，他的眼神讓她知道，他真的是有慾念的。她的心跳得更快，臉更熱，但她像著魔一樣，收緊了手臂，主動再吻了過去。

這次的吻有些失控，仇正卿的手不自覺伸進了尹婷的睡衣裡。她沒有穿內衣，而他的手掌很燙，燙得尹婷差點要叫出來。仇正卿推高了她的衣襬，正要吻在她的肌膚上，大門處忽然響起了開鎖的聲音。

兩人頓時像被針刺到了一般，差點跳起來。

仇正卿火速把尹婷的衣服拉了下來，尹婷壓下已經衝到喉嚨的尖叫，還沒緩過神來，大門開了，尹實走了進來。

尹實看到客廳燈開著，一邊進來一邊說：「小婷……」

然後他僵住了，後半句「怎麼還沒睡」卡在嘴裡吐不出來了。

「哥。」尹婷臉紅得不像話，衣服也亂糟糟，頭髮也亂糟糟，整個人還坐在仇正卿腿上。從來都是嚴肅派的仇正卿此時臉也是紅的，頭髮也是亂的，尷尬得沒說話，只點頭算打招呼。

尹實張大了嘴，憋半天憋出一句：「我回房去了。」想說什麼都沒看見，不過有點太假了，所以臨到頭改口說要回房。

急匆匆跑進房間後又想不對啊，人家都殺到家裡來欺負妹妹了，不是，也不叫欺負，但在自家客廳就這樣也實在太不像話了。趁老爸住院就亂來了嗎？好歹也回房間啊！回了房他當不知道就算了，現在在客廳這樣那樣，他管也不是，不管又不是。

好歹他也是當哥哥的，對吧？再怎麼樣，也不能視而不見，要不怎麼對得起哥哥這個身分。

尹實想了想，又等了幾秒，然後大聲喊：「小婷，我渴了，幫我倒杯茶過來！」

客廳裡，尹婷紅著臉跟仇正卿說：「我哥叫我呢！」

仇正卿非常嚴肅，「再等等，我再冷靜一下。」他抱著尹婷不放。

尹婷坐著也有感覺，知道他指的是什麼，不禁臉更紅。

又過了一會兒，尹實又叫：「小婷，我的茶呢？」

尹婷著急了，「不行了，我得去了，不然他就出來了，出來看到更糟！」

她說的對，要是尹實跑出來看到他們還抱著更糟，不抱著放開了看到他的糗樣那是糟上加糟。

仇正卿無奈放手，尹婷跳起來，不敢去看他那尷尬的部位，朝廚房跑去，準備倒杯開水把尹實穩住。半路看到寵物箱，趕緊停下來，把喵大大從寵物箱裡抱出來，往仇正卿懷裡一塞，「先用牠擋擋。」

仇正卿尷尬得話都說不出來，什麼叫用牠擋擋啊？沒那麼誇張好嗎？他已經冷靜多了。不過，好吧，再冷靜冷靜更好，擋一擋就擋一擋吧，萬一尹實走出來了不好看。於是仇正卿就把一臉無辜的喵大大抱住，摸摸牠的腦袋。

尹婷倒了杯開水，慌忙送進去給尹實了。

尹實清清喉嚨，裝模作樣喝兩口，然後說：「很晚了啊！」

「哦，哦，求正經馬上就走了。他就是……過來看看我。」尹婷又害羞又心虛，慌得手腳擺得都不自然，被家長抓姦這種事原來一點都不好應付。

「那，你喝開水吧，我去送送求正經。」尹婷紅著臉跑出去了。

仇正卿這時候已經站了起來。尹實的房門沒關，兄妹兩人說話又故意說得大聲，他全聽到了。他站起來看了看自己，整理一下衣服，又撫了撫頭髮，自覺應該算得體了。

尹婷跑出去，一個勁兒使眼色，「要回去了吧，路上開車小心啊！」

「好。」仇正卿這時候已經冷靜又鎮定了。他把喵大大放回寵物箱，然後對房裡喊了句：「阿實，我走了！」

尹實出來客氣招呼：「慢走，開車小心。」話說到一半差點說不下去，因為他看到了貓。

尹實一頭一臉的黑線，簡直無語凝噎。

這兩個人到底搞什麼鬼，這算哪門子情趣？男方家裡沒人，隨便他們怎麼滾，可他們不去。跑到女方家客廳親熱就算了，還帶一隻貓觀眾來。

仇正卿走了。尹實看著妹妹，很想問問她那隻貓的作用是啥？但他沒好意思問。萬一是點啥勁爆的答案，他怕他的純潔男人心太受刺激，不過估計太勁爆的妹妹也不會告訴他了。

「早點睡啊！」尹實一肚子好奇不得抒解，只好裝正經。

「哥晚安。」尹婷紅著臉奔回房，衝回床上用被子蒙住了頭。

很害羞！但是，很高興！

高興得一直忍不住笑。

想到他的求婚，想到他的吻，想到他的不冷靜，想到喵大大，她忍不住一直笑一直笑。

又想到被哥哥抓個正著，怎麼會這樣？好丟臉！可是太開心了，好想尖叫！

尹婷在床上滾啊滾，拿手機過來看，算算時間，他應該還沒有到家，於是繼續滾。

過了好一會兒，她回味夠了，再看時間，差不多了。

一個電話撥過去，仇正卿馬上接了。

「到家了嗎？」

「到了。」

「大大呢？」

「幫牠脫了衣服，牠睏了，已經上床找好位置睡了。」

尹婷不說話了，過了兩秒，這才哼哼著道：「求正經先生，你聽聽你這話，多香豔曖昧啊！要不是大大是一隻喵，我都要吃醋了！」

「這有什麼好吃醋？」

尹婷翻了個身，想想話該怎麼說，然後她問：「牠是不是睡我的位置上？」

仇正卿那邊不說話了。不止不說話，他甚至屏住了呼吸。

如果他的床上有她的位置，那就表示……

尹婷這時候又說：「求正經先生，這個時候你應該說點什麼，好讓女朋友有臺階下，能夠把話題繼續下去。」

仇正卿清了清喉嚨，「嗯，妳介不介意以後大大睡在妳的腳邊？」

尹婷臉紅了，咬了咬唇，掩不住唇邊的笑，她努力裝得很平淡的口吻說：「不介意。」

「那等活動結束後，就過來睡吧。」

尹婷捂臉，好想笑，好開心。

仇正卿在那邊繼續說：「明天下班，我去醫院，我們跟你爸聊聊這事，然後我們去買花買戒指吃飯。」一用的肯定句。想想似乎太霸道了，不夠民主，又補了兩個字：「好嗎？」

「好。」尹婷這回沒猶豫，然後聽到仇正卿的輕笑聲。她也笑了，心滿意足。只說了一個字，卻感覺整個人生充滿幸福。

「好！」她大聲又說一次。

「我聽到了。」仇正卿說。

「好！」她再大聲說一次。

「傻瓜。」他說。

第二天仇正卿神采奕奕，心情非常好。他一早到了公司，先投了一票給小婷，然後上網找了找名牌珠寶店的位置，又搜了一家附近的餐廳，寫在行事曆上，中午跟餐廳訂位。接著他很開心，抓緊時間投入工作。

今天一定不能加班，六點就要離開公司，去醫院與小婷一起，向尹國豪說明他們的婚事。還不知道尹國豪會不會給他們出難題，不過仇正卿不擔心。

在他看來，最難的那部分已經過去了。尹國豪之前是徹底的否定，如今已經軟化。而他與尹婷現在也改變了相處模式，雖然日後也一定還會有些小矛盾，但彼此不要刻意遷就對方為難自己，而是多體貼多從對方角度著想，那就一定沒問題。

他會做一個好丈夫的，他想，時間會證明，所以無論尹國豪還有什麼顧慮，他都會努力化解，他有這個耐心。

況且，現在他們也不是馬上結婚，還有好幾個月的時間，但把這事定下來，他心裡踏實。

仇正卿這天對下班相當期待，工作時效率很高。中午的時候他接到尹婷的電話，那時他剛吃完飯，看到來電顯示是尹婷，很高興地接通了。

「妳吃飯了嗎？放心，我下午一定按時下班，六點就出發去醫院。妳在醫院等我好了，我訂了餐廳，跟妳爸爸說完，我們就去選戒指，然後去吃飯。」仇正卿語氣輕快地說。

尹婷沒有馬上回話，沉默了片刻後，她問：「求正經，你找公關公司幫我炒作了嗎？」

「沒有啊。」仇正卿有些莫名，「我不是說了嗎？知道妳會不同意的。問了妳，妳也確實說不要，我就沒這麼做。我現在能做的，就是每天幫妳投投票了。」

尹婷那頭又沉默，仇正卿察覺了不對勁，問：「怎麼了？」難道她改主意了？

「沒什麼。」尹婷道：「我先去處理一下，晚一點再打電話給你。」

處理？要處理什麼？仇正卿對著被掛掉的手機有些疑惑。

他點開了尹婷的微博，終於發現了尹婷吞吞吐吐的原因。

她在網路上被人罵了。

罵她的理由是：「秀」的尋夢之旅活動黑箱操作，而尹婷恬不知恥當暗樁賣廣告還裝聖母。

那個罵她的人發了一篇長文，列舉各種證據，並寫了許多「煽情」又「激動」的話。

證據一，「婷婷玉立413」在五月十日報名參加活動時寫道，她生日那天，男友和父兄送她禮物，讓她追求夢想。她的生日是哪天？從她的微博名字和她生日發的微博都可以看出，她的生日是四月十三日。而活動報名是從哪天開始的？是五月一日。是什麼人在四月十三日的時候就知道有這個活動，並且能針對活動送禮物？我看到她寫這些我就呵呵了，是有多蠢才會炫耀這些？怕別人不知道妳是暗樁？

證據二，「婷婷玉立413」的男友微博ID是「413510」。從ID可以看出他的身分。因為四月十三日是「婷婷玉立413」的生日，而她說了，五月十日是她男友生日，所以「413510」這個人確實是她男友沒錯。這兩人微博互相關注，互動頻繁，還有秀恩愛的片段。這個413510是誰？翻翻他的微博吧，永凱集團副總裁。不過話說回來，這麼大的公司，堂堂副總起個這麼噁心這麼低俗這麼肉麻的網路名字，也可見其品味如何、水準如何。永凱用這樣的副總，居然不倒閉嗎？不過也就是有這樣的人，也就不難理解為何「秀」的這個活動這麼下作噁心暗箱操作了。還有啊，副總大人，不是總發些管理心得和轉發財經評論就顯得自己懂管理有專業知識了，相反的，裝模作樣只會更露怯。

證據三，從活動頁面上可以看到，至今為止，共有八百三十一個人報名參加初選，這才半個月而已，每天報名人數還在增加中。這麼多參選者，名不見經傳的「婷婷玉立413」為什麼就能出現在官方活動首頁的推薦位上？截圖為證，大家可以看到，從昨天到今天，她一直掛在首頁推薦上。而她的參賽內容寫了什麼呢？請看證據四。

證據四，說活動是暗箱操作，說這位婷婷玉立噁心不要臉做暗樁，這證據四是最直接的表現了，她的參賽內容簡直像個笑話。路邊拍拍花店，找幾個誰知道是哪的人拍張照，然後自己編幾段話就來參賽。就這樣的內容，官方還幫她推薦，真是讓人呵呵了。最可笑的是，官方一推薦，這位婷婷玉立小姐馬上就跟朋友去「秀」專櫃買鞋，好似不經意一樣，還放幾張「秀」品牌鞋照片上來。廣告可以打得再明顯一點哦，呵呵呵。又說朋友多牛氣，又要拍「秀」專櫃的小姐。婷婷玉立小姐，請問妳有腦子嗎？妳覺得拿妳牛氣的朋友跟辛苦工作賣鞋賺點小抽成的賣鞋小姐有什麼可比性？妳這是幫人打廣告還是黑人家呢？呵呵呵，不是尋夢之旅嗎？尼瑪拿個相機就說自己是攝影師，走兩步路就說自己是旅行家，別糟蹋夢想這個詞好嗎？想寫煽情，可惜文筆拙劣，想當聖母，可惜嘴臉太難看。「婷婷玉立413」，妳還有羞恥心嗎？

這人洋洋灑灑寫了一堆，極盡諷刺嘲笑之詞，最後還寫道：我都替你們臉紅，是得多不要臉才能做出這樣的事。不要臉就算了，也做得高明一點，當所有人都是傻子嗎？難道說，婷婷玉立小姐，妳已經牛氣到完全不在乎被別人看出來了？妳就是行，有後臺就穩拿冠軍嗎？空氣球、愛走路的女人那幾個達人還被忽悠參加這比賽，幫這噁心公司拉攏人氣，幫這個賤婷婷做臺階，簡直太讓人心疼。我不是參賽選手，但我熱愛旅行，夢想著有一天我也可以背上行囊走向遠方圓夢，所以平常關注了許多旅行達人，也很關注這活動。活動裡的每一名參賽者，都代表著與我一樣的有著夢想的心，所以當我點進推薦圖，想好好看看這些夢想的代表的時候，「婷婷玉立413」簡直給我當頭潑了一盆冷水，這簡直是對我們這些支持者的羞辱。所以，「秀」官方必須給公眾一個合理的交代，必須公開道歉，「婷婷玉立413」必須被踢出比賽。只有這樣，才能端正比賽風氣，給所有支持和參與者一個公正公平的對待。

這篇長文一出，頓時引起了大風浪。許多人轉發，其中不乏活動報名者，報名者的轉發會出現在活動官網的即時更新列表滾動欄裡，於是即時更新那欄裡刷刷的全是這篇長文。而後許多人附和，跟著一起聲討尹婷和官方，一時間群情激憤，口誅筆伐。

仇正卿看到尹婷微博上已經有許多人在罵，評論數已達數千條，而他的微博裡也有一千多的評論，而且還在增加中。評論絕大多數都是各種謾罵，各種髒話，各種鄙視。

仇正卿一時間氣得差點腦子發暈，他已經很久很久沒有這麼生氣過了，但他還是清醒的。他鎮定了片刻，打電話給「秀」子公司的總經理。那邊當然已經收到了消息，因為官網和官博已經被質疑和罵聲包圍。

「我們剛剛開過會討論這事，專案經理已經在草擬聲明，也已經通知了危機公關部門，那邊的意見也是用最快速度發布聲明，聲明擬好後等他們確認就發布出去。」那邊的總經理道：「我們活動前期工作做得完善，公證流程和平臺程式都是準備好的，推薦也是按活動規則在辦，比賽報名者的發布內容不涉違法違規，在程式上不存在任何問題。最後的比賽結果是看投票，並不存在官方舞弊的說法，所以我們會堅持這個立場。」

「好。」仇正卿聽完對方的解釋，心裡安穩下來。

「仇總。」那邊總經理又說：「在會議上，許多同事都認為婷婷玉立的文章很精彩，不是指這兩天的這幾篇，是她這幾年長期的整體內容，非常符合活動的主題，我們希望她能堅持下去。如果她退出比賽，反而對活動和公司的形象不利。」

「我明白。」仇正卿說，但這點他沒法保證。他想尹婷現在一定很難過吧？她說過，如果遇到這樣的事她會難過，他想任何一個正常人都不可能釋懷，「我會跟她聊一聊。」

「站在活動主辦方的立場，我們也會與她正式溝通一下。」這個話是要先說的，大家都知道婷婷玉立413與仇正卿的關係，所以先打聲招呼為好。

「好。」仇正卿不反對。

掛了電話，仇正卿打了尹婷的手機，她過了很久才接。

「我看到了。」仇正卿跟她說。

「對不起。」尹婷的聲音明顯哭過。事實上，她坐在電腦前面看了很久，也沒想到該怎麼處理這事，譴責與謾罵簡直是鋪天蓋地而來。「對不起。」她已經哭過一輪了，現在聽到仇正卿的聲音，她忍不住又落淚，「我給你們添麻煩了。我真是蠢，我沒想到會這樣。我不是那人說的那樣的，可是我把那人寫的那篇文看了一遍又一遍，我竟然不知道該怎麼反駁。對不起，好好的一個活動，都被我搞砸了。」

仇正卿聽到她的聲音很心疼，「不必道歉，妳沒做錯什麼。活動還在進行，沒有搞砸。」

尹婷抽泣：「我想要補救來著，但我坐了半天，也沒想到能怎麼辦，好像說什麼都不合適了。可是不說什麼，也不合適，我不知道該怎麼辦。」她越說越難過，「你們好好的活動，被我拖累了。他們還罵你，罵『秀』，我看到了，說得很難聽，對不起。」

「好了，不要道歉，不是妳的責任。網路上就是這樣，妳控制不了別人怎麼想，也控制不了別人做什麼。」

「可是，是我引起的。如果我多考慮一點，如果我沒寫那些，就不會讓人起疑，也不會引起這些謾罵了。」

「我說了，不怪妳。如果不是妳，我也不會有靈感提議這個活動。因為妳，才會有這個活動。」仇正卿試圖安慰她。

結果尹婷更難過，「那我更內疚了，都是我的錯。你這麼費心為了我，我卻招來了麻煩，毀了你們的一番心血。」

「小婷，妳沒有多考慮是因為妳根本心無雜念，妳完全沒有想到那個人說的那些亂七八糟的東西，也就是說，她對妳的指控是錯誤的，妳不需要為了自己沒有做過的事情負責。我確實也被罵了，但那是好事，我們是情侶，這樣共患難會為感情加分不是嗎？妳一直教我的，凡事要看好的那一面，現在我們就看好的那一面。有質疑有爭議確實會讓人不愉快，但是也會引起更多的關注，如果處理得當，會讓更多人了解和認同我們的活動，在商業上來說，不是壞事。」

「可是不一樣，你之前說的那些炒作是有人操作的，你們可以控制，這個不是炒作，是批判。那些罵難聽話的，是在否定和抵制活動。他們還罵你，罵得好難聽。你明明很優秀，也很認真工作，可他們不知道，他們罵你，諷刺你。」尹婷想到這個就難過得不行。

「小婷啊……」仇正卿努力想要怎麼勸她，「妳認識他們嗎？」

「誰？」

「罵我的那些人。」

「不認識。」

「我也不認識。」仇正卿說：「所以，我們為什麼要為不認識，而且以後也不會認識的人難過呢？我優不優秀，努不努力，他們不在乎。妳難不難過，生不生氣，他們也不在乎。隔著網路，很有安全感，所以他們能任意評價，不必負責。你讓他們來公司當面跟我說那些話，他們敢說嗎？」

尹婷抽抽鼻子，道理她都懂，可是遇上了真的很難過，「但是，但是就因為這樣，所以他們會一直放大這件事，抓著不放。這活動怎麼辦？我看到評論裡有人宣布退出活動了，也有人說對『秀』品牌一生黑，今後再不會買了。因為我害得你們公司這樣，我真的不知道該怎麼辦補救才好，真的很對不起。」

「『秀』那邊會有專門的危機公關來處理這件事，他們在準備聲明。妳暫時什麼都不要做，不要跟他們對罵，不要解釋，先什麼都別做，等他們的聲明出來，『秀』那邊會有人聯絡妳，向妳說明事情的進展。如果有需要妳做的事，他們會跟妳溝通。如果妳有任何疑問或是想法，也可以跟他們說，跟我商量也可以。」

尹婷沉默了一會兒，說道：「我想，我大概沒辦法繼續參加下去了。」

「是嗎？」仇正卿的語氣硬了起來，「這不是我的天使說的話，我的天使很勇敢的。」

尹婷吸吸鼻子，「我不是天使，我就是個普通人。」

「是啊，妳也知道妳是個普通人，妳不是鈔票，怎麼可能人人都喜歡妳呢？他們都不喜歡妳，妳還浪費感情在他們身上，多吃虧，太傻了！」

尹婷不說話。

仇正卿問她：「妳在家嗎？」

「嗯。」

「好，那妳現在聽我說。把電腦關掉，不要再看了。去洗把臉，喝杯茶，然後到床上躺一會

兒，休息休息。不要再看電腦上的消息，不要管他們。」

尹婷想了想，答了一聲：「好。」

「如果妳需要人陪，可以找找朋友，或者到我這邊來。」

「我還是想一個人待著。」

「好吧。」仇正卿放軟了聲音，「妳聽我的話，關掉電腦，手機也不要刷，洗把臉，睡一會兒。我下班了去接妳，好嗎？」

「好。」

「那現在把電腦關了吧。」

尹婷看了看電腦螢幕，很想再刷一下看看現在是什麼情況，但想著仇正卿的話，她咬咬牙，關機，「關掉了。」

「好。還想聊聊嗎？」

尹婷想了想，搖頭，「不了，我去洗臉。」

「好。有什麼事就打給我，好嗎？」

「好。」

尹婷掛了電話，心裡頭還是很難受。想起那些謾罵和諷刺，差一點又要哭。她站起來，去洗了臉，然後躺在床上。閉上眼睛努力放鬆，一會兒後，覺得心裡確實好過一些了。仇正卿說的對，她是怎麼樣的人，她過得怎麼樣，那些人一點都不關心，他們不認識她，她也不認識他們。

她深呼吸，所以她不該為他們難過生氣。她難過生氣也改變不了他們看不起她又罵她這件事，所以她不該難過，她該振作起來解釋一下，可是該怎麼解釋？她確實提前就知道活動了，甚至仇正卿說了，這活動是因為她，他才建議舉辦的。這要是說出來，更會被鄙視痛罵加嘲諷吧？又會說她顯擺炫耀沒腦子吧？

她也確實是因為仇正卿的關係才上了推薦。這確實是走後門了，怎麼解釋？沒法解釋！

尹婷越想越覺得自己不對，甚至覺得那人罵得也有幾分道理，只是加了許多惡意揣測，罵得太難聽，還人身攻擊，不堪入耳。

尹婷嘆氣，真的沒辦法繼續下去了吧？照現在這個情況，無論她寫什麼發什麼都會被罵，被諷刺，被嘲笑。她不想這樣，她想分享想傳遞的是快樂和幸福的感覺，不是現在這樣的。想到那些謾罵裡一堆下作、噁心的詞，尹婷覺得自己完全沒有勇氣再發文章再參加活動了。

她想啊想啊，腦子靜不下來，但也沒想出什麼解決的辦法來。這時候手機響了，她拿起一看，是個朋友的來電，她猜應該是要問她關於網路上的事，她實在沒心情應付，於是掐斷，發了條簡訊過去：不好意思，稍後再聯絡。

那邊應該是懂了，沒有再打過來。

過了一會兒，秦雨飛、沈佳琪、毛慧珠等好幾個朋友都來電，尹婷全掐了，用那條簡訊統一回覆，這些人也沒再打過來。

尹婷的猜想是對的，這些朋友全是因為網路上這件事想安慰她，被掐了電話後也都明白了她的意思，沒再打擾，但尹婷不知道的是，她的好姊妹們已經迅速組了一個團，在網路上與那些謾罵的人開始了對戰。

孕婦秦雨飛大著肚子，但戰鬥力一點都不弱，直接圈了寫長文的那人，並留言回覆：「人話都不會好好說，還學人呵呵。妳呵呵的時候麻煩照著鏡子呵，有減肥功效。」

沈佳琪也開帖子回覆：「小婷是又傻又笨，我成天調侃她取笑，但是，對不起，要是有人欺負到她頭上，我絕不會視而不見。她是有個又高又帥又多金的男友，怎麼了？不行嗎？她自己又漂亮又年輕更多金，怎麼了，不行嗎？她發的文章內容有多可笑？比得上妳可笑？妳真該好好讀讀她這五年的文章，學學什麼叫心靈美。妳這樣的人，看不到美好，別提夢想了，因為妳走到天邊也找不到它。眼裡只能看到醜，心裡只有惡，所以惡意揣測別人，嘴裡只吐得出髒話，哪來的夢想？夢想看見妳就跑，救命啊，她太噁心，別讓她靠近我。」

尹婷的粉絲也都沒有閒著，他們翻出尹婷微博的舊文章，舉證尹婷原本就是這麼一個人，善良、有愛心，喜歡寫些雞湯亂燉的小段子。她去過世界許多地方，完全有資格參加尋夢之旅活動，完全有資格上推薦。而且她上推薦也只是一天的時間，與其他人沒有區別。再有她與男友的事，因為之前微博上有跡象，大家也都是看到的。可愛甜蜜的戀情，大家祝福。因為男友的身分，她提前知道公司有這個活動，然後要參加，不能說明她就舞弊了。參加活動去買雙鞋怎麼了？就算打廣告又怎麼了？這活動又不是抽獎，是靠投票的，妳不喜歡不投她票不就好了嗎？要抓證據，就抓投票作弊的證據，其他的，就是自己推斷想像，是潑髒水。

兩邊各持一詞，在網上對戰，但謾罵攻擊尹婷的人占了大多數，呈上風。

這天下午三點多，「秀」官方發表了事件說明，主要是以下幾點。

一、為了保證活動能成功舉辦，確保活動順利進行，在活動準備初始，公司向一些網路達人主動提出了活動的邀請，「婷婷玉立413」是其中的一位。她的微博發布了五年，共二千多篇文章，絕大多數是旅遊日誌、美食攻略和生活感悟，充滿了正面又積極的能量，吸引了數萬粉絲關注。且在微博平臺上與粉絲有穩定和積極的互動，是參與本次活動的適合人選。在開放報名之前，公司一共向一百五十位網路達人發出了活動邀請，至於達人們是否願意參加，則由他們自己決定。公司對這邀約的一百五十位達人並無任何不適當的承諾。他們與其他報名參賽的用戶一樣，經歷一樣的活動流程，遵守同樣的活動規則，歡迎各方朋友們的監督。

二、「婷婷玉立413」的男友確是永凱集團副總仇正卿先生。本次活動並非抽獎送禮活動類型，也並非依靠官方評選決定最後優勝者，且有公證和協力廠商監督，所以規則上並無限制集團其他公司員工親友參與活動的規定，「婷婷玉立413」有活動參與資格。

三、「婷婷玉立413」的活動個人頁面於昨日五月十一日被推薦，是因為她的文章內容豐富，正面積極富感染力，值得官方向大家推薦，在活動官方頁面上也有推薦說明。官方每天會篩選十位內容優秀的參賽者做推薦，時間是每天下午五點至第二天下午五點，二十四小時一輪換。「婷婷玉立413」與其他九位被推薦者一樣，都享受這二十四小時的推薦，並無特殊對待。

四、「婷婷玉立413」與其他參賽者一樣，在活動期間對文章內容的發布擁有絕對的自主權。活動開始報名至今，有不少參賽者都有發表關於「秀」品牌鞋類的使用體驗感受，這是對「秀」品牌的大力支持和肯定，「秀」對此表示感謝，並承諾在今後會繼續努力，不辜負大家的信任與喜愛。

五、「『秀』美好，尋找夢想的旅程！」是一個公正公平的比賽活動，比賽結果全由廣大網友投票決定。「秀」歡迎各方提出寶貴意見並接受各方監督。「秀」會確保每一位報名者的參與資格，不因身分背景、地域職業等因素受到損害。

六、廣大網友向我們提了許多意見建議，這些都是對「秀」品牌的支持和愛護，我們都有看到，並對此深表感謝。會造成今天的質疑和誤解，是我們工作做得不到位、不細緻，造成了大家的困擾，我們滿懷歉意並做出深刻反省。「秀」會繼續努力，並在此承諾，本次活動絕無任何黑箱操作，所有流程公開公正公平，請大家監督。

這官方聲明發布前，「秀」那邊與仇正卿聯絡確認，因為公關那邊建議對任何質疑都要直接回應不躲閃，包括婷婷玉立男友身分的事，所以要亮出仇正卿的身分，是需要先與仇正卿打個招呼。

仇正卿接受，並指出可以寫上他的全名，他願意承擔。

大家溝通好後，公告發布。

仇正卿打電話告訴尹婷這事，讓她有個心裡準備。

仇正卿打第一次電話時，她電話正占線。他等了兩分鐘再打，通了。

尹婷告訴他，剛才是「秀」那邊打電話給她，告訴她他們已經對事件做了處理，發了聲明，然後提出希望她不要退出比賽。

「嗯，我也是想跟妳說這事。『秀』已經發表了聲明，當然，要讓大家平靜下來，讓活動秩序回歸正常還需要時間，但無論如何，『秀』這邊已經積極在處理，剩下的就是妳這邊。我也不希望妳退出比賽。妳退出，對事情完全沒有幫助，他們只會認為妳心虛，會歡慶自己的勝利，會認定自己消滅了邪惡打擊了黑幕，不會認為冤枉了妳傷害了妳，令妳傷心退出。」

尹婷沒說話。

尹正卿頓了頓，繼續道：「妳明白嗎？小婷，那樣的人，是盲目地認定自己相信的東西，他們也只相信自己想要相信的東西，不會接受另一種可能。對於認為有另一種可能的人，他們唾棄、鄙視、無法理解。無論妳做什麼，結果都是這樣。妳堅持下去，他們依舊認為妳的參加是黑箱操作的結果，妳退出，他們也會這麼認為，甚至更坐實了妳的罪名，他們會洋洋得意，覺得自己是正義的化身，是英雄，了不起。妳想想，妳沒做錯什麼，為什麼要讓他們得意？」

「可是……」

仇正卿等著她往下說，但尹婷只說了這兩個字就沒下文了。

仇正卿道：「不要認輸，小婷！」

尹婷咬咬唇，覺得自己實在是太不爭氣了。她很想大聲答應「好」，可是她很擔心，真的非常擔心。那些將她淹沒的謾罵和諷刺，她根本承受不了。

「我會怕……」她小小聲承認：「我沒辦法再發文了，我寫什麼都會被罵的。他們罵得太難聽了，我……我原本還打算今天寫我媽媽，寫『秀』，但這樣他們肯定會說我在打廣告，會說我拿死去的親人作戲，會說我裝可憐，甚至有可能會把媽媽也罵進去。我還打算跟大家說我答應了男朋友的求婚，我打算買到戒指就拍照片發上去，但是現在我也不敢了。他們會罵的，會諷刺我，嘲笑我，還會把你也一起罵一起諷刺。我完全想像不到我還能寫什麼，寫什麼都不行。如果不能寫了，參加活動又有什麼意義？」

仇正卿在心裡嘆氣，她說的是實情，但他仍耐心地鼓勵她：「小婷，隔著網路罵人是沒有成本的，那些罵妳的人，沒有輸贏。無論妳過得怎麼樣，對他們來說，完全沒有影響。罵完了妳，他們轉頭依舊上班賺錢回家吃飯，上課逛街買個包包。他們不受影響，但是妳呢？妳這麼喜歡分享，就因為被誤解被罵了，就不再分享了嗎？這不是參加活動的問題，是妳的生活的問題，妳不再享受妳的生活了嗎？」

尹婷沉默了。

「小婷。」仇正卿叫她的名字，「妳的粉絲都在為妳加油，妳的朋友們也是。還有我，我就是因為妳的生活態度愛上了妳。妳那麼快樂，看到什麼都是好的，看到什麼都是美的，跟妳在一起，我也變得快樂，我希望妳能一直快樂下去。小婷，要勇敢。」

尹婷咬了咬唇，「好。」可惜聲音不夠大，態度不夠堅決。

仇正卿知道現在不能逼她，換了誰受到這樣的打擊都會沮喪，需要時間消化。他的小婷很聰明，一定能想通的。

「我下班去接妳好嗎？」他換了個話題。

「我、我不想去醫院了，我怕控制不了情緒，讓爸爸擔心。」

仇正卿想了想，「那我下班去醫院看看妳爸爸，然後再去接妳吃飯。」

「好。」尹婷答應了。

兩個人約好，晚上見面再好好聊，然後掛了電話。

尹婷發了一會兒呆，然後實在忍不住，用手機上網看了活動官網和微博。

「秀」的公告一出，網友們一片譁然。

有大罵「秀」和尹婷不要臉的，有說那「婷婷玉立413」什麼來頭背景啊，她不止勾搭了永凱副總一人吧，是不是那公司高層都是她相好。然後有人爆料，幫著「婷婷玉立413」與網友們對罵的，有永凱的公關經理，也是永凱的大小姐，還有幾個是某某企業千金，或者誰誰的老婆。於是大家又激動了，難怪啊，這麼不要臉，所以是富二代那一掛的，她們只會買名牌、炫富、花爸媽的錢，低級又噁心。

還有人特意新開小號，稱自己有朋友就在「秀」，消息絕對一手真實。根據「秀」的內部消息，其實活動早就確定了是給「婷婷玉立413」冠軍，這活動就為了捧她。不過人家不為獎金，而是想通過這個活動打造「鄰家貼心小美女」形象，之後還會出書，會上節目，然後永凱打算投資讓她演戲，以此為跳板，聚集人氣進入娛樂圈。至於為什麼這麼大費周章，原因很簡單，因為「婷婷玉立413」要才沒才，要貌沒貌，也不是演藝這個專業的，沒有鋪墊沒法紅，所以就要弄這麼個活動捧她。

這條消息很快得到了大量的轉發，群情激憤，罵聲一片。好幾個報名者宣布退出比賽，其中有些聲稱自己就是受到邀請後覺得活動挺有意思才來參與的，沒想到這麼爛這麼黑這麼下作。還有人跑到「空氣球」、「愛走路的女人」等達人那裡告狀，苦勸她們別上當，別被這種下三濫公司利用，別被「婷婷玉立413」這樣的賤人踩在腳下戲弄。

幾位達人都沒有說話，沒有發達任何言論。她們都看出這天情況不太妙，所以既沒有更新文章，也沒有在微博上說話。留言擠滿了她們的微博，她們都沒有回應。

這條所謂的「內部消息」實在是太過分太離譜，「秀」反應很快，再度發表聲明，宣布那條所謂「內部消息」純屬謠言，已向警方報案，留存了證據，會追究謠言散布者的法律責任。

這條公告又激起了波瀾。過了不久，那條「內部消息」被刪除，那位爆料者再沒有說任何話，可儘管如此，懷疑的種子已在眾人的心中種下。許多人堅持認為是「秀」打壓威脅了爆料人，又串通了平臺營運商強行刪除爆料微博，於是他們積極轉載爆料截圖，宣稱「你刪得掉爆料，刪不掉群眾雪亮的眼睛和正義的心」。

也有人站在「秀」這一邊，認為第一份聲明合情合理，確實不能因為對方這個身分就剝奪了人家參與活動的權利。也有人去翻看尹婷的文章，覺得內容很有意思，並非像大家嘲諷的那樣。而第二份聲明及時果斷，如果爆料人不是心虛，為什麼刪了？為什麼不敢再說話對質？

相信爆料人的，罵「秀」的支持者蠢，「秀」支持者反罵對方不僅蠢而且蠻。總之，吵個不停，髒話滿天飛。

尹婷看了，心裡極為冰冷。又看到許多粉絲和朋友在幫她吵架，反被對方圍堵追罵，她更難過。想著不該看這些，但又忍不住一條一條地刷。

仇正卿一到六點就急匆匆離開公司，趕去了醫院。尹國豪已經知道發生了什麼事，因為尹婷有打電話給尹實說她今天不去醫院。尹實當然收到了消息，只好把事情告訴了尹國豪。尹國豪有打電話給女兒，但尹婷只告訴他別擔心，其餘沒多說。

仇正卿過來，把情況詳細說了一遍，也提了自己的想法，他堅持不讓尹婷退出。尹國豪心疼女兒，覺得尹婷想怎樣都行。

「她退了這一步，就不是那個快樂的小婷了。你反對我們在一起，就是怕她不快樂，說長痛不如短痛。現在這情況，就是這樣。她一旦認輸，就不會快樂了。」仇正卿說：「我愛護她的心情與你一樣，我不能接受她不快樂，所以，這件事我堅持，我會好好鼓勵她，陪她走過這一步。」

仇正卿走了，他說他要帶尹婷出去吃飯散散心，又說他昨天跟尹婷求婚了，尹婷已經答應，只是沒料到今天發生這樣的事，弄壞了心情，弄糟了時機，但無論如何，他要告訴尹國豪一聲。「我會好好照顧她的，你放心吧。」仇正卿說完，轉身走了。

尹國豪瞪著他的背影，跟兒子告狀：「聽聽，什麼態度？求婚耶，求的態度在哪裡？」

「在小婷那裡。」尹實很順口地答，然後被老爸瞪了。

尹實趕緊改口：「對，對，他這態度真不對！」他都沒敢告訴老爸，他回家抓到妹妹跟仇正卿在滾沙發呢！

尹國豪又瞪兒子，尹實撇眉頭，「幹麼？」

「隨便瞪瞪！」當爹的一點都沒覺得不好意思。

好吧，尹實摸摸鼻子，好兒不與爹鬥，這點孝心他還是有的。

「不過，正卿說的對。」尹國豪忽然又說了：「他說的對。」

尹實點頭，這倒是。他也覺得仇正卿說的對，不能退出，不能認輸。

仇正卿來到尹家，見到了尹婷。她兩隻眼睛紅紅的，非常沮喪，沒精神。

「偷偷上網了？」仇正卿問。一看就知道尹婷又哭了。

「不是說發聲明了嗎？我就想看一看。」尹婷很難過。

仇正卿不說話了，他拉她到沙發上，讓她靠在自己懷裡坐了一會兒，然後讓她去洗臉換衣服，說要帶她出去吃飯。

「要不，就叫外賣好了。」尹婷窩得很舒服，被他抱著，她心裡好過一些了。一點都不想動，也不想出去，就躲在家裡，挺好的。

「不行，一定要出去。」仇正卿很堅持。越躲越不行，他不會放任她這樣，「飯總是要吃的，而且我們約好了，今天要去買花買戒指。」

尹婷很驚訝，「還去嗎？不改時間嗎？」今天這麼難過，她不想哭喪著臉去挑戒指。

「去！」仇正卿推她起來，不讓她賴在他懷裡了，「妳答應我的，難道要反悔？這才多大點事。難過是會的，受傷是有的，但是飯要吃，街要逛，妳的生活只有妳自己會珍惜。快去，換身漂亮的衣服。」

尹婷嘟著嘴，磨蹭著去了。

仇正卿跟著她進房間，幫她挑衣服，選了件紅色外套。尹婷洗完臉出來看了看，看見那麼喜氣的顏色，再看看仇正卿，他今天沒有穿黑色西裝，穿的是咖啡色的。她想了想，「那我化個妝。」既然這樣，還是要認真對待一下，打扮好了再出門。

「好。」仇正卿應了。

尹婷坐在鏡子前面開始化妝，仇正卿在旁邊看著。尹婷在鏡子裡看到他專注的眼神，忽然覺得有些害羞，轉身去推他，「你不要看女生化妝！」

「看看都不行？」仇正卿抗議，然後被尹婷趕去客廳看電視了。

仇正卿出去了。尹婷聽到外頭電視的聲響，看看鏡中的自己。真的很醜呢，眼睛腫腫的，鼻頭紅紅的，整張臉看起來死氣沉沉。尹婷想著仇正卿跟她說的話，咬咬牙，化了個濃妝。

看著鏡中的自己有了精神，她心情好些了。

換好衣服拿了包包，尹婷去了客廳。仇正卿開著電視，卻沒在看，他的視線垂在茶几上，表情嚴肅，不知道在想什麼。

「我好了。」尹婷說。

仇正卿抬頭，看到尹婷的樣子，笑了。

他過去把尹婷抱在懷裡，問她：「可以親嗎？顏色會掉嗎？」

沒等尹婷答，他已經吻上去了。

溫柔但纏綿的吻，吻完了，他看著尹婷的唇，「好吧，會掉色。」

尹婷簡直不知說什麼好，真是敗給他了。於是拉他再回房間，自己補口紅，又幫他擦掉殘留在他唇上的口紅。

仇正卿在她身後將她抱在懷裡，一起看鏡子。兩個人的視線在鏡子裡相遇，仇正卿低頭親親她的髮頂，說道：「很好看，很有精神，這樣很好。」

尹婷心裡一暖，知道他話裡的意思。

很有精神，這樣才是對的。

第七章

只要有陽光，我就敢燦爛

兩個人出門吃飯去了，都沒有再提網路上的事。尹婷強打精神，但胃口還是不太好。她仍然很不安，明知道不該退縮，但是知道和做到是兩回事。她腦子裡充斥著網路上的那些抹黑誤解和斥責。想到今後她每發一篇文就要經歷一次，她整個人就不寒而慄。

吃完了飯，仇正卿牽著她的手慢慢走去了珠寶店。他跟店員說要挑一對訂婚戒指，店員很熱情地招待他們，拿了好些款式出來讓他們選。

尹婷看著那些戒指，又想到自己原本打算買了戒指就拍照片到網路上分享她的幸福和喜悅，現在卻不敢了。想到這裡，她心裡堵得慌。

「妳喜歡哪一個？」耳邊是仇正卿的溫柔問話。

尹婷咬咬唇，努力把心裡的膽怯踢開。「這個好了。」她指了指托盤上款式很簡單的一對。

「確定嗎？」仇正卿覺得這個太素太簡單。

「嗯。」尹婷點頭。他說是訂婚戒指，那是不是他還想再買一對結婚戒指？如果是她買單，那她不會猶豫，但是他掏腰包的，她會替他心疼錢。她記得他還有貸款要還，他上班這麼辛苦，賺錢不容易，春節時給她爸買的禮物就讓他破費很多了，「就這個。」

「好吧。」仇正卿對店員點點頭，「她喜歡這個。」

店員笑著讓尹婷試戴，又讓仇正卿也試，然後她領著仇正卿去填單付款。尹婷坐在那，看著仇正卿寬實的肩膀和後背，想起他對她說的話：「這不是參加活動的問題，是妳的生活的問題，妳不再享受妳的生活了嗎？」

尹婷呆呆坐著，她的生活？

她的生活有什麼呢？她不用辛苦上班，她很幸運不愁吃穿，有愛她的家人，有愛她的男友，還有關心她的朋友。她的生活就是陪伴爸爸，照顧哥哥，就是找到好吃的店，去好玩的地方，幫助她可以幫助的人，然後把開心的事跟朋友們分享。她的生活就是讓身邊的人開心，讓她自己開心，她的生活很平淡也很簡單。

她沒有大事業，沒有大波折，每天忙碌，充實又自在。她愛她的生活，她很開心。

不再享受生活了嗎？

無法想像，真是可怕。

尹婷看著仇正卿的背影，忽然心很慌。她站起來，朝仇正卿走過去，她想站在他身邊。正巧仇正卿那邊辦完了，他提著店員打包好的紙袋轉身，看到尹婷。

他大步邁過來，牽過她的手，笑了笑，「妳的表情看起來像迷了路的孩子。」

尹婷不說話，抱著他的手臂，把頭靠在他的肩膀上。

「去買束花，然後回家讓大大陪妳玩，好不好？」

「好。」她都沒意見，只要跟他在一起就好。

花店在街對面，而車子停在街這邊。仇正卿讓尹婷等著他，他自己過馬路去買花。尹婷沒什麼精神，就聽話等著。

仇正卿過了馬路，尹婷看不到他了，於是低頭盯著腳下的地磚發呆。手機響了好幾聲，她才反應過來，拿出手機一看，這個號碼不認識，但接了。

對方清了清喉嚨，似乎有些緊張，「妳好，請問是尹婷小姐嗎？」

「是。」尹婷也緊張起來。

「我是『秀』的市場企畫，我叫徐婷。」

尹婷心怦怦跳，不會又發生什麼事了吧？

「那個……很冒昧打擾妳了。」

「出了……什麼事了？」尹婷艱難地問，腦子裡開始想像最糟糕的情況。難道又掀起新一輪罵戰了？難道「秀」不堪騷擾，終於還是覺得有她參與，這活動會辦不成了？那她退出，她退出不行嗎？大家都別猜了，別編了，別罵了，都是她不好，她拖累了一家好好的公司，她害得她的朋友和粉絲們難過鬱結。別再找麻煩了，不行嗎？

尹婷想這麼說，卻哽咽住。

對方也沉默了兩秒，這讓尹婷心沉到了谷底。

「我的名字裡，也有個婷字。」對方開口了，卻是說這個。

尹婷愣了愣，聽到對方接著說：「我的臉上，耳朵下面的位置，有一塊胎記，挺醜的，我的五官也不好看。」

尹婷更愣了，這什麼意思。

「一年前，啊，對不起，我太緊張了，我忘了跟妳說，我應該先說，我是妳的粉絲。」

尹婷眨了眨眼睛，徹底迷糊了。

「我是妳的粉絲。一年前，我看到了妳的微博。那時候我畢業半年了，一直沒有找到工作。我成績很好，但我長得醜，面試了很多家都沒有要我。也有公司說，沒辦法讓我與客戶接觸，對開拓業務不利。其實，我應徵的都是行銷的職位，既不是櫃臺也不是公關，我覺得不是靠外貌的，不過所有面試的公司都很介意。」徐婷笑了笑，「我那時要絕望了，心想難道我得去整容才行嗎？」

尹婷沒說話，她搞不清楚徐婷跟她說這些是什麼意思。

徐婷也不需要尹婷給反應，她繼續道：「那一天，我接到了『秀』的面試通知，我申請的職位是市場企畫。我坐在家裡上網閒逛，不想去了。我不想再聽到拒絕的話，反正一定會被拒絕的，然

後無意中我看到一個朋友轉發的妳的微博。我還記得，妳那條微博寫的是：冬天帶來嚴寒，樹幹抖落了樹葉，但是為什麼到了春天樹葉又會長出來。妳寫的答案是：因為，不論是冷漠的冬天，還是高傲的樹幹，都無法阻止樹葉展現它的美。它沒有花朵的豔麗，沒有大樹的雄壯，但是沒了它，他們都不完美。什麼都無法阻止它，因為它本就應該存在。只要給它一點溫暖，它會突破重重阻礙，展現美麗。妳配的圖，有一張很美的落葉風景，還有一張是枯黃的葉子。妳在上面畫了笑臉，畫了一雙強壯的手臂擺了一個強壯的姿勢。我有把這圖存下來，現在還是我的電腦桌面。我第一眼看到的時候，覺得很無聊，不過圖片很有意思。但後來我想了想，覺得這話也挺有意思的。我見過的落葉形容都是悲傷的、蕭瑟的，還是第一次看到這麼強壯又有精神的落葉。第二天上午，我還是去面試了。我想，落葉都這麼生機勃勃的，我也不該沮喪，再試試好了。結果，我很幸運地被錄用了，然後就一直在『秀』待到了現在。」

尹婷懂了，徐婷是想安慰她。

尹婷苦笑，「徐小姐，妳被錄用是因為妳的能力好，跟那落葉沒有關係。」

徐婷笑了笑，「我知道。要是落葉圖片包找到工作就不會有人失業了。我只是想說，那些話和圖片那時候對我有些鼓勵，然後那天起我就開始關注妳的微博。妳發的東西都很有意思，我從來沒看到妳寫過抱怨寫過憤怒寫過很負面情緒的話，妳總是很開心，總是寫這裡很美，那些很美，總之什麼都是好的。我看了之後會心情愉快，總覺得跟著妳的視角去看生活，哪裡都挺美的。我很羨慕妳，也很喜歡妳。聽我們經理說到這個秀美好夢想之旅活動的時候，我第一個想到的就是妳。妳去過那麼多地方，寫了那麼多的旅遊筆記，我覺得這個活動特別合適妳。後來，我在那一百五十位邀請名單裡看到了妳的ID，我真的很高興。昨天，看到妳在推薦欄上，我也很開心。我還跟同事說，我認得她，我關注她很久了，沒想到今天發生了這樣的事，我想妳一定心裡不好受。我知道我們經理打了電話給妳，依我的職位，本來是不能跟妳聯絡的，但我拿到了妳的電話號碼，我很想跟妳說說我的想法，所以冒昧打給妳。」

「謝謝妳。」尹婷不知道說什麼好。

「我想跟妳說，那些質疑、惡意、跟風的謾罵和起鬨，都不應該阻止妳。妳的文章很好看，妳拍的圖片很美，最重要的是，妳讓我看到了妳眼裡的世界很美好。看妳的微博能讓我開心，有時候我會隨著妳的視角去看待事情，會覺得積極向上。我知道今天網路上有很多難聽話，我看了很生氣。妳一整天都沒出現，我也擔心，我想我在微博上留言給妳妳可能看不到，所以猶豫了很久，還是打電話了。我只是一個小小的粉絲，也許沒什麼用，但就是想跟妳說，我很喜歡妳寫的文章，喜歡妳的雞湯小問題，請妳一定一定要堅持，不要放棄。妳記不記得，妳寫過糖為什麼是甜的？因為它想讓妳開心。這句話讓我笑了，但說實話，看到的時候我覺得這話沒什麼大意思，可後來我想，就是這樣的。糖不是什麼必需品，只是調劑，但它讓人開心，所以很多人愛它。婷婷玉立413，妳所講述的生活，就是一顆糖。我們支持妳的粉絲，每天看到會開心。」

尹婷鼻子發酸，眼眶熱了，「謝謝妳。」

「我要謝謝妳。謝謝妳給我帶來的快樂。我會繼續關注妳的，請堅持。」

一隻大手伸過來，摟住了她的肩膀。

尹婷掛了電話，轉頭看到仇正卿那張端正的臉。

「誰打來的電話？」

「一個粉絲。」

「粉絲？」仇正卿皺眉頭，「男的女的？」

尹婷笑了，「女的。」

仇正卿把花束遞給她，隨口問她：「那粉絲說什麼了？」

尹婷把花接過，剛要開口，一顆糖果塞進了她嘴裡。仇正卿說：「花店旁邊有家糖果店。」

甜蜜的滋味在尹婷嘴裡散開，仇正卿俯身親親她鼓起的腮幫子，「妳說過，吃糖的時候要開心，對吧？」

尹婷點頭。

糖為什麼是甜的？因為它想讓你開心。

仇正卿想讓她開心，所以他是糖。徐婷也想讓她開心，所以徐婷是糖。她呢？她也想讓周圍的人開心，所以她也想成為一顆糖。

每個人，其實都有一顆糖的心。

尹婷微眯著眼睛，發現自己又開始雞湯思維了。

尹婷跟著仇正卿回家了。今天太艱難，她想有他的陪伴。

坐在車上，含著糖果，她還在回想徐婷的話。不相識的人這麼關心她、鼓勵她，讓她很感動。她突然想到她應該回電話給朋友們，感謝大家的支持，希望大家不要為了她的事不開心。

尹婷先打給秦雨飛。這個孕婦脾氣最不好，可別氣出什麼好歹來。等待接通的時間裡，尹婷越想越後悔，應該早點打電話。她光顧著自己難過，沒考慮到朋友的心情。秦雨飛大著肚子，可千萬別出什麼狀況才好。

電話通了，秦雨飛中氣十足的大嗓門喊：「妳活過來了？妳還好嗎？」

尹婷瞬間又有些想哭，太感動了，「我很好，我就是想告訴妳我很好。」

「好就行。」秦雨飛似乎又吃起東西來，一邊吃一邊說話：「妳是不是想問問我怎麼樣啊？放心吧，我和寶寶都健康活潑可愛。今天在網路上升級了一下我的罵人不帶髒字技能，感覺超級好。

吵完架肚子好餓，就吃了很多東西。」

尹婷笑了，她又打給其他朋友，每一個接電話的人都說：「太好了，妳沒事就好。」尹婷心裡滿滿都是感動。

尹婷打給毛慧珠的時候，毛慧珠正跟吳飛在辦公室附近的小麵攤吃飯，聽到尹婷說沒事，毛慧珠鬆了一口氣，互相安慰了幾句才掛了電話。

毛慧珠很有感觸，忍不住對吳飛說：「我第一次見到小婷的時候，很不喜歡她，那時候憑第一印象對她有了成見。後來慢慢接觸了幾次才發現，原來她很可愛。過去的我，太狹隘了。」

吳飛看了她半天，忽然冒出一句：「我也是。」

「啊？」毛慧珠驚訝，「你第一次見小婷也不喜歡她？」

「不是。我是說，我第一次見妳的時候，很不喜歡妳，覺得妳很高傲，愛擺架子，還板著臉，自以為是。」

毛慧珠垮臉。

吳飛哈哈大笑，「可是後來接觸了幾次，我發現妳很可愛。」

「謝謝喔！」毛慧珠扮個鬼臉，「知道第一印象居然這麼差，我都不想發你薪水了。」

吳飛又笑，「可是我現在很喜歡妳。」

毛慧珠想笑著說那薪水還是繼續發好了，可是她還沒說，卻被他眼神裡的某些東西觸動了一下。她一時語塞，玩笑話居然卡住了。

「我現在真的很喜歡妳。」吳飛微笑著再說一遍，看著毛慧珠的表情。

毛慧珠很驚訝，措手不及，心怦怦亂跳。

她想她應該回答些什麼，但她腦袋空空的，竟然想不出來。

吳飛看了她一會兒，又笑道：「吃飽了嗎？我送妳回去吧。」好像他剛才並沒有說什麼奇怪的話一樣。

「好，回去吧。」毛慧珠趕緊順著臺階下。其實他們早吃完了，只是一直坐著聊天。是該回去了，再聊下去，真怕他又會說什麼讓她招架不住的話來。

吳飛起身買單，跟毛慧珠一起上了他的車子。毛慧珠為了創業賣掉車子，所以平常如果時間合適，都是他送她。「今天很難熬，但熬過去就好了。」他忽然說。

「什麼？」毛慧珠嚇一跳，覺得他意有所指。

「我是說尹婷。」

「哦哦，對的。」毛慧珠趕緊附和：「這種事想開就好了。其實最重要的是她自己過得好，別人的誤解和眼光都沒關係，熬過今天就好了。」

吳飛笑了笑，又說：「是啊，別在意別人的想法和眼光，最重要的是自己過得好。」

毛慧珠皺了皺眉，小心地看了他一眼，但吳飛專心開車，沒再說什麼。毛慧珠心裡不安，尹婷今天的遭遇刺激吳飛了？他怎麼怪怪的？他的意思一定不是她想的那樣，一定不是的。

尹婷並不知道毛慧珠也受了點刺激，她打完電話，心裡舒服多了。到了仇正卿家裡，喵大大伸著懶腰到門口接人。尹婷伸手要抱牠，牠就跑，於是尹婷與牠小小追逐了一番，終於將牠拿下，一人一貓玩了好一會兒，尹婷笑得有些開心了。

仇正卿什麼話都沒說，只是坐在旁邊看著他們玩。

尹婷跟喵大大玩夠了，窩到仇正卿身邊躺著。一沒事好做，那些煩惱又出來了。她問他：「求正經，你說，我還能寫什麼呢？」

「想寫什麼就寫什麼。」

尹婷張嘴想說會被罵的，想想又不說了，然後又問：「我是不是也該發個聲明？」
「好啊。」
「那寫什麼呢？」
「告訴他們不會因為被誤解被惡意揣測被謾罵而退縮。」
「聽起來很囂張呢。」她心裡真發愁，還是感覺很忐忑。
「把那些罵髒話說噁心話的都拉黑，刪掉他們的評論，讓他們滾蛋。」
「真的很囂張呢！」尹婷拿著他的手掌玩，「我今天看了一下，七八千條評論，要刪到什麼時候？而且現在這麼晚了，說不定評論都過萬了。」
「妳可以設置禁止評論。」
尹婷沉默了，過了一會兒，她嘆氣，「你說，他們回頭看到自己寫了這麼多髒話，不堪入目，是什麼心情？」
「大概很驕傲自己有個性，戰鬥力強，又有正義感，值得讓人欽佩吧？」
尹婷笑了，「你在嘲笑他們喔？」
「是啊。」
尹婷又嘆氣，心想也許那些人罵她嘲諷她的時候真的像仇正卿說的那樣，覺得自己很棒。
「別想了，不急著做決定。妳先睡一覺，明天早上一睜眼，就發現其實這件事沒什麼大不了的，我們都愛妳。最重要的是愛妳的人，那些不相關的人，妳管他們做什麼呢！」
尹婷閉上眼，埋頭進仇正卿的懷裡。她知道仇正卿說的對，這麼多人愛護她關心她，她還要繼續發文。她的文能讓別人快樂，她就要繼續發，可是她能寫什麼？明天就應該寫吧？可以寫什麼呢？

「你能不能一直陪著我？」尹婷的聲音很可憐。

「能啊，我不是一直陪著妳嗎？」

「我晚上會睡不著的，我覺得心裡好亂，我就在這裡待著行嗎？」

仇正卿愣了愣，「不回去了嗎？」

「行嗎？」

「行。」仇正卿摸摸她的頭，她也真是對他放心，他嘆氣。放心就放心吧，他會好好照顧她的，「我的床分妳一半。」

尹婷忽然反應過來了，看了他一眼，「不做壞事喔？」

「我是趁人之危的人嗎？妳有心情做壞事嗎？」

「沒有。」真的心情很糟糕，「那我能抱著大大睡嗎？」

「牠不愛人抱，妳可以試試。」

「那你能幫我打電話給我哥嗎？我會不好意思。」

「……」

仇正卿厚著臉皮打了電話給未來大舅子，大意是尹婷情緒低落，需要安慰陪伴，所以在他這裡睡一晚。他這頭話剛說完，尹實剛接話答應，尹婷忽然大笑起來。仇正卿轉頭一看，喵大大叼了個玩具球討好，讓尹婷丟給牠玩，然後撿球的時候很滑稽地摔了。

電話那頭尹實也聽到了據說情緒很低落需要安慰的妹妹的大笑聲。他沉默了兩秒，然後還是決定裝作沒聽見，語氣如常地答應了。他告訴仇正卿，尹國豪明天中午出院，讓仇正卿告訴尹婷一聲。仇正卿懂了，言下之意是，中午前尹婷最好回到家，別讓她爸知道她在外頭過夜。

仇正卿也決定裝作沒聽懂，語氣如常地答應了。兩個男人通話完畢，掛了。

這晚，尹婷躺在仇正卿的床上，終於意識到自己該害羞，而這種害羞和小彆扭的情緒分散了一些她的憂愁。因為仇正卿整晚一直盯著她，她沒能上網看看最新情況和留言，心裡還是有些惦記。她讓仇正卿幫她看看，仇正卿看完了，告訴她她沒有做好心理建設前，最好還是不要看，免得受影響。

「需要我幫妳刪留言和拉黑嗎？」他問她。

「不要。」她咬咬牙，「這也是心理建設的一步吧。」

現在，她和仇正卿一起躺在床上，腳邊還蜷了隻貓。尹婷覺得自己心情頗微妙，一會兒煩惱網路上的事，一會兒又覺得是不是該對同床共枕有些表示，要不然會不太尊重男朋友吧？

正腦子一團亂地胡思亂想，兩邊都想不好該怎麼辦時，一隻手臂忽然伸了過來，把她拉進了一個溫暖的懷抱裡，「別想了，快睡覺。」仇正卿的聲音在黑暗中顯得格外有磁性和溫柔。

「我不退出。」尹婷說。

「很好。」仇正卿親親她的額頭。

「但我沒想好該怎麼辦。」

「妳今天心亂，不宜思考。該睡覺了，明天一睜眼，會發現又是新的一天。」

「會嗎？」

「會的。」

「才一天，我卻覺得過了很久。」

「所以該睡了。」他再親親她的額頭，又親親她的眼皮，「睡吧，我會一直陪著妳。」

尹婷想說心太亂，會睡不著的，但她還是打了一個大大的哈欠。仇正卿撫著她的背，溫柔地哄著她。尹婷想著，明天，希望明天一切都好起來。

然後，過了一會兒，她真的睡著了。

尹婷醒過來的時候，有一會兒的恍惚，沒反應過來自己在哪裡。然後她想起來了，她在仇正卿家裡。

此時她窩在他懷裡，背靠著他的胸膛，而他手臂圈著她的腰，摟著她，呼吸綿長，正在熟睡。然後尹婷發現她為什麼醒了，因為喵大大在窗簾那鑽來撓去，弄出了些動靜。窗簾下襬被它扯開了一個小角，初晨的陽光有一縷從那個角透了過來，打在了窗臺上。

仇正卿家裡用的遮光窗簾，一拉上，所有光線都被密密實實擋住了。現在露了一個小角，那縷陽光透進來，竟有些刺眼。

尹婷盯著那縷陽光看，看著看著，忽然坐了起來。她去仇正卿的書房，翻出他的相機，回到臥室，仇正卿醒了。

「怎麼了？」他坐起來問。

「我看見了陽光。」尹婷笑著說，神采奕奕。

仇正卿不懂。他看著尹婷拿著相機調試，然後按下了快門。

「所以呢？」他問。

「陽光很美。」尹婷在笑，又拍了幾張，然後撲上床，撲到仇正卿身邊，給他看她拍的照片，「看，陽光很美。」

「嗯。」仇正卿懂，他的天使雞湯病又發作了。他轉頭親親她的臉頰，他愛她的笑容，天使就應該這麼笑，「妳也很美，笑起來非常美。」

尹婷傻笑。

仇正卿也笑，他拉開床頭櫃，取出一個錦盒，「既然陽光這麼美，妳笑得這麼好看，那麼我們可以來戴戒指了。」他打開盒子，裡面是他買的訂婚戒。他取出女戒，幫尹婷戴上，「新的一天快樂，老婆，要每天都快樂。」

尹婷呆呆看著那戒指，「這不是我挑的那款。」她挑的那款是素面的，而現在戴在手上的有鑲鑽。

仇正卿探身過來親親她，「拿主意做決定是男人該做的事，我決定要換這一款。」

尹婷看了看戒指，眼眶又熱了。她抬起頭，「你說對對，一睜眼，就是新的一天了。新的一天，不一樣了。我想到該怎麼辦了，我看到了陽光。」

什麼都無法阻擋，因為它本就應該存在。只要給它一點溫暖，它會突破重重阻礙，展現美麗，像陽光一樣美。

尹婷看著仇正卿，心裡頭被溫暖漲得滿滿的。

他換了戒指，只是小事，但就是這種出乎意料的小事，最讓她感動。

他的表白很特別，但特別的不是發一張照片過來，而是他認真思考了表白後的每一步。不是我喜歡妳我們交往吧。而是我喜歡妳，我為什麼喜歡妳。喜歡妳之後我會做什麼，我能為妳做什麼。如果妳也喜歡我，我們怎麼生活。

「喜歡妳」是感情，「做什麼」卻是生活，他把對她的感情放進了生活裡思考。

他送她的相框不是為了浪漫，因為這個男人不知道什麼叫浪漫，他只是表達了他的承諾。

他求婚沒有排場，沒有精心安排的驚喜，只是一通電話，然後吃個飯逛個街，順便把戒指買一買。沒有甜言蜜語，沒有惹人掉淚。買完戒指，紙袋一提就回家。

他不懂浪漫，但是他會給她一顆糖，告訴她要開心。他會默默地把戒指換成好一些的，挑她心情好的時候幫她戴上，鼓勵她。

尹婷看著仇正卿，覺得他是全世界最帥氣的男人。

他是她的陽光，溫暖、閃爍，照亮她的生活。

尹婷探身，吻上他的唇，「我會好好加油的。」

她的吻太甜蜜，笑容太可愛，仇正卿被迷得一時昏頭，傻傻地問：「加油做什麼？」

尹婷歪了歪腦袋，「你又說黃色的話了。」

「……」仇正卿一臉黑線，「哪一句？」

尹婷哈哈笑，撲過去壓倒他，「做什麼那一句！」

仇正卿猝不及防，差點被撞得摔下床。他好不容易穩住兩個人的身體，沒掉下去。尹婷卻毫不在意，坐在仇正卿身上比劃著兩隻手臂，擺了個「強壯」的姿勢，中氣十足地道：「我有陽光！讓他們看看，絕不認輸！」

仇正卿捂臉，很想大笑，「我差點忘了。」

「忘了什麼？」

「忘了妳有吃『我每天都很有精神』的藥。」

尹婷微瞇眼睛看他，「好吧，不是『我每天都很有神經』就行，你的評價也算中肯。」

仇正卿哈哈大笑，「其實這兩個名稱是同一種藥吧？」

尹婷嘟嘴拍他一下。仇正卿看她的表情，對她道：「其實我也有吃藥。」

「是什麼？『我每天都很正經』的藥？」

仇正卿笑得胸膛起伏，眼神分外溫柔，「不是，是『我每天都很愛妳』的藥。」

尹婷看著他。他又說：「無論是很精神還是很神經，我都很愛妳。」

尹婷又感動了。這麼容易感動真是不好，不過管他呢，她家正經先生的情話雖然都沒什麼水準，不過她喜歡，因為她知道他說的是真心話。

尹婷伏身，緊緊抱著他，「藥不能停啊，正經先生。」

「好，妳也別停。妳就這麼開心下去，別管別人，自己過得好最重要。我會陪著妳，看著妳變成開心的大嬸，然後再變成開心的老太婆。跟孩子說旅行的故事，再跟孫子說旅行的故事。」

尹婷笑了，抬頭看他，「那你會不會是嚴肅的大叔，然後變成嚴肅的老太爺？」

「會。」

尹婷一直笑，把頭埋進他懷裡。好幸福啊，開心的老太婆和嚴肅的老太爺！她忍不住抬頭親了親仇正卿的唇。仇正卿往後退了退，她黏過去，抓住他睡衣領子拽過來，主動加深這個吻。

仇正卿善意提醒：「我自己一人睡的時候，不穿睡衣的。」

「所以呢？」尹婷啄他的唇，看到他有些緊張有些害羞的樣子，覺得很高興。

「是因為妳在我才穿上，怕自己會衝動。」

「……」尹婷的豪爽火速撤退了，她完全沒往這上面想。

「妳穿著我的T恤當睡衣也會讓我衝動。」

「……」

「現在妳這樣熱情……」他不往下說了。

尹婷挪動身體往後撤退，看到他熾熱的眼神，她的臉紅透透。

仇正卿在心裡嘆氣，穿著他的T恤，紅著臉，對他這麼熱情……他伸手把她撈回來。原本想吻一吻就好，但是吻著吻著有些控制不住。

他皺眉頭，很懊惱，「活動結束就結婚。」實在不能等了。

尹婷大笑，紅著臉抱緊他，「沒關係，反正不能讓你老來才得子。」

「誰老？」真是太過分了，「誰老？」士可殺不可辱，男人的尊嚴不可欺。

尹婷被他的表情逗得大笑，翻身壓倒他，親了好幾口。然後，仇正卿決定真的不能等，他翻過來，將她壓在身下。

兩個人喘著氣，身上火熱。仇正卿突然跳了起來，他的腳被喵大大掏了一下。

差點把這小傢伙忘了。

拎起貓，丟門外，關門。

尹婷又忍不住大笑。

窗臺上，那縷陽光還在，一直在。

仇正卿這天上班遲到了，這麼多年破天荒第一次。

而且不是遲了幾分鐘、十幾分鐘，而是足足遲到了兩個小時。

仇正卿進辦公室的時候，臉色異常嚴肅，臉板得正正的。同事們看到後，大氣都不敢出，辦公室裡的氣氛凝重。仇正卿目不斜視地快步邁進了辦公室，然後再沒有出來。

看來情況很糟，是不是婷婷玉立413在網路上被人黑的事惡化了?大家小心翼翼地八卦。跑到婷婷玉立的微博上看，沒有任何新消息，謾罵和支持還在繼續，兩派人馬仍舊堅持著自己的立場。今天的轉發量比昨天更多，但因為「秀」的公告和公關處理及時，網路上已經沒有那類所謂「絕對真實」、「內部消息」式的謠言。雖然這也擋不住大家的惡意揣測和偏頗的定論，但明顯觀望的人多了。

情況似乎並沒有更糟，難道婷婷玉立承受不了，仇總大人也覺得不堪壓力的重負？

門外大家推測著最糟糕的情況，門內仇正卿在跟尹婷通電話。

「你到公司了？」

「嗯。」
「是不是板著臉走進去的？」
「沒有。」
「你一害羞就會特別嚴肅。」
「嗯哼。」仇正卿咳了兩聲，意在警告。天使小姐，妳也要顧及一下男朋友的面子！
尹婷意會，嘻嘻笑。
「見到妳爸了？」仇正卿問她。早上做完壞事後，他帶她出去吃了早飯，又送她回家換了衣服，再送她去醫院。明知是遲到了，緊趕慢趕，但他不會丟下她就走。這個早晨對他和尹婷來說，都有很重要和特殊的意義。真的不想分開，可惜現實就是他還要上班，而她也有她的戰鬥。
「見到了，我爸挺好的，中午就能出院了。」
「妳一定是傻笑著進門的。」
「才沒有。」
「妳一害羞一心虛就傻笑。」
「才沒有。」
「妳現在一定是找了個沒人的地方偷偷打電話給我。」
「……」這倒是真的。
「雖然分開不到半個小時，不過妳一定是想我了。」
「才不是！」尹婷嘴硬。怎麼剛剛他們才這樣那樣，他就一點都不體貼地揭穿她，還這麼一本正經的語氣，讓她這未來老婆的面子往哪擱？
「我也想妳了。」

咦，好吧，她頓時又覺得自己挺有面子的了！

「我把戒指給我爸看了。」

「嗯。」仇正卿有些緊張，岳丈大人不會還有反對意見吧？

「他說挺好看的。」

「哦。」仇正卿鬆了一口氣。

「我告訴他是你挑的，他說眼光普通。」

仇正卿輕笑，尹婷也笑了，又說：「我爸說你下班後過來吃飯。」

「好。」仇正卿非常高興。

「然後呢，我剛才也跟他說了昨天的事。我說我在網路上被人罵慘了，他說能有多慘，要爭一口氣。」

仇正卿笑了。能想像到尹國豪的語氣。

「那我下午回去就發公告。」

「好。」仇正卿不放心，再囑咐她：「記得我們說好的嗎？不要看評論，不要管轉發，就是堅持發文就好，這才是對妳自己生活負責的態度。」

「嗯。」尹婷用力點頭。不管別人說什麼，她該在意的，是愛她的這些人。

下午，活動官網和相關合作的網路平臺又沸騰了，因為「婷婷玉立413」現身發了公告。

多謝大家的關心，我有些話想說。

首先要說的，當然是最重要的一點，這個活動沒有黑箱操作。我確實提前知道了活動的存在，並積極為參加活動做準備，但我參與的流程、方式，以及接受大家的投票，都與其他參賽者是一樣的。我發微博消息時完全沒有想太多，因為沒什麼好遮掩好撒謊的，我坦坦蕩蕩，只是把我的生活記錄下來，分享我的喜悅，與過去五年沒什麼不同，而因此受到了質疑，給「秀」和我的家人朋友及支持我的粉絲們帶來了麻煩和不愉快，我對他們感到非常抱歉，在這裡跟大家說聲對不起。

但我不會退出活動，因為我沒有做錯任何事。

再有，我覺得我發的文很好看，我很喜歡，那些都是我的心聲。喜歡它的朋友也覺得它很不錯，所以我還會繼續發下去。

另外，我不夠堅強，會被負面評論和沒素質的言論影響情緒，所以短期內評論和轉發我都不會再看了。支持我的朋友，你們的心意我知道，謝謝，很抱歉暫時沒辦法跟你們互動了。質疑我的朋友們就請隨意吧，反正我也看不到了。所有的評論我都不會刪除，包括詛咒、謾罵、諷刺和抹黑，網路是個公共平臺，我展現我的，你們也在展現你們的。

昨天對我來說真是很艱難的一天，從來沒想過我會有這樣的經歷，但遇到了，我會珍惜從中的收穫。昨天我也曾有過退縮的念頭，但有人對我說，這不是參加活動的問題，是妳生活的問題，妳要放棄享受生活嗎？

我不想放棄。

我喜歡與人分享開心，這是我想做的事，是我的生活一部分，所以我要堅持下去。

今天早晨醒來的時候，我看到密閉的窗簾露了一個角，陽光從那個角透了過來，非常美，我覺得很受鼓舞。以為密不透風的保護才是安全的，完美才是可敬的，可是，從那點缺陷不完美的地方，我看到了陽光。

公告下面配了一張圖，密實的窗簾，揭開的一角，陽光從那一小角透在了窗臺上。

這公告很快被多次轉載，許多人仍質疑，呵呵不斷。有說「現在腦殘說錯話暴露了真相也能用沒多想不遮掩坦坦蕩蕩來解釋了，反正後臺硬嘛」，也有罵「矯情得要死，噁心」，還有說「寫這麼長幹麼，就說一句我不要臉我就賴著不退出就好了」。

也有支持尹婷的，有說「太好了，絕不能退出，絕不向惡勢力低頭」，也有說「永遠支持妳」，還有說「質疑和謾罵毫無成本，退出卻損失巨大，不該為了網路另一邊的人放棄，妳做的對」。

尹婷對這些毫不知情，她確實發完文就關了頁面，沒看評論。

仇正卿看了，沒多說什麼，只轉發，寫了四個字：「愛妳！加油！」

很快下面有人留言：狗男女，祝你們百年好合。

仇正卿沒動怒，像丟垃圾一樣，把評論刪了，把這用戶拉黑，然後若無其事繼續做他的事。

過不久，許多人也看到了尹婷的公告和仇正卿的轉發。

秦雨飛轉了，她寫：愛妳！加油！

沈佳琪轉了，她寫：愛妳！加油！

毛慧珠也轉了，她寫：愛妳！加油！

許多粉絲都紛紛效仿，「愛妳！加油！」

粉絲們不再與不同意見的人對罵，反而很默契地只寫這句：「愛妳！加油！」

罵髒話嗎？「愛妳！加油！」

諷刺嗎？「愛妳！加油！」

罵我們是一群神經病？「愛妳！加油！」

反正，「愛妳！加油！」

網路平臺上，飄滿了「愛妳！加油！」。

仇正卿這天晚上去尹家吃飯，尹國豪的臉色有點微妙，一副不太想理他又總盯著他看的樣子。尹婷笑嘻嘻的沒察覺到什麼不對勁，還跟大家報告她今天做了什麼事，整理了哪些資料。

之後尹實偷偷跟仇正卿說，尹國豪回來後就上網看尹婷的微博，看到罵尹婷的那些話沒怎麼生氣，只是冷笑說真是可笑。後來尹婷發了公告，他也盯著看，然後他看到了那張照片。

尹實搖頭晃腦地拍仇正卿的肩，「真不是我出賣了你們，是小婷心太寬。」他還引用了尹婷公告裡的話：「她覺得沒什麼好遮掩好撒謊的，她坦坦蕩蕩，把她的生活記錄下來，所以，我爸知道昨晚小婷在你家過夜了。」

「嗯。」仇正卿應了一聲，有些心虛。

「然後他又看到了你寫的『愛妳！加油！』。」

「嗯。」有點沒法淡定了。

「然後我就看不出他到底是生氣還是不生氣，反正他就那種表情：哼，現在這些年輕人。」

「嗯。」

「所以你做個心理準備吧。」

「嗯。」

怎麼只會「嗯」啊，好歹也給點反應，比如說「那怎麼辦，阿實，你得幫幫忙」之類的，那他這大舅子才顯得出重要性來。這麼嚴肅地「嗯」，實在讓人太挫折了。

之後的時間，尹國豪和仇正卿這一老一少都嚴肅，但尹國豪一直沒說什麼，直到仇正卿告辭離開的時候，尹國豪才突然來了一句：「你說你們想什麼時候結婚來著？」

尹婷聽到這話，終於反應過來老爸是什麼意思了，她害羞地躲到仇正卿身後。

「等活動結束吧。」仇正卿道：「這會兒小婷也忙，讓她好好享受這個過程，等結束了再來籌備婚事。」

尹實對妹妹擠擠眼睛，尹婷的臉更紅了。

「嗯。」尹國豪說話了：「就等小婷贏了，你們再好好準備。」

仇正卿微微一愣，但很快點頭，「好。」

尹婷從他身後探出腦袋，「要是贏不了呢？」

尹國豪一瞪眼，「爭一口氣。」

尹婷糊塗了，等仇正卿到家，她跟他遠程商量：「我爸是什麼意思？我怎麼可能贏？」

「他第一層意思是希望妳不要氣餒，要努力。第二層意思是生我的氣，給我增加阻力。」

「為什麼生你的氣？」尹婷還蒙在鼓裡。

「他知道妳在我那裡過夜。」

「啊？」尹婷嚇一跳。

「妳的陽光，是我家的陽光，記得嗎？」

「啊！」恍然大悟。

尹婷嘆氣，懊惱了好一會兒，「我怎麼總幹這種事呢？」其實嚴格說起來，人家罵她蠢也不算是誣陷。

「這才是妳啊！」

「所以笨一點沒關係嗎？」

「妳不笨，妳只是在掩飾這項技能上缺少警覺和靈感。」

尹婷哈哈大笑，「所以呢？」

「所以，我愛妳，請加油。」

「加油贏嗎？」

「加油好好享受，這過程要開心。」

尹婷臉紅了，不過這次她沒好意思說他這話聽起來有點色色的。他真的色色的之後，她就真的不好意思了。

尹婷這天躺在床上想。這兩天簡直就是在坐雲霄飛車，一會兒沉到谷底，一會兒飛到高峰。谷底的那天過得很慢很慢，而今天卻一眨眼就過去了，所以快樂總是讓時間溜得快，要珍惜。

明天，又會是新的一天。

她笑了起來，新的一天，一定是美好的一天，要有這樣的期待。

然後她睡著了。

第二天，尹婷半天陪爸爸，半天出門。她拍了很多照片，然後發了一篇新的文章，說的是雲霄飛車的快樂。你以為它只是挪不了地方的傻大個，其實它不停經歷低谷高峰，從不氣餒，從不驕傲。它讓每一個親近它，投入它懷抱的人知道，高低曲折、驚險刺激也是一種快樂。經歷失敗成功，也是一種快樂。

尹婷沒有看評論，她只是把文章發出去了。

仇正卿這天要加班，尹婷照例做了飯菜，找人送過去給他。

晚上的時候跟仇正卿通通電話，陪爸爸看看電視，然後沈佳棋打電話給她，約她去第二天去唱歌，尹婷覺得生活很充實。

第二天，尹婷照舊陪爸爸，又去了一趟代理公司，處理她房子上的一些事，簽了些文件，審核了些報表。回程時，她走了很長一段路，拍了一些風景的照片。

這天她發的文章是城市的角落。有在公車上拍的，有走路時拍的，有在辦公大樓裡拍的。她寫著：到處都有美，但你需要去看。

尹婷依舊沒有看留言，她不知道依然還有人在她的文章下面諷刺：「就這水準，小學生作文都比這好。妳真的挺敢說自己寫得好，挺敢『秀』的。」

尹婷沒看，完全不受影響。她沒時間為仇正卿做飯，跑去跟好姊妹們唱歌去了。仇正卿下班時間還好，於是去了尹家蹭飯。尹實也沒在家，尹國豪一人孤單單吃飯，來了個仇正卿，還真是……感覺頗微妙。不過有人陪，感覺還挺好的。尹實回來的時候，就看到這一老一少在熱烈討論商界消息。

尹婷和姊妹們瘋狂吼了一晚的歌，連孕婦秦雨飛都去了。尹婷知道，那是她們在為她打氣。幾個女生瘋瘋顛顛地吼，還一起擺酷炫的舞姿。秦雨飛肚子大不方便擺動作，於是哈哈大笑地幫她們拍照。

尹婷回家的時候，仇正卿還沒走。尹實去店裡了，家裡只有仇正卿和尹國豪。仇正卿正催尹國豪睡覺，又監督他吃藥。尹婷微笑著，看著爸爸絮絮叨叨抱怨仇正卿管得寬，太囉嗦，但他還是把藥吃了，睡覺去了。

「玩得開心嗎？」仇正卿問她。

尹婷點頭，撲到他懷裡，抱著他。

老爸說不可解的矛盾居然已經解開了。其實不是不可解，只是需要換一種思路。該工作的那個人工作，該玩的那個人去玩。不是非要綁在一起才叫相愛，尊重對方的需要，給對方空間，給自己留些自在，也可以相愛。

尹婷抬頭，接受仇正卿的吻，問他：「我明天秀恩愛放大招，可能會很多人罵，要是跑到你那裡去罵，你招架得住嗎？」

「不用招架，我都懶得理他們。」仇正卿很酷地說。

尹婷笑了。

第二天尹婷的微博放了幾張照片。她跟爸爸一起散步的腳，她跟仇正卿戴著訂婚戒指的手，她跟朋友們擺的神經病舞姿。

「這幾天的生活：陪爸爸散步，跟男友訂婚，與朋友歌唱。我過得很好！」

再往下，又一張照片，是一大一小兩雙女鞋。

「這兩雙都是我的鞋。一雙十二年前的，一雙是前幾天剛買的。」

再往下，是大小鞋的商標特寫。

兩雙都是「秀」。這雙小的，全世界只有一雙。這麼小的尺碼，「秀」沒有量產過。十二年前，我父母創辦了「秀」，父親親手做了兩雙鞋，一樣的款式，不同的尺碼，一雙給我母親穿，一雙給我穿，我的就是這一雙，而我母親的那雙，在她去世後，父親讓她穿著走了。我母親叫余秀萍，「秀」這個名字，取自她名字的中間那個字。十年前，我母親因病離開，去了遠方，父親便將「秀」轉給了永凱。永凱將「秀」發展壯大，成為了全國知名品牌，但在我與父親的眼裡，「秀」就只是「秀」，是蘊含著特殊感情的一個名字。

如今「秀」品牌被賦予了許多積極而有意義的含義。

對我來說，它的含義是「媽媽」，還有我父母的愛情。

我媽媽是個商界女強人，是位很美的女士。「秀」是個很好聽的名字，是個很美的字。其實我媽媽很普通，秀這個字也很普通，但我就是覺得她們很美，因為我愛她們。

我媽媽走的時候，很怕以後我會不快樂，我不想讓她擔心，所以後來我養成了寫日記、畫筆記的習慣。不敢寫難過的事，只寫開心的事。後來我發現，難過的事不用寫，過了一段時間還能記得牢牢的。而開心的事，有些我需要翻日記本才會想起來。原來開心容易丟掉，所以我們更該珍惜。

大學的時候，我學了攝影，開始拍照片，寫文章放到網路上。還是那個習慣，要記開心的事，要讓媽媽知道我很幸福。然後我發現我就真的很開心，很幸福。人一旦下定決心追求什麼，傾盡全部的心力去做，就一定能夠做到。你只會得到你發現的，連看都看不到，自然就得不到。所以，發現快樂，發現幸福，多麼重要。

我一直寫，悶頭寫，我想媽媽一定會看到的。然後我的部落格有人關注了，有人留言，有人與我分享了她的快樂。那時候我就知道，分享是一件多麼快樂的事。

我有個夢想，我想成為一位旅行家，跟大家分享我看到的美。我也確實走過很多地方，分享過很多遊記，寫過很多攻略。參加這個活動之前，我把從前所有的照片遊記都翻了出來，想找一個最打動人心的故事。但後來我覺得，別人的故事永遠比自己的精彩，可遠方的美景就比身邊的更美嗎？我決定留在本地，寫身邊的美。

這是一個好平臺，會有很多好的故事，大家都在分享，這是這個時代的幸福。我想，如果媽媽知道很多女生知道「秀」，喜歡「秀」，穿著「秀」，過得開心，分享快樂，她也會感到幸福的。

尹婷在文章的最下面放了一張她幾年前的照片的筆記頁，上面寫著日期，畫了一個女生在寫日記，身後站著一位面帶微笑的女人看著她。兩個人穿著一樣的衣服，一大一小。筆記頁上寫著字：妳相信她沒有走遠，她就在妳身邊。妳相信她能看到妳的幸福，她就一定能看到。所以，要幸福。

文章發出去後，尹婷關閉了網頁，拿了食譜去廚房學做菜。網路上紛紛擾擾，要再罵什麼她也不管了。她不指望什麼贏比賽，仇正卿說的對，最重要的是她享受這個過程。

這篇文章確實又掀起波瀾，但讓仇正卿意外的是，有人發了長文，圈了他。

「很想讓婷婷玉立413看到，但她說不再看評論，也不再看轉發，所以我只好圈你了。希望我也能把我的心情分享給她，我也看到了陽光。」

長文是一位女網友發的，網路ID是「森林沒有木」。她的文章裡寫著，她也有夢想，她的夢想是當一名鋼琴演奏家，但夢想只是夢想，她家裡沒有錢，她從來沒有摸過鋼琴，只在電視裡見過，在琴行外面遠遠看過。她甚至不敢走進琴行去摸一摸鋼琴，因為她買不起。她只是一名餐廳服務員。

她的夢想，只維繫在她的手機和電腦裡存著的一堆鋼琴曲。她每天都聽，幻想著自己舞動手指，彈出美妙的旋律。

她有一位相戀六年的男友，他考上了大學，而她沒有。他去另一個城市念書，而她留在了原地。她與他的家庭條件都不好，他去念書，經濟上也是緊巴巴的。她在一家高級餐廳做服務生，收入不多，但日子能過。她省吃儉用，存下了錢寄過去給男友，讓他能安心讀書，不為生活費發愁。男友說，等他畢業，找到了好工作，就把她接過去過好日子。

她很高興，她等待著那一天來臨。

但是日子慢慢過去，他們聯絡得越來越少，每次通話的時間也越來越短，因為不知道該說什麼好。他們的生活除了過去，再沒有交集。她不認識他的同學，他也不知道她的同事，漸漸的，她發現如果她不主動聯絡他，他是不會找她的。談話中也常不耐煩和敷衍，但他還說愛她，很愛她，可她察覺到了不對勁。只是這樣的猜測被她自己一次又一次否定，她不敢追問，只怪自己疑心病重。

他一次次跟她要錢，說宿舍太吵，想搬出去住，說學習不便需要筆記型電腦，她給了。她去看望過他一次，他對她細心體貼，但她就是覺得哪裡怪怪的。

「秀」的活動一開始，她就特別關注，因為裡面有夢想兩個字，雖然很多人都覺得夢想已被商家綁架當噱頭，是可笑的，是騙人的，但她還是喜歡看。可沒多久，婷婷玉立413的黑幕就出現了。她憤怒，異常憤怒。那一天正是她的休息日，她在家裡除了打電話給男友，就是盯著網路上這件事。

她的憤怒有部分來自男友。那段日子她對男友的疑心達到頂點，她在網路上找他他總不在，她打電話給他他很久才接，然後支支吾吾，卻又異常熱情。

她覺得她受騙了，而婷婷玉立的黑幕讓她覺得她在網路上也受騙了。她剛打完電話給男友，她想問他究竟發生了什麼事，是不是你不再愛我，但她沒敢問，她覺得問了就毀了，不問，事情似乎還會有轉機。但她的情緒無處宣洩，黑幕事件讓她抓到了尋求正義的快感。她憤怒地跑到「婷婷玉立413」的文下破口大罵了十多條，她覺得必須討回公道。

可是「婷婷玉立413」沒有回覆，毫無動靜，而支持她的粉絲跑來罵她。緊接著「秀」的官方聲明出現了，她看了聲明，發了半天呆，竟然覺得聲明說的也有些道理，竟然覺得自己有些可憐，她竟然需要跑去罵一個素不相識的人來證明自己。

她那一整天不知道是怎麼過來的，她不停看手機，期待男友給她一通電話，或是發個消息，告訴她她多想了，結束她這幾個月的煎熬。可又想其實他一直就是這麼說的，是她不相信，不相信卻又不敢證實。她不知道她到底在做什麼，想要什麼，反正她就是把自己弄得一團糟。那天，跟其他日子一樣，男友並沒有主動打電話給她。

第二天晚上，她下了班，回到家裡上網，看到「婷婷玉立413」發的公告。其實真真假假對她來說並不重要，她只是個旁觀者，但是「婷婷玉立413」有句話觸動了她，她說：以為密不透風的保護才是安全的，完美才是可敬的，可是，從那點缺陷不完美的地方，我看到了陽光。

她回味這句話回味了很久。她一直在保護自己，在騙自己，以為這樣才是安全的，這樣才是好的，可是真的是這樣嗎？

又過一天，她看到婷婷玉立發文，寫的是雲霄飛車。她沒什麼感覺，只覺得婷婷玉立還真是夠倔的，這麼多人罵她，她竟然沒走。又過一天，婷婷玉立又發文，說到處都是美景，只是你需要去看。她覺得說的很對，需要去看。於是她請了假，連夜買票，站了九個小時，到了男友的城市。那時候天剛濛濛亮，她敲開了男友租房的大門。門開了，男友穿著條睡褲開了門，小小的租屋裡，一個年輕女聲在屋裡問：「是誰啊？」

她與男友對視良久。不需要言語，她明白了一切。她狠狠打了男友一個耳光，用盡全力飛起一腳直擊他胯下，然後她沒停留，沒回頭，大踏步地抬頭挺胸離開。直到她回到車站，買了回程的車票，坐在候車室裡等車時，她才想到要哭。她放聲大哭，哭得上氣不接下氣，然後她忽然發現，燦爛的陽光從候車室的窗戶那投射進來，照在了她的身上。

「我看到了陽光。」

她想起這句話。她很慶幸自己來了，解脫了，一切都結束了。她後悔自己沒有早點來，真相如此簡單，她卻試圖安慰自己。只是無論如何安慰，真相就是真相。對方逍遙快活，而她躲在暗處欺騙自己。

現在，她看到了陽光，她真的應該早點來。

她回到了家裡，看到「婷婷玉立413」又發了文，文裡說她的親情愛情友情，說她過得很好。於是「森林沒有木」就想，別人過得很好，她沒有理由過不好。別人記錄珍惜著快樂，她也應該這樣。而且，她還想告訴「婷婷玉立413」，不要躲起來了。只發文，不看評論和分享，那這種分享的意義在哪裡？就如同她的生活，害怕自己不夠堅強，總不敢面對，但其實給他一巴掌，狠踹他一腳，卻一下子就挺過來了。

沒什麼大不了的，生命還在，陽光還在，她的家人朋友都還在。她相信愛情還會來，對的，她相信丟掉壞的，是為了迎接好的。她打算繼續省吃儉用，存下錢來，去報鋼琴課。她當然不可能成為鋼琴演奏家，但她就是想學，她應該學。她省下來資助前男友的錢，早就夠買一架好鋼琴，上幾期鋼琴課了。而她之前為什麼覺得自己摸不起鋼琴呢？她真蠢。

「森林沒有木」最後寫著：婷婷玉立413，我剛剛也報名了「秀」夢想之旅活動，我的夢想是成為一名鋼琴演奏家。我不可能登上什麼大舞臺，但我要學，要能彈奏出完整的鋼琴曲，那樣也是演奏家，我自己心裡的演奏家。我不可能贏得活動，但我要展現。妳回來吧，我希望妳能看到我的文。

仇正卿把留言看完，回覆她：「我會轉告。」

第八章

我的成就，就是遇見妳

這天晚上，仇正卿又去尹家蹭飯了。飯後跟尹婷在她家社區散步，他把這件事告訴了她。

尹婷有些動容，她猶豫著，然後問仇正卿：「現在網路上還罵得厲害嗎？」

仇正卿點頭，他今天特意看了一下。原本昨天的評論量已經少了些，今天這篇文章發出來，又挑動了鍵盤俠們的神經。一如尹婷之前所料，那罵人的把尹婷的媽媽也罵進去了。有說什麼拿死人做秀也不怕妳媽媽從墳裡跳出來之類的，還有說原本已經不想理這事了，但今天一看又忍不住呵呵了，原來不是單純為男朋友的公司做廣告啊，原來「秀」就是妳家的呀，還有「秀」的股份吧，有這麼厲害的利益關係在還來參加比賽，真不要臉。

還有許多髒話，仇正卿就不轉述了。他還是覺得尹婷不該看到這些，於是說：「妳想看那留言，我發郵件給妳好了，沒必要去刷評論。」

尹婷想了想，點頭。

稍晚的時候，仇正卿回家，把那篇留言複製發到了尹婷郵箱。

尹婷坐在房間裡，安靜地把文章看完。

她看了三遍，坐了好一會兒，終於沒忍住，她點開了微博頁面，點進了她的評論後臺。數不清的謾罵，和數不清的支持。

還有，數不清的「愛妳！加油！」。

數量太大，尹婷看不完，只能粗略地掃了一眼。然後，說不清是什麼心情，不可能不受影響，但她覺得其實又沒有想像中的那麼難受。她再去看那留言，留言裡寫著：「只發文，不看評論和分享，那這種分享的意義在哪裡？」

尹婷沉思，她覺得她說的對。

尹婷又去看了仇正卿的微博，他跟從前一樣，發的微博很少，所以那條「愛妳！加油！」分外顯眼。

尹婷笑了，原來滿螢幕的這個，出處是在這裡啊！她看著電腦螢幕，一時間忽然有些衝動。她換好衣服，急匆匆往外跑，跟尹國豪說了一聲：「我有急事，要去找求正經。」說完沒等爸爸反應，跑掉了。

尹國豪張了張嘴，想阻止卻又不知從何說起。這不對呀，雖然他沒反對他們結婚，但是當著他這當爹的面，大半夜跑去仇正卿那裡不合適吧？

尹婷沒多想，她搭了計程車，直奔仇正卿家。到了那裡按門鈴，仇正卿出來開門，看到她，嚇了一跳，「妳怎麼來了？出了什麼事？」

尹婷笑嘻嘻進了屋，裝模作樣一番，「嗯，沒別的女人。」

仇正卿戳她腦袋，「調皮！怎麼來的？」

「坐計程車。」

「這麼晚坐計程車？」仇總大人不高興了，「有什麼緊急的事嗎？要過來可以打電話給我，我去接妳。」

「等不了。」尹婷說著，拉著他往房間走，「快！」

仇正卿嚇一大跳，「不是吧？」

尹婷回頭看他一眼，「不是什麼？」

仇正卿的表情相當微妙，任她拉著走。

她把他拉進了書房，仇正卿的表情更微妙。

尹婷把他拉到椅子那邊，推他坐下，然後自己坐到他懷裡，拉過他的手臂環著自己，然後她趴在桌上擺弄他的電腦。

把她的微博打開了，卻終於察覺到了不對勁。尹婷動了動，臀下的部位確實不對勁，她聽到身後仇正卿的悶哼。她回頭看他，他一臉的沒好氣，她的臉頓時紅了，「你想到哪裡去了？」

「任何一個正常男人都會想到的。」

「我哪有這麼色？」大半夜急著拉他上床嗎？

「所以我嚇了一跳，簡直不敢相信。」

仇正卿的語氣讓尹婷忍不住拍他一下，「我有正經事，你要正經一點。」

「我很正經。」

尹婷嘟嘴看他。

「真的很正經。」仇正卿清咳一聲，「好吧，妳來找我是什麼事？」

「我要回歸了，但還是會有些害怕，所以想在你這裡辦這事會放心點。」

「回歸？恢復互動嗎？」

「嗯。」尹婷轉身，再看螢幕，「我看了評論了。」

仇正卿抱緊她，把她圈在懷裡，看著她點開了評論。

「如果有你在，我膽子會大一點。」尹婷說著，搜索「森林沒有木」，看到她的那篇長文，她圈了尹婷和仇正卿兩人。尹婷回頭看仇正卿一眼，咬咬唇，「我轉嘍？」

「好。」仇正卿親親她的臉。

尹婷點了轉發，寫道：「多謝妳，我回來了！」

點了發送，發出去了。

尹婷舒了口氣，轉身對仇正卿笑了笑。仇正卿親親她，「很好，這樣很好。」

尹婷很高興，覺得自己相當英勇雄壯。她回身刷新，看到了好幾條評論。

「愛妳！加油！」有好幾條是這樣寫的。

然後還有幾條是罵她的：「果然滿嘴謊言的蓮花婊，不是說不看評論轉發嗎？不是早回來了嗎？惺惺作態給誰看？真尼瑪噁心！」

「刪了他！拉黑！」仇正卿鼓動尹婷。

尹婷咬咬唇，移動滑鼠，拉黑刪除一氣呵成。

「幹得好！」仇正卿親親她的臉蛋，「繼續，下一個，拉黑刪除！」

尹婷笑起來，有些興奮，移動滑鼠，繼續拉黑刪除，一口氣幹掉了好幾個。

「感覺怎麼樣？」仇正卿問她。

「還挺爽的。」尹婷笑了。果然這種事要在仇正卿身邊做才行，她自己在家裡還覺得不安，在他身邊就覺得完全沒問題了。她又刪了好幾個，然後想了想，發了條新微博。

「我回來了！我會看評論，會看分享和轉發！罵髒話的、口出惡言的，一律刪除拉黑！」她刷了五個驚嘆號，後面附上跳舞得意的表情符號。

仇正卿哈哈大笑，揉她的腦袋，把她的臉板過來親，「我好愛妳！」

「哼！」尹婷現在被點燃鬥志了，「看我把他們都拉黑！」

她忙著拉黑刪除，然後有人罵：「有本事別刪啊！不心虛，妳刪什麼刪？」

尹婷回覆：「理直氣壯地刪！」

她刪得正起勁，看到「森林沒有木」回覆了。她發了張笑臉表情，對尹婷說：「歡迎！」

尹婷回她：「妳說的對，那樣的分享沒有意義，我受教了，我回來了！」她回覆完，感覺到腰上的手臂緊了一緊，回頭看，仇正卿對著她笑。

「快誇我！」她要求。

仇正卿吻了吻她的唇。

尹婷臉紅，嘟囔著轉過身來，「嗯，我再刪一點，還有好多要刪。」

她努力刪啊刪，又回覆了幾個眼熟的，時常互動溝通的粉絲留言。大家鼓勵她，滿螢幕的「愛妳！加油！」。尹婷很感動，沒錯，這樣的分享才是有意義的。她不但不能退縮，她還要勇敢地戰鬥。她又努力刪啊刪啊，然後察覺身後的男人又不對勁了。尹婷臉發燙，實在無法假裝不知道。她回頭，看了仇正卿一眼。仇正卿的眼神灼熱，很溫柔地問她：「不刪了嗎？」

尹婷的心怦怦跳，看著仇正卿，有些移不開視線，「那個，這麼多，一時半會兒刪不完。」

她說完了，感覺仇正卿在撫摸她的腰。她覺得整個人都發軟了，然後一咬牙，拿出了刪除拉黑的氣魄來，勾下仇正卿的脖子，吻住了他。

仇正卿猛地站了起來，椅子被他的腿撞到牆上，發出砰的一聲響。

尹婷被他突如其來的動作嚇了一跳，尖叫一聲，卻發現自己被仇正卿打橫抱了起來。她抱著他的脖子，忍不住笑了。

好吧好吧，她家正經先生也是很威武雄壯的！

喵大大又被丟出了臥室，臥室門關上了。尹婷的包包丟在客廳，包裡的手機響了兩次，而房內的兩個人都沒有聽到。網路上的罵戰還在繼續，尹婷顧不上了。有什麼關係呢，那些人她都不認識，那些人根本不重要。

重要的是愛她和她愛的人，比如現在緊緊擁抱著她的這位一臉嚴肅的先生。

尹婷又在一臉嚴肅的先生家裡過夜了，然後第二天一臉嚴肅的先生去尹家蹭飯的時候，被老頭子給臭臉了。尹婷偷偷笑，還趁她爸沒注意的時候，跟這位嚴肅先生說：「愛你！加油！」

尹婷過得很開心，她不再迴避評論區。不喜歡她的人還是不喜歡，但喜歡她的人越來越多。

另外，「森林沒有木」也被人罵了，有人斷定她是尹婷找來的暗樁，聯手作戲。「森林沒有木」直接回應，說她現在被罵挺活該的，因為她當初也是盲目跟隨大軍罵過尹婷，現在被別人冤枉怒罵，她反而更相信尹婷確實沒有黑箱了。

「森林沒有木」也開始在網路上跟大家分享溫暖的事。來餐廳的恩愛老人、制止孩子在公眾場所大聲喧譁的家長、偷偷藏了花束要給女朋友驚喜的男生。餐廳裡有許多不愉快的事，但她只分享好的和正面的。

再後來，圈婷婷玉立413的人越來越多。有人開始寫筆記，有人記錄公車上看到的互相讓座，有人記錄小朋友跑了十多公尺把垃圾丟進垃圾桶後的笑容，有人記錄下班等車時看到整條街路燈一同亮起的美景，有人記錄遇到小偷路人們紛紛行動擒賊的英勇，有人記錄交通警察辛苦工作路人送水的善意……

很多很多……

尹婷每天都被這些美好感動著，她也很積極地分享。她有她想表達的東西，比如她拍了一處荒蕪的廢舊工地，那廢墟後面卻是一大片美麗的三角梅。她寫著：「不要只看表面，不要有偏見成見，別看不起任何人，在你看不到的背面，也許就有著不輸任何地方的美景」。

任何人都不該被輕視，任何夢想都不該被嘲笑。

支持尹婷的人越來越多，她的票數也越來越多，但是質疑她的人仍然質疑，厭惡她的人仍然厭惡，甚至有人又推斷了一開始那個揭黑幕的是聯合炒作。你看，揭完了之後為什麼無聲無息了呢？怎麼不繼續跟進呢？肯定是暗樁。

也有人大罵尹婷的雞湯，說雞湯不是糧食，讓人膩味想吐。夢想不是口頭禪，聽多了噁心。

有一天，有一家媒體突然發表了一篇長長的評論文章，標題是：「別綁架夢想，別讓務實哭泣」。內容洋洋灑灑，不指名道姓，卻說了某品牌舉辦了一個網路活動，引起很大爭議。但這品牌卻置爭議於不顧，一炒再炒，商業上來說也許取巧賺了眼球，但就長遠來看，這無疑是次失敗的行銷。

文章又說，爭議的重點其實在於什麼人該談夢想，配談夢想。筆者認為，務實的、積極的人才能與夢想作伴，為夢想起航。只會發些酸溜溜的雞湯段子，假裝溫暖卻遭人唾棄的人，絕對會被夢想拋棄。務實的夢想才是真的夢想，無病呻吟，譁眾取寵，以商業為目的的夢想，是假夢想。夢想不是傻子，它絕不會被你利用，也絕不會任由你綁架。

文章一出，雖未點名，但大家都知道是在拐彎罵誰，沉寂多時的俠客們又興奮了。

「千古好文章！」

「這才是好文，有水準，不像某些人那些抱團發的小學生作文！」

「沒錯，別總把夢想掛嘴邊，噁心死誰！」

「我早煩死婷婷玉立那撥人了，真想一掌拍死她們！」

尹婷當然也很快看到文章了，她打電話給仇正卿：「這誰呀？」

仇正卿掃了一眼，看了媒體和文章署名：「應該是競爭對手企業買的槍手，沒關係。」

「哦，那我罵回去了啊！」尹婷先打聲招呼。

「行。」仇正卿失笑，他家天使現在戰鬥力越來越強了。

尹婷發微博，簡單的一句話：「有人要幫夢想配對象，夢想笑了，問：你是誰啊？」

仇正卿簽完一份文件轉頭拿杯子喝了一口水，順便掃了眼螢幕，看到尹婷那句話，差點噴出來。秦雨飛生孩子去了，所以犀利女神附到他家小婷身上了嗎？

犀利的不止尹婷，有人跟上了：「有人要讓夢想當貴族，夢想笑了，說：滾！」

接著又有人發了：「有人要讓夢想當窮人，夢想笑了，說：想得美！」

又有人寫：「有人要讓夢想當英雄，夢想笑了，說：警察叔叔，綁匪就是他！」

還有人寫：「別綁架務實，別讓夢想哭泣。」

一時間，「夢想體」火了，網路上一片混戰。「秀」那邊打電話給仇正卿，說競爭對手大概沒想到，原本想製造「秀」的負面輿論，借機抬他們自己的新產品，沒想到卻幫「秀」炒作宣傳了一把。

仇正卿笑了笑，心說我家小婷向來是有幾分運氣的，但這話不能說出來，不能太驕傲。

時間過得很快，轉眼就到了初選投票最後衝刺階段。「空氣球」的票數一馬當先，占了絕對優勢，其次是「愛走路的女人」，再往後三四位也是網路紅人。「婷婷玉立413」異軍突起，竄到了十名之內，而且眼見票數還是飛快增長中。

有人大罵，說會給前面的人拚命投票，就為了不讓「婷婷玉立413」這賤人得逞。

尹婷不介意，愛投誰投誰。這段時間她太忙，根本顧不上理這些人。

秦雨飛生了個女兒。生之前哭天喊地要顧英傑保證一定要陪她進產房，不然她會怕。結果聽說生的那天異常英勇，根本不需要老公在旁邊當擺設。尹婷等一幫朋友最近忙著看她看寶寶。

還有毛慧珠，她被吳飛追求了，嚇掉了半條命，火速找尹婷求救。

尹婷從天使變成紅娘，時時關切他們的進展。

「妳覺得最大的問題是什麼呢？」

「年紀啊，我大他七歲！不對，六歲半！」

「求正經比我大九歲。」

「男的比女的大沒關係。」

「為什麼？差別在哪裡？」

毛慧珠語塞。

「那……我家裡很麻煩的。要是他們知道了，風言風語少不了。還有吳飛家裡呢，就他一個兒子，怎麼可能同意他娶一個大這麼多的女人？」

「那不是他的問題嗎？他來解決。妳的問題是，妳喜歡他嗎？」

毛慧珠又語塞。

「小婷，妳是來救命的，還是來搗亂的？」

尹婷想了想，直接說是來當紅娘的會被踢出去嗎？她把糖果含在嘴裡，伸手掏包包，從錢包裡摸出一條紅線來，「這個送給妳。這是我求來的，可靈驗了。妳看，我找著了求正經。妳隨身帶著它，它會幫助妳的。」

毛慧珠垮臉，不會吧，要玩這一套？

另一邊，辦公室裡的吳飛收到一份快遞，寄件人是仇正卿。他打開了，裡面是個紅信封裝著的一根紅線。

他打電話給仇正卿，仇正卿說：「是小婷讓我寄給你的，她說你需要它。當初我打算找對象的時候，她把這紅線送給我了，然後我現在就跟她在一起了。她說她的那一條已經送給Zoe了。」

居然是這樣！吳飛頓時精神一振，他確實太需要它了。

另外，還有小石頭，尹婷也要關切著，因為小石頭被選中拍公益節目。

是一個關懷兒童，打擊誘拐和譴責遺棄的公益節目。製作單位還特意請到了心理學專家蘇小培，從心理學的角度來講述如何關懷兒童，如何及時發現罪犯、解救兒童的方法。

導演去育幼院挑孩子，想讓真正有這樣經歷背景的孩子出鏡，引起更多觀眾的注意。

導演準備了兩個問題，第一個問題是：你有什麼想對幫助你們的人說的嗎？第二個問題是：如果讓你對家人說幾句話，你想說什麼？

其他孩子大多都是謝謝叔叔阿姨，或者爸爸媽媽我想念你們，我想回家。輪到小石頭進來了，她很鎮定地聽完導演的話，點點頭，然後邁開弓字步，小手一指天上，大聲道：「為什麼太陽這麼高這麼遠這麼亮？因為我們有目標！」然後收回步子，兩隻手臂在頭頂形成一個圈，「為什麼月亮有時圓有時彎？因為變化也會很美麗！」

導演傻眼。

小石頭響亮地說：「我們育幼院需要幫助，但我們不可憐，我們吃飽穿暖，還可以念書，還有糖吃，過得很不錯，叔叔阿姨們請放心。還有很多小朋友需要幫助，叔叔阿姨們大家一起加油，謝謝！」

導演過了一會兒才發現小石頭說完了。

第二個問題，小石頭笑咪咪對著鏡頭說：「爸爸媽媽，你們好嗎？我過得還不錯，你們也要過得好啊！」

導演問她：「妳想他們嗎？」

「我不記得他們的樣子了。」小石頭答。

導演翻了翻小石頭的資料，她是一歲多時被遺棄在商場裡的，身上只背了一個小包包，裡面有一張字條，寫著她的名字和出生資料。因為一直沒找到媽媽一直哭，好心人帶她去了警察局，最後進了育幼院。

「妳怪他們嗎？」

「不知道發生了什麼事，萬一有苦衷呢？」小石頭說。

這超乎年紀的成熟回答讓導演驚訝，他回去把幾個孩子的資料和錄影給蘇小培看了，因為關係到蘇小培的節目內容，所以孩子的人選也要聽聽蘇小培的意見。

結果蘇小培對這個叫石亮的孩子很有興趣。

小石頭被選中了。仇正卿接到小石頭的電話吃了一驚，尹婷知道消息更是嚇了一跳。她火速趕到育幼院，想搞清楚是什麼節目，對小石頭有沒有壞處。

「是好事，萬一她的親人看到節目能找到她呢？」院長這麼說。

尹婷又去見了導演，問了節目細節。她看到小石頭的錄影，哭了一場，太心疼了。回去之後，她跟仇正卿說：「小石頭太懂事了，她這麼聰明，這麼可愛，為什麼會有人狠心拋棄她呢？」

仇正卿抱著她安慰。尹婷又說了：「我們結婚的時候，能不能讓小石頭當花童？她和我最投緣了，我想讓她看到我幸福的樣子，她一定會很開心的。」

「好。」仇正卿一口答應，「她跟妳很像。」

「像嗎？」

「像。」仇正卿沒好意思說當初想她的時候，他有跑去育幼院見小石頭，因為小石頭像小號天使，讓他想到她。他忽然有個念頭，「小婷，我們結婚以後，我是說，夫妻是有資格可以領養孩子的。」

尹婷瞪大了眼睛看著仇正卿，然後她消化了這話裡的訊息。她尖叫，興奮地尖叫，一個飛撲，無尾熊似地抱住了仇正卿，「你太好了，你太好了，我太愛你了！」

怎麼會這麼幸福？從前戀愛的種種波折是為了讓她遇見大大的幸福！她就知道，她一直是這麼相信的，果然就是這樣！

又過了一段日子，「秀」的活動初選結果出來了。

第一名果然是「空氣球」。

「婷婷玉立413」排在了第六名，與第五名差了一千六百多票，無緣進入複賽。

不過尹婷還是很開心，現在每天都有人與她分享身邊的美麗，她們在網上設立了好幾個不同的組，有幾個城市還組建了公益活動，大家都過得很充實。

「秀」為複賽舉辦了晚宴活動，請了很多參賽者來參加。一來是五位進入複賽的選手要正式踏上尋夢旅程，算是餞別活動，二來初選裡的選手各有千秋，辦個活動慶祝，讓活動效應繼續下去。

晚宴有明星參加，有表演，也有演講。有幾位選手會上臺演講，原本邀請了尹婷，但尹婷拒絕了，她覺得自己惹了一個又一個麻煩，實在不好意思上臺丟人現眼。

其中一個節目裡，有個女生穿著晚禮服上臺彈奏了鋼琴曲。尹婷以為是哪位明星要唱歌，這位是伴奏。沒想到，沒有明星，只有鋼琴師在彈，而且彈得普通，聽得出來不太專業。然後她彈完了一段樂曲，站了起來，走到麥克風前，說道：「大家好，我是『森林沒有木』。我的夢想是成為一名鋼琴演奏家。我今天實現這個夢想了，謝謝大家。」

森林沒有木？

尹婷驚訝，瘋狂鼓掌。

她拉著仇正卿的手，非常激動，「是她！是森林沒有木！她做到了！」

「『婷婷玉立413』，妳在嗎？我想給妳一個擁抱！」「森林沒有木」在臺上說。

尹婷熱淚盈眶，衝上臺去，在大家的掌聲中，與「森林沒有木」擁抱在了一起。

之後節目一個接著一個，尹婷抽了個空檔，拿了「空氣球」的新書去找她簽名：「我是妳的粉絲。」她對「空氣球」說。

「空氣球」微笑著幫她簽了名，在她要走的時候叫住了她：「婷婷玉立413。」

尹婷回頭，「空氣球」對她笑，「我是妳的粉絲，我很喜歡看妳的微博。愛妳，加油喔！」

尹婷又哭了。

太容易哭這個毛病真不好啊，她找到人群裡的仇正卿，抱著他的手臂抹眼淚。

仇正卿拿了面紙出來幫她擦。

最後一個節目結束後，「秀」的總經理上臺發言。他感謝大家對這個活動的支持，也盛讚每一位選手創造和發現到的美麗：「你們傳遞的溫暖，勝過我們所能付出的獎勵。」

尹婷拚命鼓掌。

「秀」的總經理繼續往下說，尹婷聽得開心，仇正卿忽然遞過來一張面紙。

「我沒哭了。」尹婷說。

「拿著吧，一會兒用得著。」仇正卿這樣說。

尹婷不明所以，但還是接過了。

「秀」的總經理已經講到了最後的部分：「……以及，咳咳，大家也都知道，我們集團有位副總叫仇正卿，寫著他全名的公告曾在首頁掛了一個月。」

下面一片笑聲，尹婷也笑，一邊笑一邊看仇正卿。仇正卿也回視她，尹婷只注意到他在笑，沒注意到他似乎有些緊張。

「秀」的總經理繼續說：「所以呢，嚴格算起來，他的職位比我高，權力比我大，下面這件事是他逼我做的。」

臺下的人都不笑了，很好奇，都安靜下來聽他說。

尹婷更是抓住仇正卿的手臂，低聲問：「你幹什麼了？」

仇正卿沒說話。

大家不笑了，換總經理笑。他從口袋裡掏出一張紙，照著上面的字念：「婷婷玉立413，413510問妳，婚禮的日子定在十二月二十四日可以嗎？他說，因為那天對你們有特殊的意義。」

尹婷驚訝地張大了嘴，然後伸手捂住了。

鎂光燈打在了她的身上，周圍如潮的掌聲將她淹沒。

尹婷眨眼睛，用力再眨幾下。她看到周圍的人都看著她笑，她看到身邊的仇正卿也在看著她笑。她的眼淚掉了下來。真討厭，她真的又哭了！

「可以！」尹婷大聲答。又一個猛撲，撲進了仇正卿的懷裡，更大聲地再答一次：「可以！」

仇正卿大笑，所有的人都在笑。

尹婷把臉埋在仇正卿懷裡。

她感到幸福！

❊ ❊ ❊

活動之後的事與尹婷關係不大了，但她依然很關注。複賽入圍的五個人踏上了她們的旅程，尹婷就像其他網友一樣，很激動，每天刷網頁看她們的最新進度。

「空氣球」發的尋人啟事有人回應了，見了面，雙方卻發現對方並不是自己想找的人。那人在同一個月同一個地區也有過難忘的邂逅，他看到「空氣球」的事，還以為那女生記錯了具體時間和地點，於是抱著一線希望聯絡，認為緣分就是這麼奇妙，對方也在找著自己。沒想到，卻不是。

「空氣球」與那名男子的見面相當戲劇化，又有些尷尬，但又因為有些共同的目的而很有話聊。他們一起吃了頓飯，一起去了各自邂逅的那個地方，講述了自己的遭遇。兩個人約好，若尋人有進展，一定告訴對方。

尹婷追「空氣球」的故事追得津津有味，但「空氣球」遇上同樣在尋人的男子後，卻也在網路上遇到了抨擊和質疑。許多人覺得這太誇張，假得令人無法直視，肯定是編排好的炒作。也有人認為「空氣球」剛出新書不久，這次活動肯定是「空氣球」和「秀」合謀搞的一次商業活動。等著看吧，最後肯定是「空氣球」拿到冠軍，肯定會推出跟「秀」品牌合作的新書。也有人罵，說把觀眾當傻子騙的人最噁心了，「秀」和「空氣球」一生黑。

還有人翻出了「空氣球」的黑歷史，什麼大學時慘不忍睹的成績單，什麼大學沒畢業就勾搭了一個富二代，想進豪門當少奶奶，結果被人甩了，於是大學畢業後又勾搭了一個網站總編，開始幫網站寫遊記，混了好幾年，才混成所謂的旅行達人。又有人翻出了「空氣球」曾經整容的老傳聞，批了一番「空氣球」的虛榮。

尹婷看到這狀況簡直傻眼。她當初的疑點很多，招人非議也就算了，「空氣球」啥也沒幹，就是旅程中遇到了一個人，發生了一件頗戲劇性的事，就被罵成了這樣。

然後她看到她又被拎出來罵了。理由是她跟「空氣球」認識，肯定就是一夥的，因為「秀」的活動晚宴上，有人看到「婷婷玉立413」和「空氣球」兩人談笑風生，明顯就是舊識。也有人推測：「婷婷玉立413」有錢想紅，各種抱「空氣球」的大腿，想讓「空氣球」拉抬她的人氣。於是，「婷婷玉立413」的舊事又被翻出來罵一遍。

有人下結論：所以噁心的人總是扎堆的。

尹婷完全無語，這到底哪兒跟哪兒啊？她就是找「空氣球」簽了個名，她是「空氣球」的粉絲沒有錯，可是她不認識「空氣球」。再說，就算她認識「空氣球」怎麼了？她要是跟「空氣球」是朋友那就太好了。有空的話還能一起去旅行，她還很想聽「空氣球」多說一些她那些旅程裡的故事呢！

她跟仇正卿說：「為什麼聽故事的時候，非要挑故事裡的疑點呢？為什麼別人說的話、做的事，總要拿放大鏡找一些毛病呢？就只是簡單些享受這些人和事不行嗎？」

仇正卿答：「有質疑才有進步，有質疑才更有激勵。」

尹婷想了想，大笑，「求正經，原來你也是個溫暖雞湯小能手。」

仇正卿一臉黑線。溫暖雞湯？他沒有啊，他明明是很正經嚴肅地在說。不是她一直在教他的嗎？凡事要看好的一面。質疑這種東西雖然討厭，但確實是有質疑才會更有激勵的效果，才會更進步。

尹婷釋懷了，她想她都能熬過來，「空氣球」肯定也沒問題。

「空氣球」確實沒問題，事實上，她做網路達人久了，經歷的這種事比尹婷多多了，她很沉得住氣。她繼續她的旅程，也很會拍照，很會寫文章，簡單普通的行程被她描述得很有趣味。她與同樣尋人的男子聯絡，關注他的進展，這個分支故事為她的旅程增加了許多懸念。

質疑聲終究慢慢淡去，「空氣球」不理會，那些聲音也沒什麼罵人的新意，漸漸就少了。「空氣球」的票數依然迅速往上爬。尹婷覺得，最後的冠軍應該就是她了。無論她有沒有找到救命恩人，她這段旅程中的經歷都令人難忘。

尹婷一邊關注著活動，一邊自己也忙碌著。她每天還陪著爸爸上班，然後自己的時間靈活安排。要結婚了，有許多事要準備。仇正卿是大忙人，她覺得籌備的事她來忙就行，讓仇正卿安心工作。

除了結婚的事，尹婷還有一些別的計畫。

八月，「秀」的主辦單位宣布，將為進行決賽的三名選手的經歷出書，主題就是「尋找夢想的旅程」。內容將以三個人的個人生活和本次活動旅程為主，圖文並茂。有美麗的風光、動人的故事，還有引發共鳴的感受。

這消息在活動粉絲圈中引發了小小震動，那些負面的聲音又出現了，不過尹婷對這些已經毫不在意了，她有了一個靈感。

她開始寫企畫書，她想建議「秀」出「尋找夢想的旅程」系列的第四本書，書的內容是集合一些參與此次活動的選手她們的經歷和感受。她讓尹國豪為她引見了出版社的主編，學習了解這類圖書的市場狀況。她又聯絡了「秀」市場部的徐婷，跟她請教「秀」這類圖書的行銷想法。她把這些加進了她的企畫書裡，她知道，她提的建議不能是理想化的，得從公司的角度去想，讓公司有利益賺，這樣才有可能被接納。

她花了兩週的時間，終於寫完了。最後她找上了她的親親男友未婚夫大人，請他幫她看看，給她建議。

仇正卿看了企畫書，有些驚訝，「怎麼會想做這個？」

尹婷道：「你知道的，很多人不喜歡我。」

仇正卿笑了。

「他們不喜歡我的理由有很多，但我最不服氣的一條就是，他們說我說的那些感動啊快樂啊，是因為我有錢。如果我每天為工作奔波，家裡沒錢，我就不會有這些。他們說的不對，這一點我不能認同，所以我要告訴他們他們說的不對。」尹婷一臉認真，「我一直覺得這個活動很好，讓很多人都有表現的機會，但是現在前三名的旅程，是『秀』提供了資金和人力援助，從某種意義上來說，就是因為有錢有人，所以他們享受到了這個旅程，但這不是全部。我希望能有第四本書來總結，夢想不一定在遠方，就算坐公車二十分鐘，去見一個有意義的人，那也是一段有愛的旅程。實現夢想不一定要多有錢，妳看『森林沒有木』，她從前就以為自己不配摸鋼琴，沒有錢，但她省吃儉用，其實也能上鋼琴課，她後來不是還當眾表演了？她能彈一段完整的曲子了。這就是她的夢想，不是高高在上的，就是讓她能享受這個過程的生活，我覺得她超級棒的。還有那個『甜甜有點鹹』，家裡沒錢供她讀大學，她就擺了個小攤子做生意，然後每晚抽時間自學，堅持了八年。雖然她沒有文憑，但她自修了大學的課程，她覺得實現了夢想。」

仇正卿看著尹婷，心裡暖得一塌糊塗。他真的很愛她，她是天使。他伸手把她抱進懷裡，尹婷還在努力說服他：「就是這樣，我想表達的就是這個，就是簡單去感受一下溫暖，而不是看到一個人一件事就要去挑負面的訊息，好像找出人家哪裡不好，就顯得自己多高明似的。什麼她沒錢的話怎麼能這樣，什麼她彈琴彈成這樣也好意思，什麼自學完又能怎樣，還不是繼續擺攤。其實，大家就是在享受自己的生活啊。每個人的條件不一樣，想要的不一樣，生活都得過，自己努力了，享受這個過程，不是很好嗎？」

仇正卿點頭。

尹婷一臉期待，「怎麼樣？你覺得這企畫書可以嗎？能說服『秀』嗎？我有寫圖書市場分析，還有『秀』的行銷需求在裡面。」

仇正卿想了想，尹婷有些緊張。

仇正卿道：「妳有想過自己做召集人嗎？」

「什麼？」尹婷驚訝，「雖然我自己很喜歡這個點子，出版社的總編也說立意不錯，可是畢竟是『秀』的活動，要借助『秀』的平臺來推才有效果，畢竟這些ID在活動裡出現過，活動的粉絲們都知道，這樣比較容易引起共鳴。」

「不是，我不是說妳自己單獨做。我是說，妳可以跟『秀』合作，畢竟妳沒有經驗，妳需要團隊配合和說明。這是妳想做的事不是嗎？」

尹婷點頭，確實是她想做的事，她做這個覺得非常開心。

仇正卿笑了笑，「那妳就在企畫書上再列一條，推薦自己做召集人，參與整體的企畫。優勢是，妳是活動參賽者，更理解和更有體會參賽活動的心態，與妳企畫裡推薦的十個人選也有互動，對她們比較了解，內容選材上有把握。」

尹婷咬咬唇，心裡有些期待起來。聽起來很不錯，她想做。

仇正卿又說：「如果『秀』接受妳這個建議……事實上，我覺得他們會接受，妳的企畫書寫得很好。我是說，如果他們接受，妳全程參與一次，之後，妳就有經驗，可以自己做，不是在媒體平臺自己寫些小事小段子。一個人的力量是有限的，妳不是也察覺了嗎？能給妳帶來更多感動的，是很多人。妳有管道、有人脈和市場運作平臺，以後如果有興趣，妳可以做召集人。」

尹婷張大了嘴，她想都沒有想過。

「妳應該做這件事。」仇正卿摟著她，親親她的額角，「妳天生就該做這件事，妳的夢想就是這個。」

旅行家，是去過很多地方，看到很多美好，再把美好分享給其他人的那個人。他的天使，有一顆喜歡尋找美好的心，還有一雙善於發現美好的眼睛，她應該做這件事，他知道她想做。

尹婷果然振奮了起來。對的，她怎麼就沒想到？她不是沒有事業心，不是沒有想做的事，她有，只是她一直不知道！

「你說的對！」尹婷太高興了，「我要做這件事，一定要做！」

在仇正卿的幫助下，尹婷的企畫書又修改了一遍，然後她通過徐婷，聯絡了「秀」的市場總監，把提案交上去了。

沒有通過仇正卿的關係是因為她想讓大家接受的是她尹婷的想法，而不是仇正卿的。仇正卿對此不在意，他覺得這樣很好。尹婷越來越有獨立的架勢，越來越充實，他覺得很滿意。

不久後，「秀」對尹婷的企畫書有回應了，他們很感興趣，邀請尹婷去公司面談。尹婷打聽到是十多個人一起坐在會議室討論企畫的那種「面談」，頓時緊張起來。

那幾天，仇正卿正好出差。尹婷第一次去這麼商業的場合，雖然那地方嚴格說起來也能算是仇正卿的地盤，但她還是緊張。她拉了秦雨飛一起逛街買衣服，想讓自己顯得幹練一點。可是套裝一穿，秦雨飛直搖頭，「好難看，像小孩子偷穿大人的衣服。」

尹婷垮臉給她看，她的氣質有這麼差嗎？

她又約了毛慧珠，讓她幫忙聽一聽她在會議上準備要說的話。

毛慧珠聽完她的「演講」，很中肯地給意見：「妳還是正常說話吧，就像平常一樣就好。」

尹婷再垮臉，她就這麼沒有精英氣場嗎？

最後尹婷去了，會議開了兩個小時。

尹婷一走出「秀」，就趕緊打電話給仇正卿：「報告，我在會議上講話一直結巴。」

仇正卿在電話那頭笑。

尹婷輕哼著：「對，就是你這樣笑，我看到會議上那些人也是這樣笑的。」

仇正卿大笑起來。

「然後他們的PPT還有很多變化，圖片會轉，還有資料一條一條出來。我的就只是一張圖，很死板。」

仇正卿繼續笑，問她：「結果呢？」

「結果他們答應了呀！」尹婷跳腳歡呼，「他們居然答應了讓我做這第四本書的召集人，跟他們的市場部和出版社一起合作，內容就用我建議的那些。我成功了，求正經，我雖然一直結巴，很緊張，然後他們還笑，但是我成功了。那總監誇我的點子好，說我補充了他們之前缺漏的地方，還說我的文章很好看，她有追文。」

仇正卿大笑，「聽起來很厲害。」

尹婷得意，「那是。我可是很有創意的召集人，你快高薪聘我進市場部。」

仇正卿道：「我才不要，免費的都不要。讓妳試試朝九晚六的正經上班生活，天天上司催妳交文案、開會，妳不到一星期就會喊救命。然後用不了兩星期，妳就會把全公司的人都帶得很懶散，殺傷力比秦雨飛還強。」

「我哪有？」

「妳就做個獨立召集人吧。先做這本書，然後看到有興趣的選題再繼續好了。」

尹婷靜下來，心裡覺得暖暖的。她家求正經從來不說什麼虛話，不亂哄她開心，但是他總會適時幫她創造機會，推動她往前走。

「我跟你說喔……」尹婷趕緊表白：「我做這個，雖然會有點忙，但是不影響我們的婚禮籌備，不影響結婚和蜜月。」

「那當然，要是影響了，我就讓羅經理開除妳。」集團副總不是白當的。

「……」

❊　❊　❊

仇正卿出差回來，換尹婷要去出差，她要先去「森林沒有木」的城市找她。經過聯絡，初期確定了十個人的參與意向。有兩人是同個城市的，有八人在外地，尹婷要去跟他們面談，確認細節。

「天啊，我居然會有出差的一天！去另一個城市，不是旅行，居然是出差！我居然會出差，聽起來很厲害！」

一眾人在旁邊聽著，實在接不上話。這氣質，真的不像商業人士。

十月，「秀」的活動結束了，「空氣球」竟然真的找到了她的救命恩人。不是在希臘，卻是在柏林。她幫助一位尋找留學兒子的中國老婆婆時，意外找到了線索，終於見到了恩人。那人還記得那事，卻不認得「空氣球」，他只記得救了一位亞洲女孩，然後就離開了，回到了柏林。沒想到，卻是那位中國老婆婆兒子的室友。

太巧了！「空氣球」擁抱了恩人，她說：「救命之恩，我就是想找到你，給你一個擁抱。」

那人笑了，他說別客氣，擁抱很溫暖，很足夠。

「空氣球」拿到了冠軍。同一個月，尹婷企畫的第四本書內容基本上敲定了。

這兩個消息陸續放出，再度引發質疑和抹黑。

可是，誰在乎呢？

「空氣球」不在乎，她對這類事早已身經百戰。

尹婷也不在乎，她找到了很有意義的事要做，她很忙。

書與婚禮同時進行著。

仇正卿做了一件讓尹婷很意外的事，他讓律師準備了婚前協議書。在尹國豪、尹實、秦雨飛、顧英傑的見證下，他和尹婷簽了這份協議。協議主要是保障尹婷的個人資產安全，不受婚姻關係的變化影響歸屬。

尹婷流淚，原本不願意簽，她覺得簽了是對仇正卿的不尊重，可是仇正卿跟她說：「我在追求妳的時候，這一點就想好了。現在要結婚，這想法仍然不變。我要保護妳，不論未來如何。如果我們的未來沒有變化，那這份協議又有什麼影響呢？簽了，不是對我不尊重，是表示妳對我有信心。」

尹婷簽了，她對仇正卿很有信心。

簽完了婚前協議，沒過兩天，兩人去辦理了結婚登記。之後，他們馬不停蹄，又要跑領養石亮的手續。

「希望婚禮的時候，小石頭能用我們女兒的身分來做花童。」尹婷這樣說。

當然，領養之前，她與仇正卿找小石頭認真談了一次，詢問過小石頭的意願。

小石頭眨了眨眼睛，問他們：「我做了你們的女兒，要是以後我親生的爸媽出現了，我還能叫他們爸爸媽媽嗎？」

「當然。」

「當然可以。」尹婷和仇正卿同時說。

小石頭又眨了眨眼睛，似在思考沒說話。

尹婷和仇正卿對視了一眼，都有些緊張，小石頭不會不願意吧？

過了一會兒，小石頭說：「有時候我會想啊，不知道會不會有人願意做我的爸爸媽媽，不知道他們長什麼樣。」她笑著，像個小天使，「原來是你們這樣的。」

尹婷抱過小石頭，淚如雨下，「對，就是我們。小石頭，就是我們。」語無倫次，但彼此心裡都明白，很多溫暖，讓人感到幸福。

小石頭成了尹婷和仇正卿的養女。

婚禮上，小石頭手捧鮮花，穿著與尹婷同款式的小號禮服，陪伴在尹婷的身邊。陪著尹婷走過長長的花廊，走到仇正卿的身邊。

尹國豪把挽著自己臂彎的女兒交到了仇正卿手上。仇正卿看著美麗的尹婷，她臉上是害羞又甜美的笑容，像天使。仇正卿握緊了她的手，又低頭看了看石亮。

石亮捧著花，對著仇正卿和尹婷笑。那笑容單純而燦爛，像天使。

仇正卿回小石頭一個笑，然後拉著尹婷，站好了位置。

他的生命中，有天使。

尾聲

婚後的生活一如尹婷想像中的幸福，也有著出乎她意料之外的充實。

她與「秀」合作的那本書大獲成功，很自然的，之後她與「秀」再度合作了一本書。這一本脫離了「尋找夢想之旅」活動，卻又基於「秀」的品牌理念，書名叫做《故事──我看見了陽光》。書裡收集了多位女性自強自愛自我肯定的小故事，從「美」與「陽光」的角度，講述普通生活中的感動。

做這本書的時候，尹婷懷孕了。她沒有停止工作，相反的，她覺得這工作帶給她很多快樂，讓她的孕期充實又有意義。仇正卿沒有阻止她，還給了她很多建議，為她雇了一位助理分擔事務，教她工作方法，提高效率，合理安排生活與工作。

尹婷為此還笑，工作狂居然會教別人合理安排生活與工作。

仇正卿老神在在，「那個別人是我老婆，我的效率方法教給她正好。」

「我怎麼記得是你老婆督促你好好休息，工作壓力別太大的？」尹婷抱著他調皮地問。

「那她一定要做個好示範才好。」仇正卿說。

尹婷做到了。她足月誕下一子，孩子健康壯實，取名仇明軒。

仇明軒滿月後，《故事──我看見了陽光》出版，深受好評。有出版社向尹婷拋出了橄欖枝，尹婷與仇正卿商量之後，在他和尹國豪的支持下，創立了自己的工作室，專心做自己想做的類型圖書。

尹國豪也再度出山，為女兒的工作室掌舵，負責工作室的營運。

之後的幾年，尹婷的工作室打響了名聲，接連做了好幾個知名專案。工作室賺到的錢，尹婷大多用來投入慈善事業，回饋社會。

某天，尹國豪帶著石亮，抱著仇明軒去掃墓，他對妻子說：「妳看，孩子們都很好，只是沒想到我們的生活會變成這樣。沒想到小婷會有自己的事業，會這麼享受工作。沒想到我一個孤單單的老頭子會過得這麼充實，居然又經營了新公司。沒想到我的女婿會是個工作狂，卻跟女兒過得很好。妳在那兒也過得很好吧？妳一定為我們高興，對不對？」

回程的時候，石亮挽著尹國豪的胳膊，對他說：「外公，我聽到了。」

「聽到什麼？」尹國豪問。

「我聽到外婆回答對！」石亮微笑著，眼睛閃亮。

「對！」仇明軒跟著姊姊說。

尹國豪落淚了，卻掩不住臉上的笑。

對！

一定是那樣！

番外篇

之一：旅行

仇正卿常出差，但不旅行。

勉強可以稱之為旅行的，是他春節見家長的時候，跟尹家一起去鄰市古鎮那次。但那次因為是抱著受考驗的心態去的，在尹國豪面前，仇正卿也沒怎麼玩。

而且，說實話，仇正卿不會玩。

他覺得風景就那樣，吃的差不多，所以在旅行這件事上，他從來沒體會到樂趣。

但是他家小婷喜歡。

所以蜜月這個旅程安排，仇正卿有些緊張。他怕自己玩不好讓尹婷掃興，而且他也立志以後一定要多找時間陪尹婷出去走走，所以旅行這門課他得好好修。

提前請好婚假年假，提前準備目的地的旅行攻略仔細研讀，提前確認好機票飯店，仇正卿的蜜月之旅開始了。

從上飛機開始就一切順利。沒誤點，準時起飛。

途中甚至沒有遇上亂流，飛機穩穩當當，安全到達。

從機場到飯店，暢通無阻。飯店服務到位，房間一如預訂時說的那樣好，海景大房，落地窗，充足的陽光，浪漫的粉紅裝飾，柔軟寬大的雙人床。

尹婷開心得不得了，一進房間就在落地窗前歡呼，然後撲到大床上翻滾。她的笑聲很動聽，她的笑容那麼美。仇正卿完全無法自制，行李箱都沒打開，東西都沒整理，還穿著外套，就倒到床上跟尹婷一起滾。

尹婷笑著，滾進他懷裡，「床很舒服。」她瞇著眼睛的樣子調皮又可愛，他忍不住吻了她。

吻得很輕，溫柔得讓尹婷睜開了眼睛。

她的眼睛有魔力，仇正卿覺得自己的心臟被狠狠電了一下。

他將她攬進懷裡，吮住她的唇，舌頭探進她嘴裡，深吻。

她很甜，她讓他開心。

他聽到她的低吟，感覺她的手掌撫著他的背，他全身都熱了起來。

外套丟到床尾，褲子踹到床邊，他很快將自己與她合成了一體。尹婷很熱情地回應他，將他抱得緊緊的。她的腿圈著他的腰，她的心緊挨著他的胸膛跳動。

許久之後，兩個人大汗淋漓地相擁躺在床上。床單都沒有拉開，被子也沒有鋪，很狼狽，卻開心。尹婷用腳摩挲著仇正卿的小腿，「真是太糟糕了，正經先生！」

仇正卿板著臉給她看，「仇太太，這種時候對妳先生說糟糕才真是糟糕的事，妳剛才的反應明明很棒。」

尹婷大笑，又臉紅，然後道：「你思想真邪惡。」

「我明明對我老婆做的是正經事。」仇正卿答。

尹婷臉更紅，戳他手臂，「我是說明明我們行程安排的第一項是去夜市掃蕩美食的。」

「哦。」仇正卿把尹婷抱到懷裡，頭埋在她的頸窩。他覺得剛才也很可口，但他是個正經人，不說調戲的話。

「然後我們衣服沒換，澡也沒洗，你就那樣了。」

「哪樣？」仇正卿嗓音低沉，把頭抬了起來。他的頭髮亂糟糟，眼睛深邃明亮。尹婷在他的注視下，噎住了。

「哪樣？」仇正卿看著老婆的臉越來越紅，又問一遍。

尹婷說不出來，乾脆一口咬上他的肩膀。

「好了，好了，我們現在去洗澡，然後換衣服，然後去妳計畫好的夜市。妳看，一點都沒耽誤。時間卡得剛剛好。」

正經先生抱著老婆去洗澡了，只是洗鴛鴦浴是個大考驗，正經先生沒把持住，洗澡的時間花得有點長，體力消耗有點大，兩個人都累壞了。

從浴室出來，尹婷也不說要去夜市了，扯開床單就往裡鑽。

正經先生跟著老婆一起，然後兩個人就睡著了。

疲倦，加上時差，他們這一覺睡了足足十二個小時，再睜眼已經是第二天中午，他們錯過了計畫表上的第二個計畫：去參加上午的水上集市。

飢腸轆轆的兩個人，在飯店餐廳吃了午餐。飯店餐點很普通，但是兩個人都覺得很不錯，胃口大開。吃飽喝足，還是覺得有些累，於是沒走遠，就在不遠的海攤上逛了逛，互相拍了很多照片，又請人幫他們兩人拍了不少照片。

一下午就這樣過去了，他們回到飯店，決定晚上出門前小睡一會兒，起來再去夜市逛。結果剛睡醒的正經先生覺得自家老婆迷迷糊糊的樣子太可愛，忍不住又按著她滾了床單，他們再一次錯過了夜市。晚上吃完飯店客房服務送上來的餐點後，盤點了一下一天的行程，竟然就是床、餐廳和海灘而已。

尹婷差點撓牆，「從來沒有在外旅行時這麼沒效率！」明明還有好多地方等著他們去玩。

仇正卿認真安慰：「往好處想，從前妳還不是仇太太。」

仇太太瞪著仇先生，她家先生明明就是效率的代表啊，旅行起來，反倒成了扯後腿的。

接下來的七天，這對沒效率夫婦一共只完成了計畫表上的三分之一，大多數的時間全花在了

床、食物、床、無聊對話傻笑、床、食物……這些上面了。

在蜜月飯店的最後一晚，他們擠在落地窗前的躺椅上，有著如下的對話。

「我原以為，通過這次蜜月，能讓你體會旅行的樂趣呢！」這是仇太太說的。

「我有啊！」仇先生對此很肯定。

仇太太沒理他，只玩著他的大手，扳他的手指，過了一會兒又說：「不過，沒關係，有句話說，旅行的意義不在於目的地，而在於沿途的風景。我們這一趟，不在於完成計畫表上的多少項，而在於我們來了，我們很開心，現在還在依偎在一起看星星，我覺得很幸福。」

仇先生微笑，他一直都知道他太太是個很容易滿足的人。他抱緊她，親了親她的髮頂，說道：「那句話說的不對。重要的不是沿途的風景，是身邊的人。我和妳在一起，這個最重要。來這裡不重要，去哪裡不重要，最重要的是，妳在我身邊。這樣，在哪裡都沒關係。」

仇太太抬頭，他順勢在她唇上親了親，「但是因為妳陪著我，所以我真的體會到了旅行的樂趣，以後我們每年都去旅行吧。我跟妳說過，我會努力把年假都休了，我會做到的。我陪著妳，去妳想去的地方。」

旅行的意義，在於身邊那個人是妳。

之二：浪漫

仇正卿跟尹婷有個習慣，就是尹婷每天會記日誌，如果碰到一些特別的小感受和事情，她會特別記成「情書」日誌，然後把那一頁交給仇正卿。

交日誌的方法，就是把她記錄的日誌放在那個固定的抽屜裡。

仇正卿通常是幾天看一次，如果抽屜裡有，他就裝訂好集成冊。

他們約好了，每年存一本。

這天，仇正卿去看抽屜，但是抽屜裡什麼都沒有。他明明有看到老婆大人寫日誌的，畫的是那種厚紙，他們「情書」日誌的大小，為什麼居然沒有？

他去問尹婷，尹婷一臉無辜，「沒有啊，我沒有寫，你看錯了。」

看錯了嗎？他明明有看到。雖然不知道她寫了什麼，但她很開心的樣子，而且他進房間她就馬上收了起來，害得他很期待，以為有什麼開心的驚喜等著他，結果沒有。

但老婆說沒有，那就只好沒有了。

第二天，仇正卿的祕書來通知說杜經理找他開會，在一號會議室。

仇正卿去了，杜經理確實該跟他報告上個季度的資料報表了，但一般是在他辦公室直接開會聊的，怎麼約去了會議室？不過沒關係，這對仇正卿來說都沒問題。

會議室裡，杜經理擺好了投影機，把報表做成了PPT。

仇正卿進去後坐下，看著投影片道：「這麼鄭重其事？希望你的報告很完善。」

杜經理笑了，開始做報告。

內容沒什麼特別，不算好不算差，業績也正常。仇正卿皺了眉頭，想批評杜經理特意做成投影

片很沒效率，但他還沒開口，杜經理已經跳到了下一頁。

這頁仇正卿一時沒看懂，不是報表，倒像是醫院化驗單。

這時，杜經理說：「然後呢，今年十月的時候，應該就會有個新生命出來了。姓仇，他母親姓尹。」

仇正卿呆了一呆，然後突然懂了，因為他看到尹婷在會議室門口探出頭對他笑。

他猛地跳了起來，有些結巴：「妳、妳……」然後他找回組織言詞的能力，「妳懷孕了？」

尹婷點點頭，進了會議室，撲進他懷裡，對他笑。

仇正卿傻眼，然後是狂喜，然後只會傻笑。

杜經理和祕書恭喜他，尹婷笑著說：「你的PPT浪漫大招，我有學到喔！」

杜經理也湊熱鬧起鬨：「仇總，趕緊說說感言吧！」

仇正卿抱著老婆，對杜經理說：「報告弄成這樣很沒效率，你可以直接播最後一頁。」

杜經理邀功的笑容僵在臉上，仇正卿又說：「下一次，資料還是直接發到我的郵箱，你過來我辦公室聊。」

「……」杜經理覺得，那個什麼PPT浪漫大招，婷婷玉立一定是騙他的，那絕對不會是他們這位正經嚴肅的仇總大人幹得出來的事。

之三：一家子

仇明軒小朋友問母親大人：「媽媽，為什麼爸爸每天喝水都要妳倒呀？」
尹婷甜甜地笑，「爸爸在撒嬌啊！他跟小軒一樣，也需要媽媽照顧。」
爸爸撒嬌？仇明軒小朋友記住了。
晚上，仇正卿下班回來，仇明軒小朋友一個箭步衝過去，搶在尹婷前面拿了拖鞋給仇正卿。尹婷和仇正卿都愣住，而後笑了出來。
仇正卿把兒子抱起來，在他小臉上親了親，誇他：「乖兒子。」
吃完晚飯，一家四口散完步，仇正卿照例進書房工作，石亮照例回房間讀書，尹婷收拾家裡，正準備倒杯開水給仇正卿，卻見仇明軒已經搶先一步，把開水端過去給爸爸了。
「咦，兒子今天這麼乖？」仇正卿很驚訝，又高興，再誇了兒子兩句。
仇明軒抬頭挺胸，頗有小男子漢的氣勢道：「爸，你有嬌衝我撒！」
什麼？仇正卿傻眼，完全不明白這是什麼意思。是沒聽清楚吧？兒子說的是什麼？但兒子也沒解釋，精神抖擻地出去了。
算了，童言童語！仇正卿沒放在心上，繼續做他的事。
可接下去一連幾天，仇明軒小朋友總是把媽媽為爸爸做的那些小事都搶了，拿鞋、倒水、端水果什麼的。尹婷有些不開心，又抹不開臉跟兒子爭寵，跟仇正卿鬧起了小彆扭。
仇正卿暗暗好笑，於是找來兒子進行一場男子漢的談話。
「小軒，以後你不用幫爸爸做這些了。」
「為什麼？」仇明軒眨巴著眼睛，一臉無辜地問。

「因為這些是媽媽要做的事。」

仇明軒皺起小眉頭，「媽媽平常也很辛苦。」所以爸爸總跟媽媽撒嬌哪行呢？他認真思索這個道理要怎麼跟爸爸說明白，還不好戳穿他，免得爸爸不好意思。

可沒等仇明軒繼續說，仇正卿卻說了：「是啊，媽媽是很辛苦，所以媽媽要跟爸爸撒撒嬌，你卻搶著做了，媽媽會更辛苦呢！」

啊？仇明軒小朋友驚訝。什麼媽媽撒嬌，那樣竟然是媽媽撒嬌嗎？明明是爸爸撒嬌！等一下，媽媽說爸爸撒嬌，爸爸說媽媽撒嬌，那到底誰跟誰撒嬌啊？

仇明軒小朋友還想說什麼，仇正卿認真嚴肅地下了結論：「所以，以後爸爸要喝茶，媽媽會倒，你就別忙了。」

啊？居然這樣！

仇明軒小朋友很受打擊。

爸爸居然只要媽媽幫他倒茶，不要親生兒子倒，親情呢？他就是看每次媽媽幫爸爸倒茶拿鞋，幫爸爸做這些小事，爸爸就會很疼媽媽，對媽媽笑，看著真好呀！他怎麼可以輸給媽媽呢？可是現在居然不讓他做了。

仇明軒小朋友奔到姊姊房裡找姊姊。

「石頭！」一個猛撲，扎進姊姊懷裡。

「怎麼了？」石亮抱著仇明軒，摸他小腦袋。這弟弟真是愛撒嬌，又愛爭寵。這幾天她看在眼裡，就等著看爸爸什麼時候跟弟弟談，看來剛才談過了。

「爸爸愛撒嬌，居然不跟我撒！還有媽媽，也愛撒嬌！」仇明軒說得顛三倒四。

石亮聽懂了，她也懂仇明軒在傷心什麼。

「姊姊也想撒嬌呢，都沒人可撒。」

咦？仇明軒猛抬頭，頓時來了精神。「找我啊！」他可是男子漢，肩膀可以讓人依靠。

石亮笑咪咪，「可以嗎？」

「當然！」仇明軒抬頭挺胸。他們這家子真是太糟了，居然全是愛撒嬌的，沒他怎麼行？

「那你幫姊姊倒杯茶吧。」

「好！」仇明軒把沮喪丟一邊，精神抖擻，樂滋滋地倒茶去了。

仇正卿剛才看兒子似乎有些難過，擔心他的反應，想出來看看，卻正好跟滿臉笑容的兒子擦肩而過。他看看兒子的背影，再轉頭，看到石亮在房間門口對他比了個OK的手勢，「放心吧，他就是想找人撒撒嬌，我來搞定他，你們繼續恩愛。」

什麼跟什麼？仇正卿有些不好意思。他哪有跟小婷秀恩愛？他們從來不在孩子們面前亂來的。這小傢伙，說話越來越沒邊了。仇正卿嚴肅地退回書房了。石亮也回房間，發簡訊給尹婷：「正經先生害羞了，妳快去安慰。」

尹婷正在臥室收拾衣櫃，聽到手機響，拿起一看，趕緊興沖沖奔向書房。她家正經先生害羞了，她要看！她最喜歡看他嚴肅臉害羞了。

這一邊，仇明軒倒了茶給姊姊，得了姊姊的誇獎，心裡喜孜孜的。姊姊還陪他做了功課，還問他功課要怎麼寫，他頓時覺得自己真是了不起。

一家子其樂融融。

這一天，仇明軒小朋友又有疑問了，他問爸爸：「爸爸，為什麼媽媽是我媽媽？」

「什麼？」仇正卿沒聽懂。

仇明軒道：「就是，為什麼媽媽是媽媽？」看了看爸爸的表情，他決定換一個問法：「為什麼

她是你老婆？」

仇正卿明白了，他答：「你媽媽是天使，所以我要娶她做老婆。然後她生下了你，所以她是你媽媽。」

仇明軒又問：「那姊姊不是媽媽生的，為什麼是我姊姊？」

仇正卿答：「因為小石頭也是天使，所以我們要讓她來做女兒。」

又是天使？仇明軒趕緊問：「那我呢？那我呢？」

「你也是天使。」仇正卿摸摸兒子的腦袋，「所以你來了我們家，成了我們的兒子。」

哇，好棒，他也是天使！仇明軒滿意了。

這天，老師出了作文題目：我的家人。

仇明軒小朋友很認真地寫了。

他的作文內容總結出來就是兩個意思。

一、他們一家子全都愛撒嬌，除了他自己。

二、他們一家子全都是天使，除了他爸爸。

之四：最適合的愛情

毛慧珠第一次察覺到不對勁，是在那次晚上吃麵，她說第一次見到小婷的時候，很不喜歡她。後來慢慢接觸了幾次才發現，原來她很可愛。沒想到吳飛接著這話頭也說，我第一次見妳的時候，很不喜歡妳。可是後來接觸了幾次，我發現妳很可愛。

吳飛是個愛開玩笑的人，平常說話很風趣，但這個玩笑話讓毛慧珠有些敏感，直覺他另有意思，可吳飛沒再說什麼，很自然地如以往一般送她回去。毛慧珠雖然覺得他話裡有話，但最後還是下了結論，是自己想太多。

後來再一次敏感地察覺他的意有所指，是在尹婷參加網路活動遭遇質疑時。那時網路上浪濤般的質疑咒罵和惡意的揣測席捲了尹婷的部落格和微博，好在尹婷挺住了。她沒有退出活動，反而勇敢地回來繼續發文。毛慧珠很關注這事，在發現事情的第一時間就打電話給尹婷，可尹婷沒接，只發過來一條簡訊說稍後再回電。毛慧珠能理解她的心情，她沒再打擾她，只默默盯著網路上的消息，希望尹婷能回歸。

然後尹婷真的回來了，她發了公告，對那些質疑做了回應，而仇正卿第一時間轉發，並表達了支持，他寫：「愛妳！加油！」

毛慧珠看到那四個字就笑了起來。

真溫暖！

仇正卿居然也會說出這樣的話，還是在網路公共平臺上。

在毛慧珠的印象裡，仇正卿是嚴肅、刻板，完全無浪漫可言的男人。在她考慮與他交往，並達成婚姻這個目標時，說實話，她並不指望與仇正卿能有什麼浪漫的火花。她是個務實的女人，她年紀不小，她該有個合適的對象，她想結婚，她該有個自己的家庭了，而仇正卿很不錯，就是這樣。

毛慧珠自認也是個嚴肅的人，她不需要浪漫，她想她大概也不需要愛情。她當時的設想是，她跟仇正卿婚後的對話也許會是今天吃什麼？報告看完了嗎？加班到幾點？該要個孩子了。她懷孕生子不會辭職，他們得商量請傭人。生活費一起承擔，對半分。孩子的教育基金提前存好，每月他必須交多少……

嗯，她想她的婚姻生活大概會是這樣，而仇正卿是個合適的對象，如此而已。

後來她發現她高估了仇正卿對她的意思，她的女性直覺告訴她，仇正卿對尹婷更感興趣。她驚訝，但她不沮喪，她是自強又自傲的，雖然對她來說找對象真的很不容易，但她並不打算做什麼放下身段討好男人，從別的女人手裡搶男人這種事。於是，她放棄了仇正卿，這比她想像的容易。

後來，她重新認識了尹婷。尹婷是一個……嗯，無法形容，就是一個有點古怪，但是古怪得很可愛的小女生。

與自己完全不同。尹婷和她是兩個世界，兩種生活模式。毛慧珠開始明白為什麼仇正卿會愛上尹婷，因為她也愛上她。她想如果她是個男人，應該不介意跟仇正卿來一場競爭吧。

如果她是男人，可惜她不是。

所以三十四歲的年紀對她來說是有些尷尬的。三十四歲仍單身，男朋友連影子都沒有。家裡從瘋狂的催促到現在不怎麼搭理，她想她父母也是覺得尷尬，畢竟家鄉那個小地方，二十出頭就結婚生子的女生很多，像她這樣三十四了還是老女人的，大家的傳言肯定不好聽。

毛慧珠盡力不去想這事，她現在的重心在事業上，離職讓她重新換了一個思維看待生活。

變化也會很美麗，這句話沒有錯，不要害怕變化。

毛慧珠很努力。她現在有為之奮鬥的事業，有新朋友、新責任，她也會跟尹婷去逛街唱歌，聽尹婷講笑話，還有她的雞湯亂燉小問題，毛慧珠甚至會在尹婷微博文下參與網友的互動，聊一些八卦話題，還結交了一些網友。她覺得現在的日子過得既緊張又放鬆，非常充實。

毛慧珠變了，她喜歡自己的這個變化。

仇正卿也變了。

「愛妳！加油！」

毛慧珠看著這四個字，忍不住又笑。要是從前，她會認為仇正卿在公共平臺上寫出這麼肉麻的四個字，一定是被別人用高金額訂單利誘的。而現在，她覺得這絕對是仇正卿的真心話。因為這話她自己也很想說。

「愛妳！加油！」毛慧珠轉發了尹婷那條微博，寫了同樣的四個字。她看到許多人與她一樣，都學著仇正卿的方式，為尹婷打氣鼓勵。

「愛妳！加油！」

毛慧珠翻了翻網頁，看到一些熟悉的ID，全是寫這四個字，大家的默契真是好。

毛慧珠微笑，然後她的笑僵在了臉上。

她看到吳飛的轉發，他寫的是：「我就不說愛妳了，因為我有愛的女生，所以，就只說加油兩個字吧，加油！」

毛慧珠敏感起來，她忍不住又要多想。他有愛的女生？是誰？會不會是指……她？

不，不，當然不會是指她！她馬上就三十四歲了，稱不上女生這兩個字，而吳飛才二十七，女生應該是比他小的小女生，大概二十出頭？

她比他大六七歲，他愛的女生，當然不會是指她。

可從來沒聽他提過，他每天的時間幾乎都花在公司裡，早早來，很晚走，跟她一樣，經常加班。他與她無話不談，公事私事，包括家裡他媽媽的嘮叨什麼的，但從來沒聽他說過他有女朋友，也沒聽他說過要早早下班去約會。

而上次他說他喜歡她。

不不，他上次當然是開玩笑的，她大他六七歲，他當然不可能喜歡一個老女人！

老女人這個詞在毛慧珠的腦子裡突然蹦了出來，讓她不快。

她還很年輕，正是大好年華的時候。成熟、有理想、生活充實、風華正茂，她不老。

好吧，這不是重點。重點是，吳飛說他有愛的女生，是誰？

她很想知道，她覺得心裡頗不好受，她想一定是太好奇的緣故。

可之後吳飛又是一點口風都不露，完全沒提這事。

而辦公室裡最不缺的就是八卦，無論人多或人少。

毛慧珠的公司全部員工加上她，只有七個人，所以彼此之間溝通的機會很多。吳飛轉發在微博上的那句話，全部的人都看到了，不用毛慧珠出馬，就有位年輕女同事問他：「吳哥，你說你有喜歡的女生，是誰啊？帶她來公司玩嘛！」

毛慧珠正拿出一份文件，聽到這問題，趕緊豎起了耳朵，結果吳飛只是笑了笑，沒回答。

那女同事又說：「怎麼這麼保密？讓我們見一下嘛，保證不跟她說你的壞話。」

吳飛還是笑，然後轉了公事的話題。

毛慧珠沒聽到答案，有些失望。她慢吞吞地在外頭的辦公區轉了一圈，沒聽到什麼有用的消息，最後灰溜溜地回辦公室去了。

為什麼不答呢？為什麼這麼神祕？

毛慧珠忍不住又多想。

他喜歡的那個人……會是她嗎？

毛慧珠對自己搖頭，不會是，當然不會是。他們之間差了六七歲，如果她是吳飛，她一定不會喜歡上毛慧珠。

不不，不能這麼妄自菲薄！連仇正卿都有對象了，而且看起來相當開心幸福。她從來不輸仇正卿的，他都能找到心儀的另一半，她當然也可以。

「怎麼搖頭？」

毛慧珠正想著，忽然聽到吳飛的聲音，嚇了一跳。

她抬頭看，吳飛站在她辦公室門口，毛慧珠緩了一緩，才反應過來吳飛在問她話。

「沒事，在想一件公事。」毛慧珠答得有些心虛。「在想件公事」這種話怎麼聽怎麼刻意，但她話已出口，顧不得了。所幸吳飛沒有多問，他進來跟她彙報了件公事上的情況，毛慧珠收拾好心緒，很快給了答覆。吳飛出去了，她鬆了口氣。

可沒過兩分鐘，她發現自己還在想，他喜歡的女生到底是誰呀？

毛慧珠一直憋著，憋了兩星期，吳飛都沒有動靜，她覺得自己真是傻氣，這年紀大了是不是就想得多了？其實有什麼大不了的，他喜歡誰都好，跟她沒關係呀！退一萬步說，他真的就喜歡她了，那結果也是一樣的。她與他不可能，所以大家還是好朋友好同事。她相信吳飛也是個理性成熟的男性，他能夠處理好的，不會影響到工作。

這麼一想，毛慧珠覺得她應該能夠釋懷了，找個機會把這事跟吳飛問問清楚，滿足一下自己的好奇心，然後無論他的答案是什麼，她都能應付。總之，趕緊解決掉，不要總懸在心裡，以免影響情緒。

過不久，機會來了。

那天，毛慧珠和吳飛去找客戶，出來的時候正好是下班時間，吳飛建議乾脆先去吃飯，避開塞車時間，吃完飯再回家。

毛慧珠應好，於是兩個人在路邊找了家餐廳。餐廳不大，但乾乾淨淨的，裝潢很有格調。吳飛說上次是毛慧珠請他，這次換他請客。

毛慧珠沒拒絕，她自從創業之後，就得到吳飛很多幫助，兩個人經常一起跑客戶，一起加班。在辦公室裡吃便，在路邊攤吃麵，他們倆常常在一起，所以誰請客都不重要。

吳飛興致勃勃點了菜，不用問毛慧珠就知道她喜歡吃什麼不吃什麼。毛慧珠看著他跟服務生點菜，忽然發現這短短幾個月，他們彼此間的了解已經非常深。她知道他衣服褲子的尺寸，因為曾經他趕出差來不及回家拿衣服，而她正在外頭往公司趕，於是搶著時間就在商場幫他買了兩套。

他知道她對青黴素過敏，因為她曾經累著病倒，是他把她送進了醫院。

他知道她不愛香菜，而她知道他無辣不歡。

毛慧珠看著吳飛年輕的臉，心裡直嘆氣，她最近真是想得越來越多了。不行，這個問題得儘快解決才好。

吃飯時，毛慧珠就一直在想怎麼開口才好，但她想了半天都沒想到，直到快吃完飯了仍是沒機會。最後看到吳飛已經開始擦嘴了，她決定這次先放棄。

算了，不急於一時，回頭有機會再慢慢問他。反正，這種事又不是談判，不趕時間。

可這時候吳飛忽然喚她：「Zoe。」

「嗯？」毛慧珠抬眼，莫名有些緊張起來。

「妳覺得……」吳飛說了三個字，頓了一頓，頓得毛慧珠的心都提了起來。女人的直覺告訴她，吳飛說的話很可能會是顆大炸彈。

「我是說……」吳飛清了清喉嚨，繼續道：「我們合作這麼久了，工作上是好搭檔。妳了解我，我也了解妳，然後就是……呃，我很喜歡妳，所以，我想問問妳，妳喜歡我嗎？可以考慮做我的女朋友嗎？」

毛慧珠傻眼。雖然她算是有心理準備，但事情真來的時候，她卻還是驚訝的，措手不及。

這也太直接了，年輕人的衝勁真是不能輕忽啊！

不對，不能這麼想，她又不老，什麼年輕人不年輕人的，她也是年輕人。只是她會用比較含蓄的方式，就比如剛才，她就沒有直截了當地問，而是在想更委婉的方式。

也不對，當初她跟仇正卿提出交往建議時，也是這樣直截了當。

可是為什麼當初可以這樣乾脆，而現在卻猶豫不決呢？

毛慧珠搖搖頭，她得承認，這次跟上次不一樣，她的心有些亂。

毛慧珠的搖頭讓吳飛很緊張，雖然做足了心理準備，但他還是緊張。

他小心翼翼問：「搖頭的意思是什麼？」

毛慧珠愣了愣，很快反應過來，順著這話頭道：「我們不合適。」

吳飛舒了一口氣，意料之中的答案，他覺得他還可以應付。

「是不合適，還是不喜歡？」

「……」毛慧珠一時語塞，然後道：「你比我小太多了。」

「那不是應該我考慮的事嗎？」吳飛微笑，「我比妳小，我覺得沒問題。」

「……」毛慧珠又語塞，但她反應也很快，「我比你大太多，所以這是我需要考慮的事。我考慮後覺得，我們不合適。」

「是不合適，還是不喜歡？」

「……」毛慧珠簡直要抓狂，這是又繞回來了嗎？

吳飛沒說話，微笑著等她的答案。

毛慧珠看著他的表情，忽然有些惱了。他似乎信心滿滿，勝券在握。這算什麼？這樣顯得她很狼狽，很被動。

「總之，不合適。」毛慧珠故意板著臉，裝得非常嚴肅，「完全沒有可能的條件，所以根本不需要考慮喜不喜歡。」毛慧珠頓了頓，回想了一下自己這話，覺得滿意了。她覺得她說得很對，很有幾分道理。她挺直了腰板，直視著吳飛。

吳飛的微笑慢慢收斂，但表情還是平靜溫和。

毛慧珠這時又覺得自己剛才太生硬了，她連忙補充：「我只是、我是說，謝謝你，吳飛。」

吳飛看著她的眼睛，看得毛慧珠又緊張起來，然後吳飛又笑了，「沒關係，我明白。」

毛慧珠鬆了一口氣，一時也不去想他的沒關係是指她的拒絕沒關係，還是指她的態度不好沒關係。她就是鬆了一口氣，卻又有些悵然若失。

她在心裡嘆氣，這樣的自己，真是彆扭又討人厭啊！

「抱歉。」她再說。至於抱歉什麼，她也說不清。明明覺得自己有理，又覺得有些對不起他，不然，沒法解釋她突然有些沉重的心情。

「沒關係，我明白。」吳飛又說一遍。

之後的時間毛慧珠沒怎麼說話，她不知道說什麼好。吳飛的話也少了，這狀況讓毛慧珠心裡嘆氣，又有些心慌。之前她想得太美好了，以為說開就沒事了，以為她能完全掌控情勢，其實根本不是。

吳飛都沒說什麼，而且他們倆也把話說開了，她表達清楚了自己的立場，吳飛也說了沒關係，但是，她卻覺得情況真是糟糕。

再坐下去也沒什麼意思，毛慧珠提出要回去了，吳飛很自然地說送她。與往常一樣，都是他送她。

毛慧珠想到這裡又想嘆氣，原來不知不覺中，這樣都成習慣了嗎？

路上，吳飛安靜開車，毛慧珠偷偷觀察他的表情。

之前她一直覺得吳飛是個很好懂的年輕人，他的喜怒哀樂都寫在臉上，可是現在她不這樣認為了。因為眼前的吳飛沒什麼表情，她有些看不懂。

他說喜歡她，問她願不願意做他的女朋友，然後她拒絕了。被拒絕的那一方，這時候不是應該有些合理反應嗎？比如懊惱，比如遺憾，比如不開心，可他都沒有。他只是說「沒關係，我明白」。

所以，其實他並不在乎她的拒絕？

這個認知讓毛慧珠心裡有些嘔。她一邊嘔一邊罵自己。好了，妳已經不是小女生了，還是不要有這些百轉千迴的小心思、矯情無聊的掙扎了！丟人，又不理智！

啊，對了，說到理智，她忽然想到一個很現實層面的問題，她忍不住問了。

「吳飛，你是個公私分明的人嗎？」

正巧遇到紅燈，吳飛停下車，轉頭看著毛慧珠的眼睛。看了一會兒，笑了起來。他明白她的意思，他反問：「妳呢？妳是個公私分明的人嗎？如果我追求不成，妳會解雇我嗎？會在工作上故意給我臉色看嗎？」

「當然不會！」毛慧珠沒好氣。

「我也是。」吳飛道：「這是妳的事業，又何嘗不是我的？這公司從什麼都沒有到現在，基本

上了正軌，我也付出了許多心血和努力，這是我第一次參與創業，意義重大，這也是我的事業。愛情是愛情，事業是事業。愛情若是沒有了，難道我還要跟我的事業過不去？再說，如果我不努力，丟了這份工作，我還能去哪裡？妳也知道現在找一份合適的工作有多難。」

毛慧珠無語，吳飛這話說得……也是他的事業，所以如果她公私不分，在工作上為難他，那就是她人品不好。他又說現在找工作難，所以如果她因為不願接受他的追求將他解雇了，是對不起他？這也太能說會道了，把她將得死死的。

「跟找老婆一樣。」吳飛接著又補了一句。

「什麼？」毛慧珠一時反應不過來。

「我是說，找一份喜歡又合適的工作很難，就跟找一個喜歡又合適的老婆一樣難。」

毛慧珠再一次無語。這麼難，他怎麼就會找到她呢？

毛慧珠很有衝動想問一問吳飛到底喜歡她什麼，但她不敢問，怕一問就麻煩了。挑了話題就得回應，而她不知道要怎麼回應。事實上，她問他是不是個公私分明的人就已經是很魯莽了，她很後悔自己的衝動。她只是有些害怕他會離開，在工作上，他是一個很重要的夥伴，公司不能沒有他，而她……

毛慧珠看著吳飛那年輕的臉龐，說不清自己心裡是什麼滋味。

吳飛很好，真的很好，但她的年紀真的大他太多。她想她家裡一定不會同意，親戚朋友的閒言碎語她一定忍受不了。而他家裡，她相信也一定不會同意。他條件這麼好，沒理由要找一個三十四歲的「老女人」。

這是第一次，毛慧珠真真切切地感覺自己年紀「大」了。

而吳飛自那一次表白被拒絕後，就再沒有提起過這事。他還真如他自己所說的，公私分明，完全不計較被她拒絕過。他像從前一樣，早早上班，晚晚下班。陪她跑客戶，陪她加班，賣力工作，關心同事。

當然最關心的同事是她，這個毛慧珠很清楚，她又不是木頭，她能感覺得到。但吳飛沒再說什麼，她也沒法說什麼。他沒有任何過分越軌的舉動，所以她更沒法說什麼。

只是有些什麼事情正在發生，她能感覺到，但她說不清，只是她害怕，害怕無法阻止。

毛慧珠閒下來的時候就忍不住胡思亂想，她對吳飛被她拒絕後沒什麼反應有些沮喪，似乎是不稀罕她似的。不稀罕又為什麼要說喜歡她呢？她想了想當初自己對仇正卿拒絕她時的反應，她好像是有些遺憾，但也沒什麼難過。現在想來，也確實是她不算特別稀罕，只是覺得很適合，但不成也不會強求，難道吳飛對她也這樣？當然不可能！她對自己說。

她和吳飛根本不合適。

好吧，一切的問題都在於不合適。

那喜不喜歡呢？

毛慧珠用吳飛的這個問題問自己。這也是她向尹婷求助時，尹婷問她的問題。然後她把自己問住了。

喜歡？不喜歡？

毛慧珠想了半天，嗷嗷大叫著把自己埋進了被子裡。

她不知道！

毛慧珠這段日子都沒有睡好，心亂，壓力大。工作上也總出錯，心不在焉，忘性大。好在有吳飛替她把關，事事提醒，幫了她不少忙。

毛慧珠真想抓著他問：「為什麼對你沒影響？其實你並不是很喜歡我，對嗎？如果不是很喜

歡，為什麼要說喜歡？為什麼要問我願不願做你的女朋友，這樣不是不負責任嗎？」

可她不敢問。她沒問，吳飛倒是來問她了：「妳最近怎麼了？身體不舒服嗎？」

毛慧珠心想，她沒什麼不舒服，她只是討人嫌而已。明明已經認清了不合適的事實，明明已經拒絕了吳飛，自己卻還在想東想西，嫌東怨西的。

她思緒萬千，卻只能說一句：「我沒事。」

吳飛看著她，然後認真問：「如果妳遇到了什麼麻煩，或是身體出了什麼狀況，妳一定會告訴我的，是吧？」

「當然。」毛慧珠沒有猶豫。吳飛是她一起打拚的創業夥伴，是可以交心談話的密友，若有什麼事，她當然會告訴他。今晚不同往日，過去有什麼事她都自己扛，她覺得自己夠堅強，但出來創業後她不這樣認為了。她覺得自己扛不住，她確實需要夥伴，需要一個肩膀為她分擔。那個時候，吳飛出現了。

她很慶幸他出現了。

「那就好。」吳飛點頭。

毛慧珠在心裡嘆氣。雖然有什麼事她一定會告訴他，但自從他表白後，她就變得矯情起來，有顧慮了。她不喜歡這樣的自己，真的不喜歡。

「Zoe。」吳飛忽然喚她。毛慧珠看向他，集中精神。

「我說喜歡妳，是到現在還喜歡。若是妳改變了心意，覺得不再顧慮懼怕所謂的不合適，妳就告訴我。」

毛慧珠驚訝地半張了嘴。

看到她這麼生動的表情，吳飛笑了起來，「沒錯，我的意思是說，我等妳。」

毛慧珠下意識地武裝好自己，她整一整表情，想開口勸他，卻不知能說些什麼，「吳飛……」她使勁想說辭。既然他都說這話了，那她也趁機挑明吧。她對他的表白受寵若驚，沒錯，好吧，在這一刻她終於承認，她是欣喜聽到表白的。一個女人，像她這個年紀的女人，被一個自己很有好感的小帥哥表白，無論如何，虛榮心是得到了莫大的滿足。

但她不能害了吳飛。他很優秀，是個好青年，他會遇到比她年輕比她合適的好女人，那才是適合他的人選。跟她毛慧珠在一起，他會承受到他原本不應該承受的壓力。她的父母、他的父母，還有周圍人的眼光……

她不想耽誤他，不想讓他被人指指點點。他應該是意氣風發的，應該是幸福快樂的，他值得擁有美好的生活。跟她在一起，肯定不若他想像中的那樣美好。

「吳飛……」她再次努力，好不容易說出來了：「你想得太簡單了，這不只是喜歡的問題。喜歡也分很多種，有時候只是習慣，有時候只是一時衝動，所以合適才是理性的條件，才是能長久的。我這個年紀了，想的比較多，我也沒時間沒精力去玩戀愛遊戲。如果要經營一段感情，我是會以結婚為目標去進行的。而你與我，這樣的年齡差距，怎麼進行到婚姻這一步？我父母怎麼想？你父母怎麼想？我們的朋友們會怎麼想？你有沒有考慮過？」

「考慮過啊！」吳飛的表情及語氣比毛慧珠還認真：「我喜歡妳，就是以婚姻為目標的喜歡。妳不是玩戀愛遊戲的對象，我當然知道。妳也說了，妳家裡、我家裡，還有周圍朋友的看法，我要是沒考慮過，怎麼敢隨便跟妳提這事？我在職場上也是受過挫折吃過虧的人，我早已學會留個心眼，深思熟慮，這些都還是妳教我的。我學會了，所以我是真的考慮過。我喜歡妳，是認真的喜歡，是希望能修成正果的喜歡。妳有顧慮，我當然也預想過，有這個心理準備，所以不是習慣，不是一時衝動，我有耐心慢慢等。妳說過，看合作夥伴，有些似乎大方好說話，有些似乎嚴肅愛找事，但其實爽朗的未必是腳踏實地辦事的，到關鍵時候也許會各種敷衍，而麻煩的可能是認真可靠的，能掌握細節，避免出錯，最後反而合作長久。這是說，日久見人心。那麼妳的所謂合不合適，也適用在這個道理上吧？再說，妳說事情不是那麼簡單，不是喜不喜歡的問題，合適才是現實的。可是，如果連最簡單的喜不喜歡都沒有解決，那又怎麼能進一步解決複雜的合不合適呢？」

毛慧珠啞口無言。她是想著趁這機會把話挑明，解決這事。沒想到人家也趁這機會把話說深了，堵了她的退路。

吳飛聰明，口才不錯，她是知道的，但是水準如此之高，還真是出乎她的意料。這些話頭頭是道，無法反駁。

無法反駁！

吳飛看毛慧珠乾瞪眼的反應，又說：「妳也不用有壓力，日久見人心。我在跟妳表白之前，也猶豫過很久，想過很多。雖然是有風險，但有些話一定得說，有些事一定得做，不然會有遺憾。我只慶幸在我猶豫掙扎的時間裡，沒有突然冒出個對手什麼的。妳單身，我單身，我們相處愉快，志趣相投，我很喜歡妳，我希望以後的歲月都能跟妳一起過。妳也不用有壓力著急回覆我，我能等，妳可以慢慢考慮。反正，我會一直對妳好下去，這是我追求的方式。」

毛慧珠不知道回什麼話才好，吳飛說完了，再看看她，出去了。

毛慧珠覺得這一回合自己又輸了，更被動了。事實上，糟糕的是，更被動這個詞，她覺得是藉口。她的真實感受應該是，更被打動了。

毛慧珠拿起手邊的開水喝了一口，定了定心神，然後她想起這杯開水是吳飛幫她倒的，她每天喝的開水幾乎都是吳飛幫她倒的。

每天她來到公司坐下，一杯溫開水就會擺在她面前。以前他會問她吃過早餐沒，通常她是不吃的，因為家裡不太開伙，泡麵她也不喜歡。上班途中沒什麼賣早餐的攤子，等車的時間又很長，她也不想繞遠路去買早餐，這樣會遲到，而她不想遲到。

所以，到了最後，每天的早餐也是吳飛準備的。他說是他媽媽做的，一人份和兩人份沒差。那時候毛慧珠還羨慕地說有媽媽照顧真是好，吳飛笑笑，說那就隨手包了她的早餐好了。毛慧珠要給錢，吳飛說那就加到薪水裡吧。那時候公司剛上正軌，而吳飛之前的薪水確實是有些低，應該給他加，所以毛慧珠答應了，給他加了薪。

現在回想起來，加薪是應該的，那她的早餐錢豈不是一直沒付過？

她的辦公室裡掛著一件大衣，那是吳飛要求她多帶一件備在公司，因為她有時出門不看天氣，穿少了，容易感冒。她的辦公桌上擺著兩個綠色盆栽，那是吳飛買回來的。他說不要總是盯著電腦，偶爾轉一轉眼珠，看看綠色，對眼睛有好處。他總是很晚下班，跟她一起離開公司，然後一起吃飯，再聊聊公司，說說家常，然後順勢送她回家。

以前真的不覺得，其實她並不是粗神經的人，只是，大概，因為真的完全沒把吳飛與她往這方面想吧。

他說他會一直對她好下去，這是他的追求方式。

沒有花，沒有什麼花言巧語，只是這些點點滴滴，他說這是他追求的方式。

毛慧珠閉了閉眼，這怎麼招架？

她忽然想，假如這時候一個如仇正卿一樣條件的合適男人擺在她面前，跟吳飛放一起讓她挑，她會挑誰？

她竟然不知道。

怎麼會不知道？完全不用猶豫，當然不是吳飛！

可是她真的不知道。

毛慧珠長嘆一聲，她想，她真的需要一點時間消化。

接下來的日子裡，毛慧珠刻意稍稍疏遠吳飛。說是稍稍疏遠，其實也就是自己買早餐，下班的時候自己擠公車回家。她覺得現在明知吳飛對她細心周到的意思後，若不能給他正面的回應，那麼就不能理所當然、理直氣壯地接受吳飛對她的那些好。

只是，兩人還是同事，他們說好了，公私要分明，所以公事上合作無間，私生活裡她會盡力獨立，自己照顧好自己，當然，這也是過去這麼多年來她一直做到的事。只是，這段日子有吳飛，她不知不覺竟然習慣了。

所以得有改變，他說日久見人心，她想她應該讓他明白日久見人心。時間久了，她還是她，而他還是他，然後他們各自會有歸宿，她與他不可能，這才是現實版的日久見人心。

但這不容易，他的表白和那些話，就像在她心裡種下了發好根生好枝的壯苗，用力吸收著她五臟六腑的養分，使勁往她的心臟扎根……她常會想到他。

比如他外出辦事，突然下起雨了，她會擔心他有沒有帶傘，會不會被雨淋。

比如她跟另一個同事外出，回公司時買些下午茶回去犒勞大家，她會想起他喜歡巧克力口味的甜甜圈，會下識意多走幾步路去買，而她自己居然沒察覺。直到回公司大家分著吃的時候，他拿起甜甜圈對她笑，說謝謝，她才驚覺她有特意為他做這事。

她覺得真糟糕。日久見人心，她想讓他見見她的心，可如果她的心不是她以為的那樣呢？

她想她應該堅持，為了他好，也是為了她自己好。

幾天後的下班時間，下雨了，她沒帶傘，等了半天大雨一點都沒有小下來的跡象。她嘆氣，今天她很累，想早點回家，吃口熱湯麵，洗個熱水澡，上床好好睡一覺，可是雨不知道什麼時候才停。她餓了，還很累。

「回去嗎？」吳飛站在她的辦公室門口，他舉了舉手裡的傘，「我送妳吧。」

毛慧珠想了一會兒，終於決定不要跟自己過不去。她收拾了包包，跟吳飛走了。一把傘，兩個人，空間有點小，但他們沒有刻意挨近或疏遠，保持著正常共撐一把傘的距離，默默地走向吳飛的車子。

路不算長，但因為下雨，他們走得很慢，比平常多了兩倍的時間。毛慧珠認真盯著地上落下的雨滴打出的小水花，一步一步跟著吳飛向前走。她聽到了雨水打在傘面上的聲響，咚咚咚，像心跳聲。

好不容易終於坐上了車，她覺得竟是與他並肩走了許久。

吳飛送她回家，途中路過她愛的麵攤，邀請她一起去吃了碗麵。熱呼呼的湯麵，讓毛慧珠覺得很溫暖。

吃完了麵，吳飛把她送到家門口。

這一路上，他沒有說什麼特別的話，他們兩人只聊了些公事，但毛慧珠就是覺得很暖心。那種感覺，簡單，卻又讓人感到舒服。

她想也許她年紀到了，真的缺乏關愛吧，但她依舊覺得她跟吳飛不合適，她不能耽誤他。

毛慧珠洗了澡，早早上了床，想讓自己快點入睡，但躺了很久仍睡不著。這時候手機的簡訊聲音響了，她拿起來一看，是吳飛發來的。他寫著：「只是想告訴妳，一起撐傘走到停車場的那段路，我覺得很幸福。」

毛慧珠哀嚎一聲，完蛋了，看到他說的，她竟然覺得她也是一樣的感覺。

真害怕。對這種感情害怕。

對一個小她六七歲的男人有這種感覺，真的讓她害怕。

她忍不住回簡訊給吳飛：「我們年紀差這麼多，你卻喜歡我，你覺得這種感覺奇怪嗎？」

簡訊發出去了，毛慧珠飛快又補發一條：「會害怕嗎？」

過了一會兒，吳飛回覆了：「剛察覺的時候，會的，可是第二天上班看到妳，又覺得不奇怪了。然後，也不知道什麼是害怕。」

毛慧珠沒有回那條簡訊，她不知道該怎麼回。

這晚她失眠了。她覺得害怕，對這種感覺害怕。

第二天上班，毛慧珠的腦子裡昏昏沉沉的，她想應該是沒睡好的緣故。走進公司大門，朝著自己的辦公室走，忽然看到吳飛從她辦公室出來。他看到她，對她咧嘴一笑，「早安。」然後沒再說什麼，就回到他的座位坐下了。

毛慧珠走進辦公室，看到她桌上放著奶茶和蛋餅，那種讓她害怕的感覺又湧上心頭。

吳飛說當他第二天上班時看到她，他就覺得不奇怪也不害怕了。

可她不會，她竟然更害怕了。

這天正好有個需要出差的業務，毛慧珠開會時跟同事們說了，由她去。吳飛在會議上欲言又止，但顧慮毛慧珠身為老闆的威嚴，他最終沒說話。事後，他去了毛慧珠的辦公室。

「這專案我一直有跟進，出差很辛苦，還是我去吧。」吳飛這樣說。

毛慧珠很不高興，「我沒出過差嗎？有多辛苦？」

吳飛張了張嘴，看毛慧珠情緒不好，於是不再說什麼。「抱歉。」他退了出去。

毛慧珠咬唇，撐住了額頭，覺得自己真是糟糕，居然亂發脾氣，但她真不希望吳飛這樣。公是公，私是私。他如果要在公事上這麼高調地表現他的體貼，她會覺得尷尬。出差辛苦，所以他要搶著做嗎？她沒出過差嗎？更辛苦的工作她也做過，怎麼不行？

毛慧珠知道自己在賭氣，這樣不好，但這趟差她很需要，她需要去一個陌生的地方，一個人冷靜冷靜，整理整理思緒。她想，等她回來的時候，應該可以好好跟吳飛談一次，了斷這件事了。

公司的小助理為毛慧珠買好了車票，訂好了飯店。第二天，毛慧珠拎著行李箱出發了。收拾行李的時候她想到了，過兩天正好是她大姨媽到訪的日子，這種日子她總是會不舒服。真是巧，不過不管了，工作總得要做。

在高鐵上，毛慧珠的肚子開始隱隱作痛，預示著大姨媽真的要來了。

到了飯店，她發了簡訊給小助理和吳飛，報告自己的行程，以免公司擔心，然後就喝了熱開水，捂著肚子先睡一覺。希望這次能走運，大姨媽不要太折磨她。

第二天，毛慧珠去見客戶，跑了三個地方，而這天大姨媽真的來了，比往常提前了一天。不但提前，還痛得半死。毛慧珠深受折磨，只能咬牙硬挺。最後拖著又痛又累的身體回到飯店，卻看到有她的快遞。拆開一看，是一個電暖水袋和一大盒紅糖薑茶。字條上的字一看就是吳飛寫的：我猜妳沒有帶，加油。

毛慧珠也不知怎麼了，也許是身體的難受讓她脆弱，眼淚竟然瞬間落了下來。

她泡了一包紅糖薑茶，插上熱水袋。喝下熱呼呼的茶，抱著熱水袋睡了一覺，再睜眼時，已經是晚上九點。她爬了起來，肚子竟然不痛了，整個人又活了過來。她換了衣服，出了飯店，在附近找了個麵攤，點了碗她愛吃的牛肉拉麵，吃著吃著，想起吳飛來。

她想，她欠吳飛一個道謝。

毛慧珠發了簡訊給吳飛：「謝謝你，我好多了。」字很少，但她知道他懂。

吳飛確實懂，他很快打電話來：「那就好。順利嗎？還是大後天回來嗎？」

「順利，大後天回去。」

「需要我去接妳嗎？」吳飛問。

毛慧珠覺得自己一定是發神經，因為她又落淚了。只是簡單的一句問話而已，哭什麼哭？神經病，還是晚期重症。

「吳飛，我真的覺得我們不合適。」她哽咽著說。

「那讓我去接妳吧。」吳飛答。

毛慧珠愣半天，這兩句話之間的邏輯關係是什麼？

「不合適怎麼辦？」她決定還是顧著自己這邊的話題說。

吳飛沉默幾秒，然後說：「我去接妳。」這次不是問話，不是商量，是肯定句。

毛慧珠腦子發暈，大姨媽來了，真的不適合思考啊！她完全接不上吳飛的話。

毛慧珠回到飯店，抱著暖水袋，莫名其妙又哭了一場，然後她想，行，接就接唄，確實需要好好再談一談了。

接下來兩天，大姨媽沒太折磨她，毛慧珠很順利地辦完了事，她買了些禮物給同事們，當然也有吳飛的，然後就等著坐高鐵回去。那天上午，她收拾好東西，準備辦退房手續，這時候吳飛打電話來了。毛慧珠接起，說道：「我下午兩點的高鐵，要很晚才能到喔。」她有告訴公司班次，吳飛應該知道啊！

「我知道。」吳飛答：「我是想告訴妳，我到了。」

毛慧珠愣住，「什麼到了？」

「我到妳飯店樓下了，我來接妳。」

毛慧珠又呆愣，來接她了？不是在車站等她嗎？不是等她坐車回去，等車子到站嗎？

她愣了好幾秒，終於反應過來。她尖叫一聲，行李箱也不管了，丟在房間裡，打開房門跑出去按電梯，一刻都沒有耽誤。

她的心跳得很快，她的臉很熱，她的腦子裡一片空白。

他來接她了！不是在另一個城市，不是在車站，而是來了這裡，就在樓下！

毛慧珠雙腿發軟，她覺得她真的不適合思考感情。此時此刻，她激動著，不知所措。

電梯終於到了樓下。

毛慧珠一出電梯門就看到了吳飛。他站在大廳一角，面朝著電梯，對她咧著嘴笑。溫暖，讓人心動的笑容。

毛慧珠就站在那裡，看著這樣的笑容。

「妳身體還好嗎？」他問。

毛慧珠點頭，眼眶熱了。在淚水落下來之前，她飛奔上去，抱住了吳飛。用力地擁抱，述說不清的心情。

毛慧珠腦子裡一片空白，她不知道該怎麼辦，她只知道她很想擁抱他。

「妳問的問題，我現在想到答案了。」吳飛忽然說。

「什麼？」毛慧珠沒明白。

「妳問我，條件不合適怎麼辦？」

毛慧珠站直了看他，認真地看，「答案是什麼？」

吳飛笑了，「不怎麼辦，就擁抱吧。」

毛慧珠臉一紅，是她衝動了，是她一時頭腦發熱。

「無論條件是什麼，合適不合適，擁抱一下，就什麼都不怕了，妳覺得呢？」吳飛問她。

她覺得呢？她不知道啊！

他說看到她就不覺得喜歡她是件奇怪的事，現在擁抱一下就不在乎合不合適了嗎？

她現在看見他了，擁抱他了，可以嗎？

毛慧珠沒有坐當天的高鐵回去。這天是週六，她跟吳飛留在了那城市，逛逛街，吃吃飯，聊了許多。

「我為什麼喜歡妳？」吳飛笑著答：「最開始有好感是因為妳幫了我許多，教導我許多工作上的事，我覺得妳外表雖然挺清高挺冷淡的，但其實是個公事公辦很認真的人。我喜歡認真又有能力的人，覺得能跟這樣專業的人一起合作很幸運。再然後妳救了我，我覺得妳不止是個能幹的人，妳還是個高尚的人。這樣的女人，很有魅力。」

毛慧珠皺眉頭，「所以是因為我能幹又高尚，幫助過你，你決定以身相許報恩了？」

吳飛大笑，「不止啊。後來妳離職了，我很為妳擔心。我知道妳在原產業很資深，離開了原產業，不知道妳還能做什麼。妳這麼好強，這麼有事業心，我很擔心妳挺不過去。結果妳很快就決定創業，還很有幹勁，一點都沒沮喪。我很佩服妳，我想像妳一樣，跟妳一起打拚。那時候我一直惦記著妳，很想成為妳的工作夥伴，還有一種我說不清楚的感覺。我就知道，我得去找妳，我要和妳一起工作，所以我辭職去找妳。再後來我發現，那種感覺的意思是……我不止想成為妳的工作夥伴，我想跟妳在一起，做什麼都好，只要跟妳在一起。」

毛慧珠還是皺著眉頭，「我怎麼覺得，你找女朋友的標準有點像老闆找員工？什麼能幹、高尚、幹勁十足、不被挫折打敗，還能應對危機。」

吳飛想了想，又笑起來，「真的耶！」

毛慧珠沒好氣，還真的耶？

吳飛伸手摸摸毛慧珠的頭，親暱地像對待一個小女孩，他說：「妳獨立、好強、有能力，又專業、幹練，卻讓人心疼。越跟妳接觸，就越會想照顧妳，這是我的感覺。很想照顧妳，很喜歡妳。」

他看著她，看得她臉紅了。

她掙扎著說：「我家裡不會同意的。」

「妳呢？」吳飛問。

毛慧珠咬咬唇，又說：「你家裡不會同意的。」

「妳呢？」吳飛再問。

毛慧珠沒回答，不敢答。

後來他們一起回飯店，地上瓷磚缺了一大塊，有個小坑。毛慧珠走過去的時候，吳飛握住了她的手，拉了她一把。毛慧珠覺得手心發熱，心跳加快。吳飛沒鬆開她的手，一直牽著，直到他們回到下榻的樓層。

他與她的房間隔了四間房，一個在電梯左邊，一個在電梯右邊。出了電梯，手不得不鬆開。

「晚安。」吳飛說。

「晚安。」毛慧珠應了。走到她的房間門口，掏出了門卡準備進門，可是手上的餘溫仍在，心裡的暖意仍在。她站了好一會兒，終於忍不住回頭。

他就站在他的房間門口，沒進門，甚至沒拿門卡出來。他只是看著她，眼神溫柔。

她與他四目相對。

「怎麼不進去？」她問他。

「想看著妳進門，結果妳一直沒動，我就等著了，不知道妳要做什麼。妳要做什麼，我都想陪

著妳。」他答。

看到她，他就覺得這樣的感情不奇怪了。一個擁抱，就覺得這樣的感情不害怕了。

毛慧珠看著吳飛。差六歲多呢，確實有些差太多了！

吳飛微笑，「所以妳想做什麼呢？還想出去走走嗎？想找個地方喝一杯聊聊嗎？」

毛慧珠走過去，擁抱了他。

看到他，就覺得這樣的感情不奇怪了。擁抱他，就覺得這樣的感情不害怕了。

是嗎？

她竟然覺得是了。

「我家裡一定很吃驚，不會同意的。」她抱著他，老調重彈。

「妳呢？」他抱著她，再問一次老問題。

毛慧珠把臉埋在他懷裡，又覺眼眶發熱，「我覺得……」她頓了頓，有些掙扎，可是這個懷抱很溫暖，這個懷抱讓她感動又心動。

「我同意。」她終於說。

吳飛大叫，把她嚇了一跳。

她聽到他哈哈大笑，感覺自己被抱起，旋轉了起來，轉得她頭昏眼花，轉得她尖叫，但是真開心啊！她一邊尖叫一邊笑。太失態了，她從來沒有這樣過，真的太失態了。

他把她放了下來，滿臉滿眼都是笑意。而她也在笑，傻笑。一邊傻笑一邊想，其實，這樣的感覺真不錯，非常好。

他們窩在飯店房間裡聊天。

隨便聊，亂七八糟地聊。從從前公司的事、他們對對方的印象、一起做過的工作，到合作夥伴的評價、創業的想法，再到對對方的想法，還有許多很傻的「為什麼喜歡」、「喜歡什麼」、「啊啊，原來是這樣啊」、「完全不能想像」、「真的嗎」、「你在開玩笑嗎」這類的傻話。

他們一直笑，笑到肚子痛。

毛慧珠覺得這一晚笑的次數，比從前三十四年她笑的次數總合還要多。

對話真傻真無聊，可是真有意思真有趣。

她已經沒法想她過去所設想的夫妻兩人各自加班回家後的嚴肅有效率的對話和生活的場景了，她覺得一起工作一起吃麵一起說些傻話挺好的。

她跟吳飛說起了她家裡，說起了她的家鄉民風，她問吳飛怕不怕？

吳飛說連妳我都敢追，我還有什麼好怕的？

毛慧珠大笑，笑完了垮著臉，可是她會怕。但是現在已經是這情形了，她決定要試試看。

吳飛還損她，他說：「妳總說年紀年紀的，妳想啊，妳都三十四了，還不及時把握，將我抓牢，以後上哪找這樣的機會去？」

還真是……小年輕討人嫌啊！

毛慧珠白了他一眼，然後吳飛探身過來，吻住了她。

他們之間的第一個吻。

他很溫柔，有點緊張。她更緊張，很笨拙。

一吻畢，兩顆腦袋分開，眼睛對視著。然後她向前傾過身去，開始了他們的第二個吻。

第二個吻好多了，大家都有了心理準備。他緊緊擁抱著她，深深吻住她。

有了擁抱，這樣的感情就不會感到害怕了。

她覺得這句話真的很有道理。

於是，毛慧珠和吳飛開始談戀愛了。

跟她預想的情況完全不一樣，但既然邁前了一步，她還是決定要往前走下去。

她問仇正卿：「當初你和小婷，我是說，你覺得你們合適嗎？你是怎麼克服的？」

「妳問我這個？」仇正卿在電話裡的聲音顯得很驚訝。

「是啊！」毛慧珠答。她覺得對仇正卿是可以問的，他們之間一向認真正經，不會想歪，不會過多八卦，就像討論經濟問題那樣。

「嗯，這個問題……」仇正卿跟毛慧珠感覺一樣，所以他覺得沒什麼不好答。他想半天，努力回憶：「好像是小婷說，喜歡最重要，合適是什麼鬼。原話不記得了，大概這意思。」

居然是小婷鼓勵他嗎？所以仇正卿就不考慮合適了。

毛慧珠嘆氣，看來「喜歡」無可抗拒，「合適」就不攻自破了。

她喜歡吳飛嗎？她覺得是喜歡的。就算她坐在辦公室，與他只隔了一面牆的距離，她都會想念他。她看到他開心地笑，她會覺得高興。她聽到他哼歌，她的心也會歌唱。他送文件進來給她時，會偷偷吻她一下。她故意瞪他，卻在他走後竊喜很久。

她喜歡他。只是，是什麼時候開始的？她說不清。而喜歡他什麼？她也說不清。

什麼說不清，只知道喜歡，這讓她沒有信心，缺少信心。

她只清楚一件事，就是她真的越來越喜歡他了。

他們現在還是會一起下班，但是活動內容已經由原來單一的吃麵增加到逛逛街，看看電影，有時會買菜到毛慧珠家裡一起做飯。如果週末不加班，他們也會膩在一起。

毛慧珠跟吳飛在一起很開心，不但志同道合，還互相關愛。

吳飛甚至會與她討論之後的計畫，比如什麼時候見家長，多久之後結婚。

他第一次提的時候，毛慧珠很吃驚。吳飛看到她的表情，不由失笑，「怎麼，不是妳說的嗎？戀愛是以結婚為前提。現在我們走到戀愛這步，當然要計畫結婚。」

毛慧珠頓時語塞，她是說過這話，但她沒想到吳飛會這樣想。「太快了吧？」她說。她還沒有確定，或者說不太敢確定。

「定計畫而已。有了目標，才會踏實。」吳飛作出一副好不容易拐到個女朋友卻很怕她跑掉的表情。

毛慧珠心裡一暖，卻給不出計畫。

吳飛看了看她表情，轉移話題：「下個月三號晚上，是我的高中同學會，妳要不要一起來？」

毛慧珠下意識地搖頭，然後她看到吳飛失望的表情，頓感內疚，趕緊道：「我是說，那時候不知道會不會有什麼事，得到那時候才能定。」

「好。」吳飛點點頭，揉她腦袋，就像她是小女生那樣，「加油。」

加油什麼？毛慧珠發愁。戀愛是一回事，要陪他走到他的朋友圈裡又是一回事。他的朋友會不會笑話他找了個老女人？會不會問東問西，八卦揣測？如果他的朋友們不喜歡她怎麼辦？

毛慧珠看了看鏡中的自己。嗯，看起來不算老氣，如果她的表情沒那麼嚴肅的話。

她對著鏡子笑了笑，不夠甜，不夠可愛。

她嘆氣，揉自己的腦袋，真想突然間變得年輕漂亮又可愛啊！

毛慧珠決定要改頭換面，把自己妝扮起來。她想陪吳飛出席他的同學會，她想讓吳飛的朋友們喜歡她。她想讓吳飛能驕傲地說：看，這是我女朋友！

呃……如果她的樣子年輕又漂亮，那應該不會有人問年紀吧？

毛慧珠找了尹婷逛街，想讓她幫著參詳一下，她要換個年輕些的髮型，想買些新化妝品，還要買衣服，做做美容保養，再報瑜伽課。雖然有些臨時抱佛腳，但是兩個女人逛了一天，既辛苦又興奮。

尹婷說：「妳看，妳猶豫這麼久，其實真的犯不著。現在多好，我真為你們高興。」

「現在有多好？」毛慧珠的語氣一貫的冷靜理性，其實心裡怦怦亂跳。

「無論會發生什麼挫折和困難，起碼妳現在讓自己更美更健康更自信。不是別人好，是妳自己好。」尹婷歪著腦袋，彎著眼睛，笑著說。一本正經卻又輕快的語氣，相當有說服力。

毛慧珠覺得她真是天使，仇正卿運氣太好了。

她說的對，不論怎麼樣，她現在很重視自己，她讓自己更美更健康，讓自己更好！與吳飛的戀愛，讓她變得更好，是好事！

毛慧珠的心豁然開朗。

與吳飛再見面，她的新髮型、新妝容讓他眼前一亮。

「哼哼！」他很故意地說：「把自己弄這麼漂亮，是要警告我嗎？」

「是啊！」毛慧珠笑咪咪的，「對我好一點，不然我就跑了！」

吳飛摸摸鼻子，「我怎麼覺得這句臺詞應該是我的啊？被妳搶了。」他看著毛慧珠笑嘻嘻的樣子，忍不住把她抱在懷裡，「是，是，是妳的臺詞，我很有危機感。」

毛慧珠哈哈大笑，她這個「老」女人會讓他有危機感嗎？

她覺得會，她覺得自己就該有這個自信。

她有嗎？

她努力有。

毛慧珠決心要去吳飛的同學會，因為太緊張，她沒有馬上把這個想法告訴吳飛，她想再準備準備，若最後關頭她沒出什麼差錯，她再跟吳飛說。她這麼鄭重其事，其實吳飛也有所覺，他猜毛慧珠是在準備與他一起參加同學會。他心中暗喜，卻也沒說，想等毛慧珠主動跟他說。

只是人算不如天算，事事總有意外。

就在同學會的前兩天，毛慧珠生病了。只是感冒，算不上太嚴重，但這也讓她頭昏腦脹，咳嗽鼻塞，臉發腫，眼袋大。

毛慧珠看著鏡中的自己，簡直欲哭無淚，辛苦半個月健身減肥美容的努力全白費了。第二天就是同學會，而今天她試著化了個濃妝看效果，結果濃妝成功掩飾了她糟糕的氣色，卻顯得她真老氣。不行，她不能這樣跟吳飛在他同學面前出現。她完全不想以一個腫著臉、大眼袋的「老」女人形象出現。

快下班的時候，吳飛來問她：「明天晚上一起去嗎？」她一直沒動靜，他忍不住主動問了。

毛慧珠答了她在心裡演練過好幾次的話：「我感冒還沒好呢，還是不去了，不然又是咳嗽又是流鼻涕的，多不合適，下次吧。」

吳飛沒說話，看著她。

毛慧珠有些心虛，她刻意地咳了咳，「真的，病沒好呢，別去影響大家，下次吧。」

吳飛臉上明顯露出了失望之色，但他沒說什麼，出去了。

第二天，毛慧珠仔仔細細化了一個妝，但還是掩不住病容，外貌不是最好的狀態。她再一次確定，吳飛的同學會她不去了，但她也確實是內疚的，她有主動跟吳飛說下次請他的同學一起吃飯。吳飛應了好，晚上自己悶悶地去了同學會。

毛慧珠心裡一直不安，怕吳飛生她的氣。她下班回了家，早早卸好妝洗好澡，打算看一會兒書平靜平靜，等吳飛同學會結束打電話給她。

等啊等，吳飛的電話終於來了。

毛慧珠趕緊接了起來，電話那頭的吳飛大喊大叫：「Zoe，我好想妳呀！」

毛慧珠頭都大了。完了，聽聲音，吳飛喝醉了。

「我好想妳！」吳飛又大叫，然後旁邊有個人拿了手機過去說：「不好意思啊，我是吳飛的同學，他喝多了，一定要打電話給妳。」

「不好意思，不好意思！」毛慧珠一個勁兒地說不好意思，麻煩人家了，好丟臉。

吳飛又把電話搶過去，叫了她的名字，卻好半天不說話，然後突然說：「我喝多了。」

「嗯。」毛慧珠沒好氣，現在這樣撒嬌的語氣是怎麼回事？

「我喝多了！」吳飛有些大舌頭又說。

「你自己知道就好。」毛慧珠應他。

「妳來接我嘛！」吳飛撒嬌，那語氣讓毛慧珠完全不敢想他身邊同學的表情和反應。

「我想妳了，妳來接我嘛！」吳飛就像語音複讀機一樣。

「好，我去接你。」毛慧珠已經沒想法了。她還能怎麼辦？他喝多了，她心疼。他想讓她去接他，就算知道過去一定很丟臉，但她還是要去，總不能不管他。他喝多了，他需要人照顧。

毛慧珠在電話裡問清了地方，然後換了衣服，就攔了計程車過去了。

計程車開到半路時，毛慧珠才想起她急著出門根本沒化妝。算了算了，她完全沒想法了。她嫌自己不夠年輕漂亮，不敢陪他赴約，結果他非要喝醉鬧事讓她去，那她不管了，反正他的朋友她也不認識，反正也是他丟臉比較多。

哼，她不管了！

毛慧珠被吳飛氣昏頭，索性拋開一切顧慮，殺過去接人。

到了那裡，吳飛果然醉得不輕，但他還是認得她的。

他看到她就笑，一邊笑一邊搖晃著走過來，一個熊抱，將她抱住了。

「她是我女朋友！」他很大聲地說。

毛慧珠不敢看他那些同學的反應，倒是一個稍胖的友人過來主動說：「不好意思，他喝多了。我們不是故意的，就是大家聊得高興了，不小心喝多了。」

毛慧珠不得不轉頭跟那人寒暄幾句，想表現得更得體些，可吳飛抱得太嚴太緊，而且他很重，壓得她實在得體不起來。

毛慧珠沒辦法，只好一個勁兒地說不好意思，吳飛給大家添麻煩了云云，然後她表示要把吳飛帶回去。

兩個同學趕緊過來幫忙，那稍胖的同學問：「妳自己帶他走可以嗎？不等阿姨來？」

「等誰？」毛慧珠沒聽清楚。這時候，一對老夫婦走了進來，那婦人一眼就看到了抱著毛慧珠不放的吳飛，立刻叫了聲：「吳飛。」

毛慧珠不認得這對夫婦，但一看年紀相貌，心裡已有不祥預感。那稍胖的同學趕緊解釋：「吳飛喝多了吵著要人接，我以為是找阿姨，就幫他撥手機回家裡去，結果他聽了後說打錯了，又用他自己的手機撥給妳了。」

晴天霹靂！

但是現在說什麼都遲了。

毛慧珠眼睜睜地看著吳飛的父母走過來，她腦子裡只有一個念頭：她沒化妝！啊，不對，是兩個念頭：吳飛還死賴在她身上！

吳飛的父母過來，看到毛慧珠居然不太驚訝，他母親問：「是Zoe嗎？」

毛慧珠點點頭，暫時失去說話能力，只能點頭。

他母親笑了。毛慧珠不知道她笑什麼，她下意識地拍了拍吳飛埋在她肩窩的腦袋，說了句：

「不好意思。」

然後，吳飛的父母兩個人都笑了。

最後是毛慧珠在大家的幫助下，把吳飛運上了他父母的車子。

毛慧珠想告辭來著，結果吳飛緊緊抱著她不放，一直說想她，讓她來接他。

毛慧珠覺得，這樣的情況，她把他狠揍一頓真的不算過分。

毛慧珠被吳飛「劫持」到了他家裡。

吳飛的父母倒是很客氣，他母親笑著說：「常聽吳飛提起妳。」

毛慧珠羞成了大紅臉。

「總想讓吳飛請妳到家裡來坐坐，他說妳比較害羞，過一段時間再說。」

毛慧珠羞得臉紅透，她偷偷掐了吳飛好幾下。他是跟她提過，而她確實拒絕了，說過陣子再說。但他這樣跟家裡說，弄得她真是尷尬。

可是，沒想到他父母居然是這樣和藹好說話。

這送吳飛回家的一路，吳飛的母親跟毛慧珠聊了一路，毛慧珠這才知道，原來吳飛把很多事都跟家裡說了。他的工作、他被人陷害、她幫了他、她失去工作、她創業，而他要去與她一起創業。

他父母知道的比毛慧珠想像的要多，最後他們合力把吳飛送回了房間，他母親還說了一句：

「雖然沒見過妳，但我看得出來，吳飛是真的非常非常喜歡妳。我們原來也有些顧慮，但吳飛跟妳在一起後，變了許多，長大了許多，他越來越好，於是我們老兩口也商量了，能讓兒子越變越好的女人，不會差的。」

這天晚上，吳飛的父親開車送毛慧珠回家。他的話不如吳飛母親多，但客客氣氣的，對毛慧珠的態度很好，最後還邀請她明天到家裡吃飯。毛慧珠一咬牙，答應了。

這天晚上她沒睡著，她想了很多，也想到吳飛母親的那句話，能讓兒子越變越好的女人，不會差的。

沒錯，她一點都不差，她真的一點都不差。

別人怎麼想沒關係，最重要是吳飛怎麼想，吳飛怎麼做。他的想法、他的行為，影響了周圍其他的人。其他人對她的看法，全都來自他。

她不差，她很好！

這就是他的看法。

第二天，毛慧珠去了吳家。

吳飛酒已經醒了，對昨晚的事還有印象，他很擔心毛慧珠生他的氣。

昨晚他是一鬱悶就多喝了，喝完了就發神經。現在她要是生氣，他也能理解。

毛慧珠在他房間，雙臂抱胸，很有氣勢地看他，「你知錯了嗎？」

吳飛點頭。

毛慧珠道：「那麼，作為懲罰，你得跟我回家一趟。」

吳飛一愣，然後驚喜地抬頭。

「見見我爸媽。你這麼膽大包天，應該不會怕見他們。」

吳飛笑了，上前兩步，一把將毛慧珠抱住，「好，太好了。」他膽子大，是因為他愛她。而她終於也膽子大了，那一定也是因為她愛他。

半年後，吳飛和毛慧珠結婚了。

後來有人問毛慧珠：「妳老公看起來很年輕，比妳小吧？」

毛慧珠答：「是啊，他比我小六歲半。」

那人哎喲一聲，又說：「妳厲害啊，這樣都追上了。」

「是他追我的。」毛慧珠直視那人的眼睛。那人聽到年紀差距後，眼神裡就有猜疑和不認同，她看出來了，但她不怕，也不介意。她告訴那人：「不用懷疑，是他追我的，因為我值得他追。」

差六歲半而已，有什麼大不了？他們現在過得很幸福。

而她很有自信，因為他愛她。

沒什麼不合適的，因為他愛她，而她正好也愛他。

後記

其實最早開始構思這篇文的時候，尹婷在我腦海中還沒有如此鮮明的形象。我在人物表上為她記錄的特徵是：善良、可愛，僅此而已。

我為怎麼增加這個人物的記憶點頗費了一番腦筋，直到我第一次為仇正卿和石亮那幾個孩子們見面時設計臺詞。

「叔叔，你知道糖為什麼是甜的嗎？」

從那一句話開始，我突然知道了我要為尹婷這個人賦予些什麼，而這樣東西，在文的最後，我借了一句話說出來：每個人，都有一顆糖的心。

你希望你所愛的人開心，愛你的人又何嘗不是這樣？人都有渴望和接近溫暖的本能，同時，也有散播溫暖的能力。

開心似乎是一樣很簡單又不太容易的事。簡單就在於，你必定開心過，不太容易又在於，你不可能每時每刻都開心。因為生活裡一定有困難，一定有挫折，一定會有痛苦。

所以開心才會讓人覺得幸福，而幸福必定是溫暖的。

有些人，會發光，會把溫暖傳給別的人，別的人再傳給周圍的人。

這就是生活。

而你，就是那樣一個發光體。

是尹婷。

在這本書裡構思最困難的不是主角們戀愛的過程，不是他們遇到的挫折和事件，而是各種雞湯亂燉小段子亂七八糟急轉彎。

後記

糖為什麼是甜的？
太陽為什麼這麼高這麼遠這麼亮？
月亮為什麼有時彎彎有時圓？
天為什麼是藍的？
咖啡為什麼這麼香？
天為什麼會下雨？

因為要貼合生活，配合人物的特點還有情節上的推進，所以努力去想身邊的各種現象和小道具，最後，我把自己變成了雞湯亂燉粉絲。

我得說之前我真的不太喜歡看網上的雞湯，也許它們太正經了（大笑），我喜歡不正經的亂燉（嚴肅）。

總之，雞湯亂燉盟確定了之後，整個故事想表達的東西就明朗了起來。

我非常喜歡尹婷，我相信生活中到處都是尹婷。無論叫什麼名字、家境如何、收入如何、相貌如何、愛不愛雞湯，只要內心有溫暖，生活有目標，懂得愛與尊重，能發現並享受到快樂的女生，就會是幸福的尹婷。

雞湯不重要，重要的是生活。要享受到生活裡的幸福，這才是重點。

再說說仇正卿，他的方面比較好處理，努力到古板的一個超正經嚴肅的男人，只要給他加一點點的可愛，他就會亮起來。

所以他嚴肅地寫著十二條情話，正經地從PPT中獲取靈感送禮物，他在乎他的副總威嚴，只不過不小心簽錯了名字而已。

愛情會讓人改變的。

然而，要變多少？

這是個難題，也是我在這本書裡想討論的其中一個問題，所以尹爸爸出場了。

有趣的是，我在連載這文的時候，寫到尹爸與仇正卿談判的那場戲，文下有不少讀者說，她們覺得被尹爸說服了。

要怎麼解這個套我有卡文，處理方式早已想好，但卻不知道怎麼寫出來。最後，我用了玻璃的比喻。

不必鑽進死角，為它開一扇門。

愛情需要包容和遷就，但是不要失去自我。

所以仇正卿和尹婷最終找到了協調的方法，尹爸爸的苦心沒有白費。

只是劇情走到這裡，我覺得還有一點點不夠，因為尹婷的生活還沒有圓滿。被愛包圍著的天真女孩始終是要長大的。除了親情、愛情、友情，我認為她還要有自己的事業。

「事業」這個詞是個很妙的詞。現代漢語詞典裡的解釋是：人所從事的，具有一定目標、規模和系統而對社會發展有影響的經常活動。

有些人是白領，有些人是企業家，有些人是商店老闆，有些人是打工者，有些人是老師，還有人是家庭主婦或者家庭主夫……每一個人，對社會發展都有貢獻，我覺得，那些都是他們的事業。

我所理解的，最重要是目標，你有著為之願意奮鬥的目標，並努力著，享受著達成這個目標的過程。無論做什麼，只要是正面的、積極的，創造了經濟或是精神上的價值，就是你的事業。

無論成功與否，那個目標，就是所謂夢想。

我寫到最後一部分尋找夢想之旅網路大賽，尹婷遭到網友批判時，正好在微博上發生了一件有些類似的事。前一段時間還有網友在微博上問我，是不是因為那件事寫了這一段。我說大綱早就定

好，但正巧發表到那段時，那件事正好也出來。

其實這類網路罵戰或是說事件不止這一件，我見過許許多多。而許多參與罵戰的人，又有多少人是真正了解內情，真正知道真相的呢？

大家憤怒，大家要正義，而有時候「正義」包裝在謊言或曲解之下，融入在每個人的主觀意識裡。同一句話、同一張照片，在不同的人眼裡心裡，有著不同情緒的主觀解讀。而現實生活中的壓力，也讓網路成為一個發洩情緒的最佳場所。

有些話，當面是不敢說的，隔著網路卻可以。有些惡毒，當面是不敢發作的，隔著網路卻可以。當然，有些溫暖和善意，當面是積聚不了這麼多的，用網路卻可以！

網路很神奇，但也有風險。

我在文裡寫的不要輕易在網路上暴露自己的所在地，在網上要注意隱私安全等等，都是認真的，請朋友們一定要注意喔。

啊，我是不是歪題了？太嚴肅了？

這是一本嚴肅的書啊！請不要打作者，真的很正經嚴肅！從書名就可以看出來！

啊，讓我們繞回來，說回尹婷。

總之呢，我覺得她需要找到自己的價值。她的興趣、她的能力，應該創造出更大的價值。

美景不一定在遠方，夢想一直在你心裡。

尹婷為了父親停下了旅行家的腳步，而仇正卿幫她把夢想找了回來。

最後尹婷成為了旅行家，沒有時常去遠方，但她依然成為了旅行家。她發現生活的美好，分享生活的溫暖，讓更多人感受到了生活裡的快樂愉悅。她實現了自己的夢想。

我覺得故事圓滿了。

好的伴侶，會讓你變得更好。
沒錯，這就是我想說的。
沒有霸道總裁，沒有萬能女主，只是一個普通生活的故事。
希望你們喜歡！
愛你，加油！

汀風　2015年4月22日

綺思館
晴空新書預報
戀愛吧！一切的不可理喻都好可愛
娘子說了算
下
雲端／著
殘楓／繪
他的冷漠無情對她沒用，她的嬌萌天真卻讓他很受用。
問世間情為何物？果真是一物降一物！
面癱大神×天然蘿莉
TAG：全息網遊、浪漫甜蜜、輕鬆爆笑、小虐怡情

綺思館
晴空新書預報
戀愛吧！一切的不可理喻都好可愛
喂，別亂來
上
汀風／著
Welkin／繪
暢銷小說《跟你扯不清》、《尋郎》作者又一經典愛情力
這個男人每次見她都要調戲一下，
讓她忍不住想要大喊：「喂，別亂來！」
帥氣多金大廚師X傲嬌軟萌小女人

綺思館017

求你正經點（下）

國家圖書館出版品預行編目資料

求你正經點 / 汀風著. -- 臺北市 : 晴空出版 : 家庭傳媒城邦分公司發行, 2015.05-
冊； 公分. --（綺思館 ; 17-）
ISBN 978-986-91746-0-2（下冊 : 平裝）

857.7 104003987

城邦讀書花園
www.cite.com.tw

作　　者	汀　風
封面繪圖	Welkin
責任編輯	施雅棠　羅婷婷
國際版權	吳玲緯
行　　銷	陳麗雯　蘇莞婷
業　　務	李再星　陳玫潾　陳美燕　枏幸君
副總編輯	林秀梅
副總經理	陳瀅如
編輯總監	劉麗真
總 經 理	陳逸瑛
發 行 人	涂玉雲
出　　版	晴空 城邦文化事業股份有限公司 104台北市中山區民生東路二段141號5樓 電話：（886）2-2500-7696　傳真：（886）2-2500-1966
發　　行	英屬蓋曼群島商家庭傳媒股份有限公司城邦分公司 104台北市中山區民生東路二段141號2樓 客服服務專線：(886)2-2500-7718；2500-7719 24小時傳真服務：(886)2-2500-1990；2500-1991 服務時間：週一至週五09:30-12:00；13:30-17:00 郵撥帳號：19863813　戶名：書虫股份有限公司 讀者服務信箱：service@readingclub.com.tw
晴空部落格	http://sky.ryefield.com.tw
香港發行所	城邦（香港）出版集團有限公司 香港灣仔駱克道193號東超商業中心1樓 電話：852-2508-6231　傳真：852-2578-9337 E-mail：hkcite@biznetvigator.com
馬新發行所	城邦（馬新）出版集團【Cite(M)Sdn. Bhd.(45832U)】 411, Jalan 30D/146, Desa Tasik,Sungai Besi, 57000 Kuala Lumpur, Malaysia. 電話：(603) 9057-8822　傳真：(603) 9057-6622 Email：cite@cite.com.my
美術設計	L-YL
內頁排版	洸譜創意設計股份有限公司
印　　刷	沐春行銷創意有限公司
初版一刷	2015年 05月05日
定　　價	250元
I S B N	978-986-91746-0-2